中公文庫

どくろ杯

金子光晴

中央公論新社

目次

どくろ杯

発　端

みすみすろくな結果にはならないとわかっていても強行しなければならないなりゆきもあり、またなんの足しにもならないことに憂身をやつすのが生甲斐である人生にもときには遭遇する。七年間も費して、めあても金もなしに、海外をほっつきまわるような、ゆきあたりばったりな旅ができたのは、できたとおもうのがおもいあがりで、大正も終りに近い日本の、どこか箍《たが》の弛《ゆる》んだ、そのかわりあまりやかましいことを言わないゆとりのある世間であったればこそできたことだとおもう。あの頃、日本から飛び出したいという気持は私だけではなく、若い者一般の口癖だったがそれも当時は老人優先で青二才にとって決してくらしよい世の中ではなかったこともあり、また海外雄飛とか、「狭い日本にゃ住み倦《あ》きた」とかいう、明治末年人の感傷がようやく身に遠いものになり、大正っ子はお国のためなどよりも、じぶんたちのことしか考えられなかった。

日本からいちばん手軽に、パスポートもなしでゆけるところと言えば、満州と上海だった。

いずれ食いつめものの行く先であったにしても、それぞれニュアンスがちがって、満州は妻子を引きつれて松杉を植えにゆくところであり、上海はひとりものが人前から姿を消して、一年二年ほとぼりをさましにゆくところだった。私の年長の友人の前野孝雄のように、袴羽織で満蒙へ出かけて行った浪人たちは、しきりに日本の捨石になる覚悟を広言したが、上海組は行ったり来たりをくり返して、用あり気な顔をしながら、なにもせず半生を送る人間が多かった。上海の泥水が身に沁みこむと、日本へかえってきても窮屈で落付かないのだ。そんなわけで私も、前年妻同伴で、上海から蘇、杭、南京と江南を二ヶ月ほど廻りあるいて帰ってきた気らくな味（きたないことが平気になれば、物価がやすく、くらしの上でうるさい世間がないことが魅力であった）が忘れられず、その歳《とし》の春は、友人夫婦をそそのかすようにして、東道《あんない》役を買って上海にわたったが、端なくもそのことが原因をつくって、おなじ年の臘月《としのくれ》にまた、止むに止まれぬ事情で、幼い子供を長崎の妻の実家にあずけて、妻とふたりで、三度目に滬《フ》の土地を踏むような仕儀となった。そして、その旅がそのまま延びて、爪哇《ジャワ》（現在のインドネシア）馬来《マレイ》を半歳、三月と泊りをかさね、パリ、ロンドン、ブルッセルと、七年にわたる長旅になってしまったのだが、方《かた》がふさがっていると承知しながら敢て出発する決意をしたのは春申の故地が招くのに先ずこころがうごいたからであった。さて、この旅を俎《まないた》にのせて料理をするとなると、どこから庖丁を入れて、どうおろしたらいいものか、さっぱりわからない。四十年以上もむかしのことで、記憶は磨滅し、風物が霞むばかりか、話の脈絡も切れ切れで、おぼつかないことが多いが、それだけにまた、じぶんの人前に出せない所行を他人のことのように、照れかくしなくさらりと語れるという利得もないではない。

大正十二年九月一日（一九二三年）関東地方に大地震があり、東京、横浜に大火災が起り、燃えふすぼった瓦礫《がれき》のあいだに、十万人の焼死者が、松の木杭《ぼくい》のように赤屑になってごろごろころがっていた。震動の恐怖はそれ程のことはないがぶちまけられた災害の地獄図の一つ一つのデタイユがたくまずして精緻巧妙を極めて人をして慄然たらしめるものがあった。対岸の火事で本所深川べりの大川の水は湯になり大川べりはトビ口で引きあげた屍体の山となった。そんな場合にも、人間の欲望だけは積極的で、性別もわからなくなって膨脹した屍体の指から指環を取る盗人が裁物鋏で指を切って合財袋に一ぱいあつめた金銀宝石といっしょに捕われた話もある。火災による死者は十万と言われ、旋風による頭大の大石小石が、焼トタンといっしょに逃げ場を失った男女の上から落ちてきて眼前で全身が裂かれ、脳漿がとびちる惨状を目のあたりせねばならなかった。十日のあいだ、どこかで火はいぶりつづけ、榾火《ほたび》のように下火になっては燃えあがり、魔法つかいのお婆さんが指図でもするように、黄いろに、朱《あか》に、螢《ほたる》いろに、ネオン紫に、並んでみたり、跳《と》び越したりして、狐火のようにゆれるありさまは、みているだけならうつくしくさえあった。ふりかえってみると、あの時が峠で、日本の運勢が、旺《おう》から墓《ぼ》に移りはじめたらしく、眼にはみえないが人のこころに、しめっぽい零落の風がそっとしのび入り、地震があるまでの日本と、地震があってからあとの日本とが、空気の味までまったくちがったものになってしまったことを、誰もが感じ、暗黙にうなずきあうようであった。乗っている大地が信じられなくなったために、その不信がその他諸事万端にまで及んだ、というよりも、地震が警告して、身の廻りの前々からの崩れが重って大きな虚落になっていることに気づかせられたといったところである。この瞬間以来、明治政府が折角築きあげて、万代ゆるぎないつもりの国家権力のもとで、心をあずけて江都以来の習性になったあなたまかせで安堵《あんど》していた国民が、必ずしもゆるぎのない地盤のうえにいるのではなかったということを、おぼろげながらも気が付きはじめたようにみえた。国民といっても、ごく一部の、それも、個人の心の片すみで、不安定に、たえず打ち消されそうになりながらのわずかな違和感や、小さな不安が、大きな心落しや流離とどこかでつながっていることを知らさせる機《しお》が多くなった。とりわけ人々に激しい衝撃を与えたことと言えば、天災地異のどさくさにまぎれて、一人の青年将校とその部下の上等兵とが、著名な社会主義者夫妻を拘禁し、甥に当る六歳の子供といっしょに扼《やく》殺《さつ》した事件であった。大正のリベラリズムの息を吸った人民への、不人気の底にいた軍のいやがらせともとれた。世論の追究にもかかわらず、博徒が身内を庇うように、うやむやのうちに犯人たちの身柄を法治外の半植民地の満州にかくし関東軍の泥沼へドロで太らせた彼らを、中日戦争のはじまるまでひそかに庇い通してきた。三文キネマの悪代官や泥顔役を彷彿《ほうふつ》させる。私の不器用な旅のきっかけは、遡《さかのぼ》って、あの地震のころにはじまったということができる。

その歳の七月に私の詩集『こがね蟲』が出て、先輩詩人福士幸次郎の肝煎りでその月のうちに銀座尾張町のレストランの二階で出版記念会があった。それから一ヶ月あまりたって九月一日に、これからの私の希望や、計画を土崩瓦解《どほうがかい》させるためのように、平等に大地がのたうちそのうえのものの評価を御破算にかえした。賛否の批評をのせて出る筈の雑誌出版社は焼け、文学者詩人の行衛《ゆくえ》もわからなくなって、文壇はふたたび兀通り立直らないのではないかというのが我人の実感であったが、若さとは怖れをしらないもので、一時はこころの張りも失われたようにみせかけながら、焼土の焼瓦にのせた玄米のにぎりめしと水トンばかりのゆすぎ水のような胃の腑で、私たち三流詩人は、三里の道をあるいて仲間をたずね、この不時の季節からえた危険なことばについて語りあった。私から『水の都市』（アンリ・ド・レニエ）が消え、ルネ・ギルとある無名なシルクハットとバラの詩人が胸をそらして登場した。これは、戦争のあとで、猿ぐつわをとって出てきた一ダース、二ダースの今日の戦後派の詩人たちと条件がよく似ているが、私の世代では、肩をくむあいてがいなかったことがちがっている。私の風態がわるくて、警戒され、泥棒の仲間入りをさせられるのではないかと思ったのかもしれない。

そんなことはともかく、あの秋は暑さがひどく、十月になってもじりじりと油照りの旱天がつづき、その上、時々強い余震が人をおびやかした。しかし、この天災は、後になって考えると私のしまりのない性格からくるいい気な日常にきまりをつけるための気付薬でもあった。あのトビ口にかけて人夫が片付けている焼死体をみたことだけでも無常を感じさせるに足りたが、もとより私達は菩提心から遠い。

しばらくたつと、焼けのこった牛込赤城元町の崖下の小家の玄関わきの三畳間の私の部屋に、尾羽うち枯らしたような姿で、焼け出された人たちがやってきては、裏の出入り口からのぞきこんだ。深川で一家が川のなかに首までつかって命びろいをしたといって、福士幸次郎がまず顔をみせると、鳥追い女のように裾端折りして、くくり草履《ぞうり》の百田宗治のもとの妻のしをり女史のいたいたしくもなまめかしい姿が、しなしなとあらわれた。浅草山の宿に住んでいた肉親たちの生死も、十日ぐらいは不明だった。一ヶ月もたってから、ようやくいろいろな人たちの消息がわかりはじめた。下町に縁つづきの多い金子の亡父のひっかかりの人たちのなかには、とりわけ悲惨なことが多かった。亡父が勤めていた建築業「清水組」のしょかたの老夫婦が被服廠に避難して何万人といっしょに蒸焼きになった。親戚の古着商の番頭筋で、反物のせりをやっていた男は、両腕の手首から先を失って、訪ねてきた。大火による気温の変動でおこる突風に出あって、日暮里駅の引込み線の線路を両手でつかんだまま、砂礫に眼もあけられずじっとつくばっていると、風に押された荷物列車が音もなく線路を辷《すべ》ってきて手のうえを通ったのを、そのときは、なにかたいへんなことが起ったとおもっただけで、痛さも感じなかったとかたった。そんな残酷物語をならべたら、はてしがない。帰省して学生たちがかえっていなかったことは、彼らにとってさいわいであった。

詩人になろうとして、私の三畳部屋にあつまってくる少年たちも、殆んど東京にいなかった。小日向水道町の三等郵便局の息子の、声色《こわいろ》の上手な宮島貞丈までが、埼玉に行っていた。小松信太郎も、福島に帰っていた。まっ赤な絵具をべたべた塗る画家の卵の牧野勝彦（のちの牧野吉晴）も、名古屋の親の家にかえっていた。身辺索漠なうえに、しごとの出鼻を折られて、つづける意欲もなくなり、東京にいても満目蕭々といたましいだけで、ぼやぼやしているうちに、売喰いの品物もなく、質草もなくなっていた私は、全く生計のめども立たなくなり、風待ちをする舟のように、ただ、あてのない運命のうごき出し、偶然の誘いのあるのを待つだけであった。

オイデマツ、と名古屋の牧野からの一本の電報をいのち綱のようにその日のうちに片道の旅費を借りあつめて、夜行列車で東京をあとにしたのも、この機を外《はず》すのを懼《おそ》れるあまりであった。牧野の家は、市の場末の清水町というところにあって、へいつくばったような低い平家《ひらや》ばかりの、むだなあき地の多い家つづきの一軒であった。牧野の父は退職の陸軍騎兵大佐で、いかめしい軍人髯を生やしていたが、無口で、好人物であった。痩《や》せて骨張った父親とくらべて、肥りすぎで、いつも息をせいせいいわせている母親は、世話好きで人を信じやすく、裏切られてもさまで気にも止めないようななつっこい人柄だった。勝彦を惣領《そうりょう》に、満彦、泰彦などの男の子と、正子、つが子、八重子などの女の子たちもあって、男の子たちは、別棟の亜鉛屋根の小屋に起居して、寝るときは一枚の掛布団を二人三人でひっぱりあいながら寝た。その布団は着古したきもので、絣や、紋付までもはぎ合せてあったし、古綿が寄ってごろごろしたあいだにきればかりになったところもあった。子供たちといっしょを申し出て、餓鬼大将になってくらしたが、敗《はい》竄《ざん》の末、東京を脱出した私には、そこの生活程、野心や執着を忘れ、こころのいたみを消し、悲しみから遠ざかるためにかっこうな場所はないとおもわれたので、できるなら、いつまでもその場をうごきたくなかった。当時の勝彦は、ものに憑《つ》かれたように私に傾倒し、私の言動には、理非なくくっついてきた。そうした人間関係は、ふかいほど大きな危険を伴い、あいてが成長して、じぶんのつくした誠実がばからしいと気付いたとき、さっぱりと離れてゆくだけではすまず、反逆で返しを取ろうとすることも、ままありがちなことである。たとえ、そのとき私が充分そのことを承知していたにしろ、すすんで道化をつとめる彼となれあって、わがさびしさをなぐさめることで救われるよりほかに、方策もなかった。裏木戸を出ると、すがれた原っぱにつづく道があって、その道の片側にもとびとびに屋根の低い家があった。その一軒には、昼もうすぐらい部屋のなかに、まるい頭がいくつかみえて、老若の尼さんたちが住んでいた。尼たちは、神妙に勤行《ごんぎょう》をしているときもあるが、からかって通る若い衆たちに、名古屋弁のみだらなことばで、応酬していることもあった。尼という存在には、人生のいちばん低い溝河をながれる水のような、ひそやかないのちのながれがききとれた。さすらいのはじめにきいたそれが最初の人間内奥の極秘の潺湲《せんかん》であった。煎餅《せんべい》の紙袋をおくり届けることをおもいついて、勝彦とつれ立ってゆき、私が入り口に待っていると勝彦は私の手前、つけ元気をして入っていった。入り口の小庭につわぶきと、蕾のふくらみかけた茶の木があり、底つめたい十一月の風が陽のささない家のまわりをさわ立てて通りぬけていた。私のこころを推測して勝彦は、若い尼を一人つれ出してきた。顔立ちはととのっていたがその尼は顔いろがわるく、特別な病気でももっているようなしずんだいろをして、人間の体臭とはちがった、饐《す》えたような臭いを身辺にただよわせていた。誘うとどこまでもついてきた。名古屋城のみえる街道のふきさらしの、車屋台のどて焼店につれてゆくと、彼女は、濃厚な名古屋味噌で煮込んだ芋や、コンニャクを、猫舌らしくさめるのを待っては、がつがつとむさぼり食った。勝彦と私は、顔を見あわせては、尼の側頭骨の張った坊主頭と、こめかみのいそがしくうごくのを眺めていた。この旅の第一の宿場、名古屋での一ヶ月の逗留《とうりゅう》は、なにごともないということにつきていたが、旅のもたらす解放感までも、東京での悲惨が尾を曳《ひ》く憂愁のおもいでおしつぶされていた。なにごともない名古屋ぐらしのあいだにあった、ほんの瑣細《ささい》なショッキングなできごとといえばこの尼のことと、勝彦が、私に会いたいということでつれてきた井口蕉花という男のことである。小柄なうえに猫背で、追いつめられた小獣のような哀しい表情で、からだに合わない大きな二重廻しの外套を着たまま、畳のうえにべたりと坐った彼は、どんなことを牧野に吹きこまれてきたのか、なにか私が、彼のために労をとって、してやれる能力でもあるかのように、ぶつぶつとなにごとかをたのみこむのであった。井口はむかし、本間五丈原という名で『秀才文壇』に詩や、短文を投書していたことがあるという。本間五丈原なら私もその名をよく知っていたが、どうしてもこの男とは結びつかないので再三たしかめるようにたずね返した。しかし、こうした一見みじめそうな男の内部でゆらいでいる焔が、時にはきらびやかであったりするものらしく、彼がみてくれともってきた詩をみて、私は、意外なおもいをした。勝彦につれられて私は、彼の仕事部屋をたずねた。彼は、瀬戸の陶磁器の下絵をかくのがしごとで、そのときも、紅茶茶碗の受け皿のこまかいつなぎ模様の絵を、紙に眼をくっつけるようにして描いていた。そのとき彼は、名古屋の詩人のため私にいつまでも止まってほしいと言ったが、私は、「それはむずかしい、牧野の家でよくしてくれても、そういつまでも世話は掛けられないし、この土地で生計を立ててゆく途もない。それに名古屋の詩人の面倒をみるなら高木君のような適当な人もいる」とさとすように言った。高木君というのは、佐藤惣之助の弟子の高木ひさ雄のことで、陶磁器の釉《うわぐすり》の問屋の伜《せがれ》で、家が裕福だった。井口は、淋しそうにしばらく私の顔をみていたが、なにをおもったものか、ながい紐のついた汚い巾着をふところからひき出し、古だたみのうえに逆さにふって、なかの銀貨をぶちまけ、それをまた、一枚ずつひろって積みあげた。五十銭銀貨ばかりで、二十枚ほどの高さで三つほど積んだ。そばの勝彦もしんとなってそれを眺めていた。どういうつもりのふる舞なのか、私にはよくわからなかったが、金のことなら心配するなということか、これだけ儲けるしごとがあるということか、そうして見せなければ、口では表現できない、さしせまったわけでもあったのか、そのときはっきり聞けなかった私の弱気が、あとまでも、心情のゆきとどかなさとなって、こころにのこったものだった。若さというものは、未熟なものだ。念の足りなさや、つまらぬプライドや、ゆきがかりで、ことの軽重を見失ったり、こころとはうらはらなことをしたり、言ったりした。若い毎日は、いくら悧口ぶってみても、偏見と無惨の多いもののようだ。井口の家からのかえり路、勝彦は「あれは、あなたに使ってくれという気持で、気が弱くってそれが言えないんですよ」と、彼なりの解釈をしたが、その解釈は、心がひどく痛みやすくなっている私には、私の物欲しさを知って私のために代言してくれたことばのようにおもえて、かなしかった。勝彦は、なんとかして私のこころを引立て、私のためにゆく先を切り開いてくれようとするのだったが、弱年の彼を世間があいてにしてくれなかった。彼は、私の不遇を憤り、私に代って憤懣を抱き、あちらこちらにいって、東京の詩人文士を嘲罵した。私は、それを制止する気の張りあいもなく、呆然とながめているばかりか、その幼い身内びいきの心情にかえってこころなぐさめられさえした。清水町には、うかれ節や、旅芝居のかかるふるい小屋があって、私と勝彦は、夜になるとさむざむとしたその小屋で時間をすごした。地元のうかれ節語りの原嘉六や、港家儀蝶、大阪から中川伊勢吉や海老蔵、藤川友春（癩で、御簾をかけたなかで語った）などの大物までがきて二夜さぐらいつづけてうってゆくこともあった。ふしにかかると勝彦は、釣られてひょこひょこと尻をうごかした。正月には素袍大紋姿の本式な御前万歳をみることができた。この小屋の木組は、またすばらしく、日本人の智慧の組木の粋をあつめたような細工だったが、空襲を待たず、類焼してしまったという話だ。黒土が干いて白っぽけた師走《しわす》近い名古屋は、道に霜枯れた大根の葉などが落ちているいなかくさい、侘《わび》しい町で、どこの家のくらしも、もの哀しそうだった。うかれ節の義理人情をききにくる人たちは、それでも年輩の人ばかりで、二十九歳（かぞえ歳）の私と、十八歳の勝彦は若い客だった。勝彦の父は、恩給ぐらしですることもなく、薄氷の張りはじめたお城の外濠へ、魚を釣りにいったりして日を送っていた。鯰《なまず》が釣れたりすると蒲焼をつくって、本屋《おもや》から、女学校に通っている娘の正子を使いに私をよびに来た。晩酌をやりながら彼は、日露の役で、乃木大将の部下の中尉で聯隊旗手に抜擢されたが、南山の大激戦のとき、大酔して正体なく、聯隊旗を敵にとられたが、大将の寛大なはからいで事なきをえた話を、短いことばでぽつぽつと語った。息子の師匠というので、若輩の私に改まった言葉づかいをしたが、酒が終る頃になると居ずまいを直《ただ》し、軽はずみで、心諜がしい倅が、詩人となって将来成功する見込みがあるだろうかと、訥々《とつとつ》と口ごもりながら、人もあろうに本人がまだ駆出しで、海とも山ともわからないうえに、この頃では、半分は詩など捨ててしまおうとおもっている私にたずねるのであった。勝彦には天才的降神状態があるから、詩か絵で、非凡なしごとをするようになるかもしれないなどと、私以上にゆく先の吉凶のわからない勝彦について、気をもたせるようなことを無理して言わねばならなかった。

私をはじめ勝彦や、弟たちも、誰がその発頭人かしれないが、いんきんたむしという、陰部のヒフ病にかかっていっしょに生活しているのでみんなに伝染した。誰もが見られないようにして胯間《こかん》に手をさし入れてポリポリ掻いていたが、掻くほどにひろがるばかりなので、一同を車座に坐らせ、私が、くすり瓶についた房楊子のようなちいさな刷毛で一人々々くすりを塗って廻った。たしか、ヨージ水という名のくすりで、つけるなり、硫酸でもぶっかけられたような熱さで、睾丸《こうがん》がちぢくれあがるのであった。「強いぞ。強いぞ」と言って、私は一人々々を団扇であおいだ。歯を喰いしばってものも言えず坊主共が結跏趺坐《けっかふざ》しているところへ、のぞき込むようなかっこうで、井口蕉花がはいってきた。気をのまれたようにその光景をじっとながめていた井口は、やがて二重廻しの裾をひらき、黙って皺くれた前のものをつまみ出して人の輪のあいだのあいた場所に胡坐をかいて坐った。仲間入りの儀式とでもおもったらしい。笑い話とするには、こころが切なくなるような話である。私のふるさとに近いこの都会は、日本の中心部にありながら、風景はさむざむとして旅のこころを愁殺し、東海の遊俠気質がのこっていて、ふれる人のこころがいじらしい。そもそも日本人というものが一人ずつにするとみんな泣虫で、その泣虫をじっとこらえて意地張り、弱味をみせまいと力みかえって生きている。そしてみせかけだけの強さは、権力とか、偶像とか、義理情誼《じょうぎ》のしがらみとか、すがりつくものがなければ、手もなくがさりとくずれてしまう。あの頃の名古屋の庶民のなかに生きているのは、天野屋利兵衛や、紀国屋文左ェ門、それから野狐三次など、うかれ節、祭文の素朴なモラルであった。名古屋ばかりではない、それは、日本の津々浦々まで、酒樽《だる》といっしょについて廻る、万人共通の陶酔のメロディで人々の心に煮〆めた醬油の味のように滲み入り、明治、大正、昭和と倦《あ》かれもせずに受けつがれて、今日猶、テレビやラジオでそのままながされ通用している。名古屋は、そんな鈍色《にびいろ》がかった、泥くさい、万金膏《まんきんこう》のようにべったりと心に張りついてくるところのように、始終、感傷的だった私には感じられた。

同郷の津島生れの先輩の野口米次郎先生の文芸講演会が名古屋市の公会堂のような場所で開催され、私はその前座をつとめることになった。牧野のお父つぁんの袴《はかま》を借りて、生れて始めて大勢の前でおしゃべりをするので婿入りでもするような騒ぎで、出かけていった。野口先生の話は、会場の照明を消して、テーブルの上に二つの燭台を立て、蠟《ろう》燭《そく》のあかりだけで、幽玄神秘な雰囲気のなかで講演に劇的効果を出そうという趣向だった。そうした先生の舞台効果も、野次馬学生の半畳のためにめちゃめちゃになった。私の話は論外で、箱河豚《ふぐ》のようにコンコチになってしゃべったことの前後もそろわぬままに途中で引込んだが、講演の謝礼や、そのほかに工面したわずかな金を旅費にしてともかく名古屋を発つことができた。川崎の佐藤惣之助から「東京はどんどん復興しているのに、牛込のボードレールがいなくては、かたちがつかない」と便りをくれた。牛込のボードレールは、百田宗治がつけた私の綽名《あだな》で、私が百田の綽名を八角時計とつけたお返しだった。惣之助はシューマイ、室生はコチとそれぞれ綽名をつけあった。アドレスを誰にもしらせないのに便りが来たのは、高木ひさ雄が知らせてやったものにちがいなかった。惣之助の慫慂《しょうよう》にもかかわらず私はまだ、東京にかえる気にはなれず、勝彦をつれて西にむかった。年はかわって、大正十三年春正月の末であった。京都から伏見、木津と泊りを重ねたが、九月終りに東京を発ってきたので、名古屋を発ち際に、牧野の母が見かねて、父の袷衣《あわせ》を餞《はなむけ》してくれた下に、牧野の妹が編んでくれた毛糸を着てはいたが、猶うす着で、京の底冷えが膚からこころまで沁み通った。商人宿は三人四人の合宿で、その寒さというのに蚤がいて、浅い夢しかむすべなかった。しかし、この太夫さんと才造のような、呼吸の合った二人旅は、貧寒ながらあとまでおもいだすことの多い、たのしい旅でもあった。みわたす限り枯れ芦の満々とした巨椋池《おぐらがいけ》の満水のけしきは、いまはもう跡形もないだけに、眼に灼付《やきつ》いて、いつまでものこっている。独身者の男ふたりの友情は、どちらかが女房役で水ももらさない弥次さん喜多さんであったが、それだけに、ひとりの方に女の関係でもできれば、それでおしまいであとまでうらみがましい気持がのこりがちだ。

勝彦の手相占いで、旅の方向や、明日の天気までがきまる。彼の手相術は神がかりで、人のてのひらをじっとみつめているうちに、からだがしびれたようになって雑念が遠ざかり、耳のそばでなにものかの声がきこえて、その教えてくれることが、ひとりでに口に出るというのである。が、元より本人だってそんなことを本気で信じているわけではあるまいが二人の馴合いのムードをつくるためには随分役に立った。「汽車に乗るな」というのも、そのアノンシアシオンであった。徒歩で十日以上もかかって、兵庫県東南部西の宮に辿《たど》りついた。西の宮戎の社のあるところだ。

そこがその旅の終着駅となったのは、私の実妹が、結婚して、関西大学を教えることになった夫の河野密と二人で、そこで小さな家庭をもっていたからである。妹の捨子はまだ、女学校を出たばかりの娘っ子だった。若夫婦の狭い家の二階に私と牧野が一ヶ月程滞在した。河野とは夜しか顔を合せなかったが、勝彦の活動弁士の声色や、うかれ節をおもしろそうにききながら、彼は抱えきれないほど大きな籠で買ってくる蜜柑を、たちまち、五つ、十と食べて、皮の山をつくっていった。それも一つの芸当であった。私は、戎社や、和船ばかりが帆柱の林をつくっている港のほうをひとりでほっつきあるき、『水の流浪』にのせたような、うらぶれた詩をつくりためた。「新造船」「古靴店」のような詩は、そのときの収穫である。帝塚山の佐藤紅緑先生の邸にも、屢々《しばしば》訪ねた。先生とは、牛込の姿見弓道場で、中村武羅夫や新潮社の中根駒十郎番頭、青年社員の加藤武雄などと（他に狩猟官の花弓岡崎子爵や富久娘という酒造の坊やもいた）並んで弓をひいたなかであり、また福士幸次郎の恩師でもあった。サトウ・ハチロー少年は、その長男で、独歩の息子の国木田虎雄と、中日戦争の頃天津でいつのまにか『京津日々新聞』の社長になって納っていた永瀬三吾と三人が揃いの赤ジャケツ組で、神楽坂へんを押しあるいていたが、私の三畳部屋へもしげしげ現われた。三人は、福士の門下で、私が編集した福士の雑誌『楽園』のチビッコ同人だった。紅緑先生は、文壇の一方の老大家で芸術の大衆化をはじめて提唱し、浅草の観音劇場に立てこもって、自作を公演しつづけた。神経質な文壇とは肌が合わず、関西に移って、新聞の小説を書いていた。牛肉屋のような三階建ての大きな先生の家には芝居者らしい居候や、書生たちがごろごろしていた。親分肌の先生は、あまり人間の好嫌いなどに頓着しないふうで、それぞれの青年達を愛した。孟嘗君や、信陵君の流れをくむ東洋気質であろう。私は、唐子《からこ》という綽名をつけられた。東京に帰りたい気持を私がもらすと、その心を汲んで、すぐ、旅費には多すぎる金を紙に包んでくれた。おもいがけない援《たす》けをえて、私は、勝彦といっしょに、半年ぶりで東京に帰ってきた。

男同士の友垣が、一人の女性の出現でばらばらになるという理窟は、嫉妬《しっと》の本能とばかりは片付けられない、力学的不均衡という物理関係もあることである。宮島と牧野はまだ、童貞であったし、私は、私で一九一九年、最初にヨーロッパにゆく前に、過去のややこしい関係をうち切って、表面は、悟りすました坊主のようにくらしていた。牧野は、女など寄せつけぬという顔をしていたが、宮島は、世俗にくだけて、女欲しさを口にし、吉原までゆきながら遂に登楼の勇気のなかったことや、夢精や、手淫のことまで、一々大事件のように報告にきた。父親が元刑事で、押収した笑い画や、裸写真などを盗み出してもって来て見せた。春画は、日露戦争当時、兵隊に持たせてやるために大量に刷ったらしい粗雑なものであった。「それそれ、旅順は陥落するぞ」などと、看護婦を抱きながら髯の将軍が叫んでいることば書きがあったりした。宮島とは、平野威馬雄の家で会ったのがはじめであったが、赤城元町と小日向水道町で家が近いので、局のしごとが終ると、たいてい毎晩のように、三畳部屋にあそびに来ていた。いろものの寄席が好きで、落語家の物真似なども上手で、洒落《しゃれ》、軽口が口をついて出て人をわらわせた。勝彦は、三畳部屋に住みついて、私の寝る足のしたに横になって、二人がT字形になって寝た。年少のこうした連中をあいてにして、ゆく先なんの成算もなく、日々の賄《まかな》いもさし迫っていながら、呆けたようにうかうかと、左次郎気取りで老成ぶって、二十代も終りに近い、青春のたそがれを、みすみすむなしくやりすごすことに私は、ようやくもどかしさと焦りをおぼえはじめていた。私のこうした韜晦《とうかい》とも、天の邪鬼ともみえる生きかたは、詩の仲間たちからは奇っ怪なものにみられた。それでもまだ私は、『こがね蟲』の矜恃《きんじ》と、ダンディズムを見捨てていたわけではなかった。『こがね蟲』の評価で、詩人の友人たちは、私の前途を刮目《かつもく》していたし、つきつめて見れば、私の周囲にあつまるチビたちも、そうした紫気彤雲《しきとううん》に魅《ひ》かれてきているのだった。日常をともにし、身近いだけに、牧野は、私が現状にゆきづまって苛立っているのを敏感に感じとっていたが、さて、それならばじぶんに何ができるかわからなかったのは当然である。

牧野の口から、城しづかや、蒲生千代、森三千代の三人組の女性の名が出るようになったのは、その頃だった。大阪の方に中心のある或る文学グループにつながりのある連中で、城しづかだけは『令女界』に少女小説を書いてその方面で知られていた。夢二に肖像を画かれたとかいう話で、夢二ごのみの少女であると言うことだった。蒲生千代は和歌をやっていて、いまは東京に出てきて大森辺に兄と家を借り、兄はまだ学校に通っていた。森三千代は詩が志望で、現に、お茶の水の女子高等師範の生徒で寮生活をしているが、校舎が焼けて茗荷谷の仮校舎にいたのを、このごろ新校舎が建って戻ったとかいう。熱をこめた勝彦の話しかたも手つだって、狭い三畳の湿っ気た空間に、お垂髪《さげ》のリボンや、振り袖の友禅もようや、曙染めがゆらゆらして、吉井勇がうたう瀟南のおとめたちに抱くような、遠いあこがれの感傷がこころを搾木にかけ、詩をつくることなどにかまけて失った幾年が、殆んど無意味なことだったように私にはおもわれるのだった。花々だけが人生で、みのりや葉の繁りが絶望的な煩わしさとしか考えられない耽美主義から、ぬけ出しきれないじぶんが、まともな世のなかと折合ってゆけない生れそこないのようにおもえた。恋人と会って、手をふれあうのがせいぜいの気の弱いデートをしながら、別れての帰りに私娼窟に立寄って、恋人で掻き立てられたセックスを処理し、ほっとするという男の話のように、私たちの時代の少年は、なにごとにつけて、今日の人たちのように逞しく割切ることができないで、プラトニックラブをえがきながら、娼家の軒先をつたいあるくことは似ていて、ただその霊肉二面の矛盾に苦しんだり悩んだりしたものだ。そのことは、ややこしいことにはちがいなかったがそれを教えたあいては古来文学さんで、文学の手ごとが入らなければもっと簡単に男女のことは成就したにちがいない。大正末期は、さすがに琴、尺八の合奏ではなく、マンドリンで心を通わせる時代で、萩原のぬけぬけとした女体摸索の情緒の美しさにも、田舎の小都市の小金持の息子のマンドリンの音色が秘められている。突然、牧野を通じて森三千代が、ある悩みごとで私に会いたいと申し込んできた。実際は、牧野が彼女にすすめて会いにくるように、取りはからったものにちがいない。そんなことになると彼は、すばしこく目はしの利くところがあった。彼女が訪ねてくる日取りは、大正十三年三月十八日と決った。勝彦、貞丈、実弟の大鹿卓があつまってきて、その当日の手筈を決める相談をした。めずらしい女客を迎えるというのでみんな興奮していた。三畳の部屋はむさ苦しく、その上奥の一畳の上が夜具戸棚になって下だけしか使えず「自働車部屋」と名がついていたので、始めての女客を顰蹙《ひんしゅく》させることにちがいないということになり、そこから三四丁の道のりの、私の義母のいる新小川町の小家の二階を借りることにした。当日は、弟の卓が三畳部屋に待っていて、訪ねてきた彼女を案内して新小川町につれてくるという打合せになっていたが、時間がおそいので、勝彦が二軒の家のあいだを二度も様子をみるために走って往復した。陽のいろはうららかで春めいていたが、ふく風は仇寒いうえに、ほこりっぽかった。私は一間しかない二階の八畳部屋に、箪笥を背に、置炬燵をして、坊主頭で陣取っていたが、心は駆けあるいている勝彦とおなじおもいでいた。そのおちつかない雰囲気をほぐそうとして、しきりに宮島が軽口をたたいた。「清盛公は火のやまいの態《てい》」とか「今日は、お日柄もよく、お見合いの吉日ですから、いつもの臭いやつは謹んでくださいね。破談ものですよ。おこたのなかでじんわり蒸されて腰がつよくなります。それこそ、屁をひる光晴《こうせい》（フランスのロマンチック派の詩人テオフィル・ゴーチエのもじり）ですよ」とか言いつづけるのでうるさくてならなかった。下の格子戸が開く音がして、下駄で駆上りそうな見幕で、注進の勝彦が、「来た。来た。来た。来た」と言いながら、安普請の階段を乱暴に、どたどたとあがってきた。つづいて、鼻ばかりが並外れて高いので『たかさん』と呼ばれている弟の卓のうしろから、束髪に結った和服姿の、オリーブいろの袴《はかま》の紐を胸高に結んで、女高師の桜のバッチをした三千代があらわれた。私をまんなかに、三人の若者が居ながれて、行儀よく坐った。私は、大詩人の貫禄を示さねばならない羽目なので、つとめて融然と応対した。彼女はこたつには入らず、土産にもってきた小さい洋菓子の箱を置いて私の正面に坐り、顔をあげた。それが彼女とのはじめての対面であったが、中高で目のぱっちりとした丸顔の勝誇ったような顔立ちの娘だった。この娘ともつれあって、七年の長旅をすることとなろうとは、そのときは知る術もなかった。

恋愛と輪あそび

窓から飛び込んできた迷い鳥のようなその女の子を、四人がそれぞれ心のなかで、逃してやりたいとおもう気持は一つであった。とりわけ、彼女が目当てにしてきて、もじもじしながらなにかたずねることに、うわずった調子で、いつになく勿体《もったい》ぶった受け答えしている私を、あとの三人がそばから、固唾《かたず》をのんでながめている窮屈さをここが辛抱と私は耐えぬかねばならなかった。勝彦からいろいろ話を聞かされていたので、私にはあらかじめえがいていた彼女の映像があったが、実物はもっと野生的だった。彼女が帰っていったあとでは、姿容《すがたかたち》をはっきり再現させることができなかった。彼女が帰ったあとでのこった四人は、いずれもいつものように話がはずまず、とりわけ彼女のことについては、はばかりでもあるように誰もふれようとせず、座をひき立てようと宮島が軽口を言っても、笑うものがなかった。しらけたような顔でしばらく向いあったあとでばらばらに帰っていったが、このとき、男たちの友情を結んでいた綱の結び目がほどけ、私たちのあいだに貫入《かんにゅう》が入った手ごたえを、互いにはっきり感じとったためのしらけぶりであったことが、あとからおもいあわされた。みんなが帰ったあとで私は、彼女がのんだ紅茶茶碗の唇のふれたところをさがして、そこから、底にのこった冷えたのみのこしをすすった。

私がいればそれをいいことにして、親戚廻りをして留守勝ちになる義母の家で、近いうちにもう一度来ると言った彼女を毎日、ひそかに心待ちにしていた。三月二十五日の午後に、格子戸の外が明るくなり、彼女の姿があらわれた。私の仕かけたかすみ網に、彼女はじぶんからかかりに来た。その日は、私は階下の部屋で炬燵にはいって、落付きのない春の風が戸障子をがたがたさせるのをききながら、化膿して熱ばんだような気分で、なにごとにも手がつかず、ひらいた本のうえに頬をつけてうとうとしていた。彼女に寄せるおもいは、ここ何年か味わなかった恋愛感情だけに、昔日の幼稚さと異った切実さがあった。天災の後のもの侘《わび》しさに培《つちか》いそだてられたためかもしれなかった。すでに春というのに炬燵にもぐり込んで、逆上したような顔をした蛸《たこ》坊主のような私を見て、彼女は吃驚《びっくり》し、上ろうか、どうしようかと、ためらっているようすであった。私が熱心にあがれとすすめるので彼女はやっと決心して、にじりあがって来たが、炬燵へは入らず、炬燵ぶとんのむこうに逃げ腰のまま坐った。私と彼女の距離は、大袈裟《げさ》に言えば百里の行程に感じられた。勝彦の佞弁《ねいべん》が私をよほどうり込んであったのでなければ、彼女は、ただならぬ気配を察してそのまま、逃げかえったにちがいない。文学や、詩について彼女は、私に質問した。詩や小説を書く目的でお茶の水の国文科に入学したが、所をまちがえたことにすぐ気づいた。校規を無視して自由奔放にふるまって、しばしば問題になりながらも、四年の学業を終り、秋には卒業を控えているということを勝彦からきいていたが、彼女があこがれる現代文学に就《つ》いては、おもしろいほどなにもしらなかった。もちろんそんなことは私にとってどうでもよかった。彼女と文学を語ることよりも、彼女をふんづかまえることの可能性の方が問題だった。その時の私には、文学を囮《おとり》にして彼女をじんわりひき寄せるような心のゆとりがなかった。それにもし、彼女が文学の事情に通じていたら、私じしんが不勉強なことをすぐさま見抜いて、呆れて離れていったかもしれないが、その点では五十歩百歩のよいあいてだったようだ。恋愛か、芸術かをいずれ菖蒲《あやめ》かひきもわずらうといったゆとりのあった大正初期の駘蕩《たいとう》の名残りをひいた文学精神のなかで私も、彼女も生きているという点では、同類だった筈《はず》だが、ただ、私が、震災以来、不遇に終った『こがね蟲』とうらぶれをともにし、『水の流浪』

のはてがゆきどころなく、根をおろすべき生活を見いだすこともできないで、いたずらに哀傷にひたっていたのにくらべて、お茶の水の校舎の焼原に、仮普請《ぶしん》の校舎や、寮が建って引移ったばかりの彼女は、帰省中、手廻りの品を震災で焼いたほかに、なに一つ失ったものはなく、文学への夢も、のぞみも、もどかしさも、彼女が障壁とおもい込んで乗越えたがっている校舎の長い塀が、皮肉にも荒々しい外界から、そっくりまもっていてくれていたわけである。しかし、私じしんがじぶんを見放そうとしている程、親しい先輩や、友人達はまだ私を見棄ててはいなかったようだ。それどころか、神々のたそがれを感じている一列の人たちは、若い時代の旗持ちとしての私をどこかでたよりにしているらしいことをあれこれの機会に感知することが多かったことは私の生涯にかけられた罠《わな》として性質《たち》のわるいものの最も大きな一つであったようだ。あのとき、私がもうすこししっかりしていて、そのうえ強情でありえたら、少くとも私は、もっとしあわせに私の恋愛を享受することができたろう。だが、それではあの恋愛の、成立つ動機が薄弱だったかもしれない。炬燵やぐらを前にして私の演じたコメディは、それをうしろめたいと感じさせない、時代感情がうしろにあって、私はそれをおのが情熱とおもい、彼女もおそらくそうおもいこんでいただろうが、じつは、情熱のようにかき立てる性質のものではなく、萎靡がちなこころを笞うつためのうそ寒いエゴイズムで、それなればこそ、私は涙をながす潮刻までちゃんとこころえていたのだ。

「君がもしいやと言うなら、それはせんかたのないことだが、私には活路が見つからない。むろん詩などを書きつづける気力はない」と言うと、ノートにペンでこまかく書いた詩集『水の流浪』の草稿を破りにかかった。真中から引破ると、彼女はおどろいて、私の手首をおさえ、「やめてください」とおろおろ声で言った。破りかけたノートにもつしみったれた惜しみを見すかされまいと私は、その惜しみとたたかって破る手に力を入れたが、それは歌舞伎のさあ、さあ、さあであいての出方を見通しての芝居に類するものでうしろぐらい仕業であった。焼けたばかりのビスケットのように熱くて、甘ったるいにおいのする彼女の顔が、眺めているときの距離の限界を越えてこちら側に来ていたので、運命はそこから出発するよりしかたがなかった。彼女にとっては、気弱さがまちがいのもとであった。後にお互いの精根をすりへらした長旅の道づれとなる、その踏出しが、この時代がかった瞬間にあったとも考えられる。唇でふれる唇ほどやわらかなものはない。寮の門限を気にして、あわてて彼女が帰っていったあと、風は落ちて、表障子にさすまっ正面の夕日が、玄関の格子戸の影を映して、百梃《ちょう》の蠟燭《ろうそく》を立ててその焰が、一ゆらぎもしない瞬間のようにみえた。動顚していた私のこころも、こっとりと納っていた。彼女を抱きよせたときに辷り落ちた灰銀いろのゴム製の束髪櫛が、炬燵布団の裾にあるのを私はひろいあげ、胸の肌にじかにあてていると、それはすぐ人肌になった。なにかがはじまる前にまず、大きなことが終ったように、私は、頭だけさえざえとなりながら、からだは懈《だる》くて、なにも考えず、箪笥にもたれ、小家のうちや外がくらくなったのも気づかずに、四大の運行のそとにいるおもいであった。二階の高窓からのぞいた夜空がこんなに奥ふかく、星々がこんなに、ふれんばかりに近々とまた匂やかにまたたいたのをみたことがなかった。しかし、その昇天感情もわずか一日のことで、もとの下界に逆戻りしなければならなかった。翌日、彼女は、泣きじゃくりながら表から入ってきて、彼女に恋人がいて、その人がじぶんの故郷へかえっているので、幾度か手紙を出したが梨《なし》の礫《つぶて》だ、その人が東京にいるときは、前からの別の恋人の家があり、そこを根城としている。かたがたこころもとないことだが、その人とのあいだが片付いてないうえに、断ちきれない気持ものこっている。きのうはあんな仕儀になってしまったが、その恋人の友人が私だと知ったので、相談に乗ってもらいたい下心でそもそも訪ねたのだ。昨夜、寝もやらず考えた末、これをつづけてゆけば、結局、私を苦しめ、じぶんも立つ瀬がなくなると気付いて詫びに来たという次第を、ハンカチーフを嚙みやぶりながら述べ立てた。なる程、その恋人を私はよく知っていたが、互いに私行に立入った交際はなかった。しかし、彼女からそんなふうに言われてみると、落胆しながらも、あきらめるほかはなかった。彼女は、明日にでも、郷里の伊勢から弟が上京してくるので、その弟をつれて大島にゆくつもりだとも言った。大島からかえってからは、新しい学期がはじまるまで、大森馬込の蒲生千代の家に泊るから、手紙はそこへくれとのことだった。一日に二三通ずつの手紙を書いた。新聞のはしをちぎって、一言書いて封筒に入れて出した。彼女がこなごなに破いて屑籠に捨てたのを、蒲生の兄がピンセットで、暇にまかせてつぎあわせ、額に入れて彼女の眼の前に置き、柏手をうってからかったりした。私が関西に発ったのは、四月の四日で、途中、名古屋に立寄り、私より先に三月のうちに帰っていた勝彦に会って、彼女との一部始終を語ると彼は、「大丈夫、それはうまくゆきますよ。私はここにいて、ピインと霊感が来てわかっていました。手を見せてごらんなさい」と、私の手をひらかせて、じっと睨《にら》んだ。そして、「五月には、彼女の心がはっきり、金子さんの方へ傾きます。間違いっこありません」と、いく度も念を入れて保証した。そんな言葉に力づけられながら私は、彼女によって火をつけられた手榴弾のような情念をふすぼらせながら、京都、西の宮、帝塚山と泊ってあるき、五月はじめに東京に戻ってきた。五月はじめまでは、寄宿舎へは帰らず、大森にいるとわかっていたので、夜行列車で朝早く着いた大森駅で下車すると、朝霧にけぶって、藁《わら》塚などのあるいなか路を踏んで、彼女の寝ごみをおそった。不意打ちのことで、家のなかはしばらくざわめいていたが、やがて彼女が現われた。ふたりは馬込村の青麦の畑のなかを一時間ほどつれ立ってあるいた。「冷却時間を置いてみるつもりの旅だったが、結果は、振出しにかえっただけだった」と、私は正直にその通りを言ったが、彼女は、しっかりした返事をしなかった。しかし、ふたりのあいだの感情には、こなれたものが感じられ、問答も、掛けあいめいていた。二日後に牛込を彼女が訪ねると約束をつがえて、その日は別れた。そのへんは後に室生が移りすんだあたりだった。

赤城元町の部屋に帰ると私は、すぐ舎弟をよびつけ、一緒に部屋さがしをして、肴《さかな》町の芸術クラブ（島村抱月の劇団の事務所）のすぐ前の下宿屋の、階段下の一つも窓のない、畳五畳半を敷いた三角形《なり》のふしぎな部屋を借りることにした。立テーブルを弟にかつがせ、私は背なかに寝具を背負い、籐椅子と、風呂敷包みを手にもって、人通りの多い町をふらふらしながらあるいた。彼女とそこで会うためであった。三畳の部屋が不体裁という外見《みえ》ばかりではなく、仲間のチビや、詩人づきあいが出入するので、かんじんな話ができないばかりか、ことがこじれる心配があったからだ。彼女が訪ねてきた始めの日は、四つ木の「吉野園」につれていった。大輪のチューリップと鉢牡丹が盛りだったが、殆んど入場者がいなかった。低地で雨水がたまってできたような池があった。池の畔りの草叢《くさむら》に二人が足を投出すと、足もとから蛇が逃げていった。「そこに」と指さしながら私は、蛇を指さすと指さした指が腐ると言われたことをおもいだし、指の腐るのを彼女にみせてやりたいとおもった。恋情よりも、心の苦しみを彼女に知らせようとしゃべっていたらしいが、なにをそんなにしゃべるたねがあったのか。いまも猶、しきりにしゃべりつづけている人生、しゃべり棄てたことばの量はながさにして、地球を何百回巻くことだろう。しかし、しゃべるにつれて、じぶんの値がさがってゆきそうで私は、その都度じぶんがみじめだった。五月は、重苦しい季節だ。娘道成寺の手鞠唄に「都育ちは蓮葉なものじゃえ」とある通り、私は軽佻《けいちょう》浮薄なのが素地であったが、師範から高等師範と、寮の生活ばかりで、世間を知らない、小都市の優等生気質の彼女は、どんなに勝気で、すれっからしぶってみせても、重厚で、生真面目《きまじめ》にしか結局生きられないもようであった。そして、それは、彼女のその後の生涯に於てもずっと変らず、人がはらはらしてみている前で、正面の壁へ、もろにぶつかるまで、身を交すということをしらない。少年のころから奸智に長《た》け油断がならない人間のようにおもわれていた私も、そのじつなにを犠牲にしても、じぶんの好きなようにしか生きられない強引なところが似たり寄ったりであったが、ともかくも私が舵をとって、いく度となく彼女は危い目にあいながら、難所々々を越えることになる。うるところの少い、死に場所でもさがしにゆくような長旅の道づれになって、いっしょにうろつき廻るようなことになる宿命は、その瞬間々々に根を固めていたわけである。そのときの彼女と私との話は、恋愛についての押問答であった。彼女が恋愛のモラルを、私が弱肉強食を主張したが、どっちも本心というよりもことばのあそびであった。自己嫌悪に陥りながら私は、彼女とお茶の水駅で別れた。その翌日は、彼女を連れて、葉桜の小金井を訪れた。吉祥寺、小金井ととまってゆく甲府行の汽車に、新宿駅で乗りかえてゆくのだった。なかば散ってしまった八重桜は酔っぱらった年増女のようにしどけない姿で川岸によろめきかかった。牛込に戻ると神楽坂の尾沢という薬屋がひらいているレストランでランチを食べた。はじめて三角部屋に彼女をつれていった。まっくらな筈の部屋のなかが、あっちこっち隙間が多いので、うすらあかりがさしこんで、テーブルと椅子のあり場所がおぼろげにわかった。裸電球を手でさぐってスイッチをひねった。物を言うのはもうたくさんになって、彼女は椅子にぐったりともたれ、私は、テーブルのうえに乗って、ながいあいだ、じっと黙っていた。彼女が立ちあがったので私は、帰るのかとおもった。門限の時間がいまでなければまにあわなかったからだ。彼女がそばへよってきた。熟したものが墜ちるのを待ち受けるように、きわめて自然に私は、彼女を抱いた。彼女は、ここに泊っていってもいいと言った。私は、彼女を藁店亭へつれていった。女学生のかっこうでは眼に立つので袴《はかま》をぬがせ、風呂敷を巻いて帯と見せ、うしろはつめものをしたうえを羽織にかくして、連立ってあるいた。彼女は寄席などうまれてはじめてであった。とりは、名人の小さんだった。小さんの名は、彼女もきき知っていたが、口重に、不平そうな顔でむっつりと、しゃべるというよりつぶやいているようなその噺家《はなしか》の芸が、なにが可笑しくて客が笑うのかわからない様子であった。神楽坂の通りは、夜店が出て、十一時をすぎても猶、逍遙する人々の群でにぎわっていた（そのころ、人はまだ、あてもなく逍遙するたのしみをもっていた）。三角部屋に帰ると、重ねてあった敷布団を一枚ずつ敷いて、私と彼女は離れて寝た。部屋の入口は鍵がないので、しんばり棒のかわりに、奈良の安親のてっせんのもようの赤銅鍔のはまった青江下坂の細身の大刀をかいものにした。この大小と、伊藤若冲のおしどりと若竹の二幅対、広重の肉筆絹本の堀切の菖蒲の極彩色とが、最後に手放すものとして猶、のこっていたが、それぞれにおもったよりも早々と私からはなれてゆくこととなった。

廊下の柱時計が四つ打った。下宿のなかではまだ、起き出しているものはなかった。一晩じゅう眠れなかった私は、隣にいる彼女も眠らないのを知って、「眠れなかった？」とたずねると、彼女はからだをもぞもぞとうごかした。彼女の手をさがすと、彼女もその手に指と指をからませてきた。それをたぐりながら私は、唇をさがした。かるく押すだけで、彼女のからだの奥にどこまでも入ってゆけるのを知って私の触覚がまず、彼女のあらゆるものをさぐった。三月以来、私は、おのれの存念のために、彼女のからだをじりじり待たせていたらしかった。彼女は身をもみながら私の遠慮勝な手ぬるいふれかたに、それでは足りないと叫んで私を狼狽させた。

「伊豆の大島は、はじめの日だけで、あとは大嵐で、波浮《はぶ》の宿屋で三日も閉じこめられて帰ってきたのよ。あのときあなたがいっしょにゆくと言ったら、弟を帰してあなたと行ったのに……」

と、彼女は、言った。


恋愛感情には、「死」を伴う。私の場合、それは、過去の抹殺ということであった。しかし、実際には、ふりすてなければならない程のよごれ傷ついた過去があったわけではなく、震災このかたのうらぶれた気持をまぎらすために、宮島や、牧野をあいてに、その日をごまかす年寄くさい生活に、少し倦んでいたにすぎない。しかし、それ以前のすべてのおもい出までを切捨てようとするような若々しい恋情は、私の生涯ではもう二度と来ないそれが最後のものになるであろうとおもうのだったが、それがその後いつの場合もおなじで、性懲《こ》りもない気持のくり返しであった。

彼女を抱いてから、周囲の表情は一変した。私の身辺のすべてが生色を取りもどした。彼女の前の恋人がすでに郷里から上京して、彼の別の恋人の家におさまっていることをたしかめたので、彼女をつれて、了解をつけに出かけていった。あいてをひどく迷惑がらせたらしいうえに、こちらの意向が届いたかどうかも疑わしかったが、おもい立つとすぐやらなければすまない私の、我儘な性質がさせたことであった。婉曲《えんきょく》にできるかもしれないことを、ずばずばとやってのけることで、新しい生活に弾みをつけようとする危い跳躍であった。恋愛をつづけるための必要経費の捻出《ねんしゅつ》にも、張合いが出た。三畳でのあつまりも、いつも私が不在なので、ひとりでに解散のかたちになった。訪ねる人も少くなったので私は、三角部屋をひきはらって、またもとの三畳に戻った。一日おき、二日おきには、必ず彼女があらわれた。出入り口のすり硝子に派手な色彩《いろどり》がうつって彼女はそこからあがってきた。三畳一杯に万年床が敷いてあった。階下の人は、俗にコマ鼠《ねずみ》とよぶ映画館の撮影技師とその娘で、二人とも一日じゅう家にいなかったし、いる時があっても、台所と便所廊下をへだてているので、彼女の来ていることすら、ながいあいだ知られなかった。そして、五月もすぎた。門限に彼女が帰ってゆくのを、私は、いつも、水道橋辺か、時には、本郷元町の停留場まで、坂をあがって送っていった。学校が近付くと彼女は、顔までひきしまって、傍目《わきめ》もふらずあるいて去った。少年のように血色のいい豊頰で、眉が秀でて、整った顔容の上に成熟した欲情の焔が揺れていた。この恋愛の特徴と言えば、「明日をも知らず」というところにあった。会っているときだけしか保証のない、燃えている瞬間にしか値打をもたない、それだけに激しく燃える、そのときどきに賭けるような、まるで夫や妻の目をしのぶような危機感にみちた出あいであった。それは、彼女が言い出して、私が納得したのだとおもうが、どちらかが熱のさめたとき、あいてがさめきらないうちでも自由に離れていっても、あと追いしないことを誓約した。それは、十年前の私が考えていたこととも符合した。人間のこころの底をまだついたこともなし、酸《す》い甘いを味いくらべてみたこともない若いあいだの、あいてにも、じぶんにも負わせる残忍なおもいつきと言う他はない。門限に帰るのも忘れて、二匹の蛇《ながむし》のようにまつわりついていることもあった。壁のうえの高窓から、六月の蒸々する西日がさしたり、一日じゅうびしょびしょと雨がふっていたりした。梅雨にはいったらしい。それから七月になったある朝、私がまだ寝ているうちに彼女は、ガラス戸を開けてあがってきて、私の頭のうえからかぶさりかかり、私の耳に唇をあてて、子供ができたらしいと告げ、その子供を産んでみたいと言った。ありうる結果ではあったが、子供が生れてくるには、どう考えてもむずかしい情況であった。彼女はまだ学生だし、それも戒律のように厳しい学則のある学校の寮生で、卒業を間近にひかえている。事がはっきりわかれば、放校ですむかどうか、四年間の授業料や寮費の弁償はどちらにしても免れることはできないだろう。郷里への影響は、更に大きい。私じしんは子供というものの実感がなかったが、大変なことぐらいはわかっている。わがままな坊やのぬけない私は、なにごとも、じぶんの都合のいい方にしか考えたがらない。「子供かどうか、嘔吐《はきけ》ぐらいはよくあることで、もうしばらく様子をみた方がいい。多分、そうではないだろう」とだまし、じぶんもそうおもい込もうとした。四五日たつと、事態がまぎらかしようのないものとわかってきて、次第に真剣に考えずにはすまなくなった。私は、じぶんが妊娠したような重たい気分になった。妻が産気づくと夫もいっしょに苦を頒《わか》って、うめいたり、さけんだりする種族の話をおもいだした。ふたりのあいだの異人種のようなはだはだなものが——そして、そのはだはだなものは、あいてが全く没個性でないかぎり、ごまかしきれないものである——ふたりが破滅をいっしょにすることでしか、その解決の手がないのではないか、多くの男、女たちは、生活苦や、日常のむなしさのなかで、かえって結び目をかためてゆくようだが、経験の浅い私には、その破滅のあつかいようが皆目わからなかった。そして、いずれにせよ、ふたりの絆をほどけないものにする絶好の機会となればいいとおもうだけで、なんらの手をうつこともなく、また、良策を案出する方途もつかず、時限爆弾でも待つような気持で、危険な事態に近づくのを、他人事のように、「時間」まかせにしておいた。牧野が、名古屋から帰ってきたので、私は、二階の部屋借り人に八畳をあけてもらって、そこに移った。私が留守がちなので、牧野は、三畳で、いつもひとりぽつねんとしていた。私の留守に食事もできないで、撮影技師のおじさんのところで食べたり、私の義母のところへいってたべさせてもらったりしていたらしい。そのときから彼との離反がはじまった。勝彦にしてみれば、彼女を私に嵌《は》めこむことで、私との結びつきを一層かたくしようとしたのが、折角帰ってきても歓迎されるでもなし、ろくにかまいつけてもらえず、倉皇《そうこう》として、顔を合せる機《おり》もないこの私に失望するとともに、裏切られたような気がして、しだいに怨嗟《えんさ》を抱くようになったとしても、無理のないことだったとおもう。私たちの悩みごとを知る由もない彼としては、私の仕打ちを、故意の疎外と解釈したようだがそれもしかたのないことだった。事情を説明して了解させるだけの心ゆとりがあってもよかった筈だ。他人がじぶんの都合のいいように存在してでもいるような、おもいあがりと、念の足りなさが、おもいがけないしっぺいがえしとなって、やっとそのことに気付く、そんな縮《しく》尻《じり》を私は、これまでも、二度、三度とくりかえしている。ただ彼がかえってきた時期がわるかったことをしらせれば、それで事は足りた筈だ。未熟や、思慮の足りなさだけではない。そういう失敗は、私の猿悧巧と、もって生れたエゴイズムによるもののようだ。かてて加えて、事をむずかしくしたのは、勝彦の穏かならない感情にはじめて気付いて、舎弟や、宮島を呼びつけて、事情があって当分、あつまりをとり止める旨を言い渡したことであった。作品をみるとき私が故意に、牧野たちに叮嚀に、舎弟や三千代にぞんざいにして、へだてをつくったと言って、彼らだけになってからいきり立った始終を、仲に立って困った舎弟が、あとから報告に来た。彼らがふれあるいている先から、彼らの不平不満が、私のところへ届けられた。「彼らも若いんだよ。未熟な嫉妬が言わせる囈言《たわごと》だよ」と、なぐさめめかして言うものもあった。私のこころには、少しずつ毒の苦さ《にが》が蓄積されていった。勝彦は、すでに三畳から姿を消していた。本格の梅雨にはいって、大きな蟾蜍《ひきがえる》が縁のしたから這い出した。蛹《さなぎ》が毒蛾に孵《か》える季節だ。そして、新しい産卵があって、青虫や毛虫が葉うらに密集して青葉の原にふりまかれるときだ。人間のこころも腐って、黴《かび》だらけになって、邪念が蘇えり、懊悩《おうのう》が齲歯《むしば》とともにうずきだす時だ。些細《ささい》なことから、ふたりは口諍いをした。彼女の胎内で育ってゆく子供のことについては、そのむずかしい問題にふれるのをおそれて互いに口をつぐんだ。争いのあったあとは、激しい情慾に身をまかせた。小柄で、ひきしまった彼女の小麦色の体は、均整がとれていたが、彼女の精神もノルマルで、欲望は激しいがまっ正面であった。それにくらべて私のほうは、異常で、ねじくれていた。模範生とぐれた学生の取組であったが、悪貨は良貨を駆逐して、しだいに私は、邪悪なことを彼女に教えこむ結果になった。ぐうたらな世界の気安さは、彼女にとっては目新しく、鮮やかな魅力であった。私は、彼女をつれて、浅草界隈《かいわい》や、彼女がまだ、行ったことがないと言うので、曳船や平井あたりの蘆荻《ろてき》のなかに河骨《かわほね》などが咲いている、水びたしの地域を引っぱり廻した。まばらに家が建っているが空地のほうが多く、その空地よりもこの季節には、沼沢が水かさ増して、染物の小工場から青いいろが流れこんでいたりした。鬱陶《うっとう》しいこの季節が終ると、烈火のような夏が、どでん返しでやってきた。彼女の学校も夏休みになったが、この夏は、故郷の三重に帰省しないで、私といっしょに奥羽旅行をすることになった。弘前《ひろさき》に帰っている福士幸次郎から、是非来るようにとの誘いがあったからだ。『水の流浪』が詩人叢書の第二十巻として、新潮社から出ることになって、前金をもらったので、滞在の費用はまず潤沢であった。金らしいまとまった金が入ると、前後も考えず、無駄づかいをする癖がついているので心を締めなければならなかった。久しぶりで、東京を離れるというので心勇んで、彼女といっしょに日本橋のデパートに行ってオットマンの画展をみたついでに、荷物になるだけで不用な品物まで買いこんだ。発汗淋漓《りんり》で帰ってくると私は、彼女を丸裸にして、下流《したなが》しのたたきにつれてゆき、頭から水道の水でたたかせた。人の迷惑も顧みない突飛な私のふるまいは、幼いときから私が「変り者」ということで大目にみられてきた我儘な感情の飛躍であった。いじり廻されたあいてが抗議できないことで益々それは強《つの》る、弱いものいじめの意地わるさが、おもいがけないときに柵を越えておどり出てきて、抑制するまもなく勝手放題をはたらく。それは小胆者にだけありがちなことだ。勝彦がながい髪を伸ばしているのをみて、「坊主になれ」と言い出して、安全剃刀の刃でその髪をこそげ落した。刃がすぐ切れなくなって、何枚もかえたが、彼の頭が血だらけになり、火照って眠れないといって泣声を出すので、そのときも、水道口にしょぴいていって、ひりひりする頭を、水でたたいて冷《ひや》させた。そんなことも、怨《えん》恨《こん》の種となったろう。私の悪口を手土産がわりにして、新しい寄食先を渉りあるいたとしても、その結果として私の失ったものが大きかったにしても、私は、じぶんを弁護することはできなかった。

松島を見物し、平泉に詣でて、朝、弘前の一つ先の碇《いかり》ヶ関に着いた。温泉場を流れる岩木川の支流平川の畔に、福士夫妻と幼い娘たちの住む小家があり、川をへだてたすじ向いの百姓たちの疲労休めにくる小宿の一室を借りて、私たちが住んだ。雨戸を開ければ、福士家の動静が見通しだった。足のふくらはぎまでしかない流れをわたって、福士は遊びに来たし、私も、彼女を背負ってその河をいったり、来たりして、百姓の湯治客たちの眼をおどろかした。私たちの放埓《ほうらつ》なくらしぶりが話の種となってひろがり、碇ヶ関の温泉場へのゆききも、人々が立止り、あとふり返って見送った。それで、夜半の一時すぎた頃を見すまして、湯壺にしのびこんだ。四六時、湯はあふれていた。湯のなかで、ふたりは、うとうととした。北海道への途中だと言って、富田砕花の夫妻が立寄ったが、一日泊ってかえり際に、川をへだてた私たちに手をふり、「もちがきいてるぞう」とひやかしていった。福士幸次郎は、川路柳虹、服部嘉香らとともに詩壇の論客で、志賀直哉と嚙みあったりしていたが、四面壁立の貧しさのうえに、その貧しさを気にも止めない鷹揚《おうよう》さと、考えごとにとらわれると、人生の諸事を忘却し、じぶんでも知らないで、常人の意表外な結果になっているという、質実ではあるが、ふしぎな風格をもった人物であった。私の貧弱な才能をはやくから買って、「金子に及ぶものはあるまい」などと売り込むので、かえって反感をかうぐらいだった。私が、四面楚歌になったときも、最後まで心配してくれた人たちの筆頭《ふでがしら》であった。三千代が懐妊して、三ヶ月になっていることを、いっしょに湯壺のなかに入りながら私が打ちあけると、「うちの梅枝がちゃんと見ぬいているので、それはわかっていたよ。それで、どうする？」とたずねた。「なるようにならせるよりほかはないとおもいますよ」と私が答えた。ううんと呻って、手拭を頭にのせ、杓子《ひしゃく》で湯を、一杯、二杯とかけて黙り込んでしまったが、忘れた頃になって、「そうだね。なるようにきっとなることはまちがいないよ」と、なんのことだったかと、私を、どぎまぎさせた。私たちが昼のしたくをしているとき縁先に、鉢巻をした彼が、飄然として姿をあらわした。バットを一箱買おうとおもうが、銅貨が五枚しかないから、二枚貸してほしいということであった。朝七時に、たしかに七枚手ににぎって出て、川をわたってくる途中、石につまずく拍子に、七枚とも銅貨を川に落した。落した場所に見当をつけ、川上に石を積んで堰《せき》をつくり、川の流を止めて、いままでかかってさがし、五枚は見つけたが、あとの二枚がどうしてもさがしあたらないのだという。彼だけの別誂《あつら》えの長閑《のどか》な日月でもあるものかと私も、彼女も、呆然《ぼうぜん》として彼を眺めていた。

最初の上海行

ほぼ一ヶ月ほど、碇《いかり》ヶ関に滞在して、私たち二人は、なにかを待ちあわせてでもいるかのようであった。遂に、待ちあわせたそのなにかに待ちぼうけでも食わされたような、索然とした形容で、十和田湖をまわって、東京へかえってきたのは、八月も末のことであった。八月のうちというのに、十和田は、肌すずしく、秋なかばの気配で、卯木《うつぎ》の花が咲きみだれ、訪れる人もない湖べりは波に洗われて、青く澄んだ水の底に、松葉のような藻と、赤腹に、黒の斑のあるいもりが脚をもがいて逆さになって沈んでゆくのとがみえた。口にする内容がどんな悩みであっても、青春の会話は、どこかたのしげだ。みすみす接吻で解消するような諍《いさか》いは、諍いということができない。ひどくきりつめた旅ではあったが、うつくしい自然は、豪華な招待宴のようなゆたかなあと味を心にのこした。それもふたりなればこそのことである。私はまだ、彼女についてはわずかしか知らなかったし、私のことも、うわつらを取り繕《つくろ》ってしか彼女に知らせてなかった。それですら充分すぎるくらいで、すっかり知りあうよりもずっとしあわせでいることができた。東京にかえってみると、残暑のきびしさは、これからであった。半月ぐらいは食いつなげる金がまだのこっていたが、それから後の生活費を工面しなければならない。だが、それよりもっと、頭のいたいことがのこっていた。

学校ははじまったが、すでに人目に立つからだの彼女を、寮にもどすわけにはゆかなかった。赤城元町の家の二階の八畳で、ずるずるにふたりの生活がはじまったが、後のことはお先まっくらで、見通しらしいものはなにも立っていなかった。陣羽織《じんばおり》にした呉《ご》絽服連《ろふくれん》というゴリゴリした布の切っぱしがのこっていたのを衿《えり》にして、彼女は、コールテンで、南蛮屏風《なんばんびょうぶ》のポルトガル人が着ているような吊鐘マントをつくって、出っぱった腹をわからないようにして、私とつれ立って、通寺町の映画館「文明館」や、肴町の

「柳水亭」、それからうなぎの寝床のような「牛込亭」など、近間《ちかま》の寄席あるきなどしたり、毘沙門《びしゃもん》の縁日のかぐら坂の人ごみをあるいたりした。上野の絵の展覧会がはじまったので、学校関係の人にみつかる危険があったが、押して出かけ、ついでに動物園にも廻った。雨あがりの坂道で、彼女が辷《すべ》って尻もちをついたので人目があつまった。おなかの子供は大丈夫かしらと、彼女はかえりの路々、心配した。子供が腹にいるというだけで、女はもうその子をいとしめるのだ。出がけに気にかかったことが杞憂《きゆう》ではなくて、二三日立つと、彼女の級友の津田綾子が、突然、赤城の家に訪ねてきた。動物園で彼女を見かけた同級のものが、私たちのあとをつけてこの家を突きとめ、かえって舎監の先生に報告したとのことであった。同級生の動静を見張って報告する密偵《よこめ》の役がいることも知った。津田という娘が三千代と親しいので、舎監が実否をただしによこしたというわけである。果して事実だったら、明日にでも先生じしんが訪ねてくるという。その時丁度、義母が階下にきていて、こんなときに忠義立てして点をとろうとでもおもったのか、舎監との会合の場所を、新小川町のじぶんの家にするようにしきりとすすめるので、拒《ことわ》りきれず、津田綾子にそのことをつたえた。本人が出るよりも、義母の情夫の西村に任せた方がうまくゆくと、義母は言い張った。西村は、株やあがりで、縮緬の長襦《じゅ》袢《ばん》の裾をびらしゃらさせて、舌の短い、甘ったれたような口で、口弁の達者な、銀ながしとでもいったふうな男だった。私は、心許《もと》なくはおもったが、じぶんが矢おもてに立つのはまずいとおもって、ともかく任せてみることにした。義母の家の二階での、舎監と株屋との対決は、まったく珍妙なものであった。株屋は、抱妓《かかえこ》の不始末を抱主にとりなすような調子でしゃべり立て、「そりゃ誰だって若いころはみんなおぼえのあることで、あしだって、先生だって……」などとやり出して、えへらえへらと笑うので、舎監は、ただもうおどろいて、煙に巻かれてかえっていった。株屋は、追っ払ったことで私の心証をよくしたとおもって得意そうであったが、その結果は容易に測り知るべからずであった。当然、学校から三千代の郷里の親の方へ通知があって、処置を迫ることになるだろうから、こちらからもあらかじめ先に郷里に連絡をとって善処するより他はないので、その晩のうち彼女が、父宛てに至急便を出した。彼女の父親の森幹三郎について簡単に述べておこう。父親は、郷里の神宮皇学館を出て、現に、土地の中学校の国語教師をしていた。三十代は惣領《そうりょう》娘で、弟の義文と、はる、ふさ、ちえ三人の妹がいる。三千代という名は父が、橘三千代をあやかるようにとつけた名前だそうだ。三つ、四つのときから、父親に就《つ》いて『大学』の素読を習い、全部を暗記していた。小学、中学を通して、首席を一度もくだらなかった。その免状をごっそり、私はいまも保存している。むずかしい女高師の入学試験も、優秀な成績でパスした。伊勢人は長袖風で悠長なうえに、八九分までいって最後の一分の踏み込みが足りないなどと言う人もあるが、その伊勢人の目をさますような存在として、大きな前途を期待されていた。森の娘を知らないものはないほどだった。父親は、一本の晩酌と、娘自慢を生甲斐に生きている。それだけに、こんどの事件は、彼女としては知らせるのが死ぬようにつらいことだったにちがいない。しかし、一面からりとした性格の彼女は、そばで私がおもうほど、そのことについて愚痴らしいことはなにも言わなかった。手紙をみて郷里では仰天《ぎょうてん》したらしく、すぐさま父親が上京するという電報が入った。ともかく酒責めにして盛りつぶし、四の五の言ってるひまもないようにして帰してしまおうと、私たちは相談をきめた。電報の来た翌日、父親は姿をあらわした。すこし面長で、口髭《ひげ》を伸ばし、眼鏡をかけた父親は、なかなかおしゃれらしく、黒く染めた髪をコスメチックで固め、一糸みだれず七三に分けていた。また、女高師に出かけて、舎監頭の勲一等勅任官の北見女史に会って話しあいをせねばならないので、モーニングなど着込んでいた。じぶんの夢、娘のかけがえない前途をめちゃめちゃにした私への仇敵《きゅうてき》のおもいを覚悟して私は、からだをちぢめていたが、とに角、顔を合せなければ埒《らち》のあかないことであった。初対面は、妙に双方とも遠慮がちで、まるで脛《すね》にきずもつ同士が、そのきずにふれられるのを怖れてでもいるような案配式で、下をむいたり、眼がぶつかるといそいでそらしたりしていた。彼女は、台所で酒のしたくをしていた。坂下にある総菜《そうざい》のえびの大ぷらを私が買ってきた。十銭に三個という、その当時でも人がびっくりする安価であったが、父親は「うまい。さすが東京はちがったものじゃ」と舌鼓をうった。いい加減で私が階下に引きさがったあとで、彼女が酒のあいてをしながら、こまかい事情を話すことに手筈がきまっていた。私は、三畳の古巣に戻って、ぼろ布団を引きかぶっていた。夜更けになって、階下のコマ鼠父娘が食事をすませ、床のなかへ入ってしまった頃に、みしみしと彼女は下りてきて、私の黴《かび》臭い布団にもぐり込み、私のうえから羽交《はが》いじめにしながら、「すっかり話したわ。黙ってうなずいてきいていたけど、御小言は出なかったわ。そして、最後になって、金子さんとは添うつもりか、もし、みこみがないとおもったら、子供は心配ない。こちらで引きとって育てることにして、別れるように話してやるって。やっぱり、おやじね」と言って、熱い息の唇を私の顔に押付けてきた。「それで、なんと言って答えたの」「別れないと返事をしたわ。それでよかったの？」彼女は、興奮で声をうわずらせていた。あくる日、父親は、おしゃれにながい時間をかけ、玄関で咳《せき》払いをしながら、教壇へでもあがる心得でおちつき払って女高師へ出ていった。序《ついで》に立寄りたいところも別にないのか、三時間も立つと戻ってきて、「話は、これですんだ。明日もう一度行って手つづきをしたらそれでしまいや」と、事もなげに言った。難物とおもっていた北見先生が案外わかりが早く、病気退学のようにはからって、普通退学を申し出れば必ず負担となる四ヶ年間の月謝も免除となるようにしてくれた。森三千代の身柄は、国元に帰ったことにして、医者の診断書二通を送れば、万事は片付くということであった。「あの娘は、頭が切れるし、女としては傑物だが、教育家には向かない。奔放な情熱家だから、もっと他の天地で、充分に羽翼をのばさせてやりたい。何十年娘たちを教育してきたが、勝手放題なことをしておきながら少しも悪びれないで、堂々とじぶんのしたことの正当さを主張して引きさがらないあんたの娘のようなのは始めてだと、北見さんは、言うておられた。お前が居らんようになって、苦労が減ってほっとしたという顔つきやったが、三千代、お前いったい、なにをそんなに困らせたんや」言いながらも、娘に甘い父親は、得意そうだった。私は、夕食に父親を、神楽坂の「レストラン・尾沢」につれていったが、翌日の昼は、じぶん一人で出かけていって、よほど気に入ったのか、おなじものを註文して食べてきた。学校ののこりの手続きは簡単にすんで、彼は、その日の夜行列車に、三日二晩の酒びたしのふらふらしたからだをのせてかえっていった。

式も、披露もぬきでふたりは夫婦生活にはいったが、その当時の所謂《いわゆる》インテリ仲間ではむしろ普通のことで、結婚式は、見合い結婚につきものぐらいに考えていた。子供のことでもなかったら私たちも、結婚届など出さなかったことだろう。世をしのんでくらす必要もこれでなくなったので、私たちは、はじめてほっとしたものの、こんどは、悔いてもかえらない別の大きな苦しみが私たちふたりにのこった。それは、彼女の前途に約束されていた栄達が、到達寸前で崩れ去った暗澹《あんたん》としたおもいと、それがみな、私のはだてたことからである負債の重たさとであった。私たちふたりは、日のあたる人生からかくれ廻って、うさんくさい裏通りや、しめっぽい溝板をふんであるかなければならなくなった、それが発端であった。

妊婦は、よごれた蠟涙《ろうるい》のようにあぶら染《じみ》をひろげる。淫蕩な日常だけが、いたみをしびれさせ、苦しみを忘れさせてくれるものだ。私たちは、健康なからだと、尻のくさったくだものののような精神とをもっていた。ふたりは、崖下の陽のささない二階で、日益しに寒さにむかう日々を、昼も夜のごとく、いじけたからだを、互いの体温で蒸れ返らせながら、寝床のなかでくらしていた。訪ねて来る人も稀であった。訪ねてくる人があっても、寝たふりをして二階から下りてゆかないこともあった。挨拶もなくあがってくるものも、ふたりのありさまをみて、辟易《へきえき》してかえっていった。そんなふうにしてあわただしく、その年もくれた。

子供が生れたのは、あくる年（大正十四年）の二月二十七日であったが、牛込区役所には、三月一日で届出た。佐藤紅緑先生に、乾《けん》という名をつけてもらった。周易のことばからの命名である。一貫目を越える大きなあかん坊であった。うまれた子を、産院にはじめて見にいった。妊婦ばかりが五六十人も寝台を並べているなかから、一々顔をのぞいて彼女をさがしていった。やっとさがしあてた彼女は、およそ素直なものだけになった顔付で、微笑した。あかん坊はまだ、猩々の子に近かった。手にもった、あかん坊のために買ってきた風船の糸を、寝台に結びつけると、となりの寝台の付添いの人が、「まあ、風船。お母さまのお土産《みや》ですか」といって笑った、この年は春がおそく、街には、さむざむとした風が吹いていていた。母子が産院から出てきて、赤城の八畳間におちついたとき、それはまるでながい旅路の果ての、どこかしらないがさびしい町の小駅に辿《たど》りつき、人気のない、がらんとした構内の待合いの椅子に、親子三人がからだをこすりつけあって、ふるえているといった図であった。これが、果してながい旅の終りなのか、別の新しい旅のはじまりなのか、そのいずれかわからない。出発にしては、喪失感がふかく、ぐったりと疲れているし、終りにしては、ふたりともまだ若く、しなければならないことや、したいことが、底火となってふすぼりつづけ、そのために落付かなかった。生計を立てることの自信のなさも、対人関係の不手際さも、不況がつづいて社会的不安の昂《たか》まってきた時代の生きづらい情勢と相俟《ま》って、いよいよ私を安直なニヒルに追い込む傾向になった。そればかりではない。『こがね蟲』を書いて、新進詩人の筆頭になったお蚕《かいこ》ぐるみの詩人は、ブルジョア詩人として、既成詩壇と没落をともにする運命にあるもようであった。先年物故した詩集『吾歳の春』の北村初雄は、この凋落《ちょうらく》にあわずに去《い》ったしあわせものであった。犬吠岬で溺死した三富朽葉もそうであった。そんな私に就いては、修辞だけで、内容《なかみ》のない、空虚な詩しかつくらない詩人であるというふうに大体おもわれていたらしい。民衆詩も、出水の量《かさ》のように退潮《ひきしお》になって、ひっくるめた既成詩壇も、筵旗《むしろばた》で騒いでいる新興のアナルシスト詩人たちも、詩人は一様に、箸《はし》にも、棒にもかからないものとして、ジャーナリズムから締め出されることになってしまっていた。彼女も私といっしょにいるうちに、だんだんそのあいだのいきさつがわかってきたらしい。郷里の女学校時代にマグダやノラの解放思想に唆《そその》かされ、旧い殻を蹴散らして東京へ出てきた彼女には、人間を不幸にする夢が多すぎた。貧乏さえも、彼女のあくがれの一つだった。都会の貧乏には、いなかの貧乏にはない、『ラ・ボエーム』ののぼろの天国があると、彼女は本気でおもっていたらしい。なる程、彼女は、私たちの『ラ・ボエーム』のなかに飛びこんできたが、あいにくそれは、痴漢のたまり場にすぎなかった。恥部をかくすように私は、仲間の連中を追い払って、裏返した畳のうえに彼女を招じ入れたというわけだ。じぶんの身辺を刷新したいという衝動は、恋愛感情にはつきものである。しかし、よそゆきなものは、だんだん箔が剝がされてゆく。恋愛の殉情だけではつぎはぎしきれない貧乏の惨憺《さんたん》たる苦味を、彼女もこれから存分に味わねばならないことになるだろう。だろうではなく、もうそのときにさしかかっていた。生れてきた子供のためにも私は、うかうかしているわけにはゆかなかった。しかし、それまで本当に困った味をしらない私には、実人生に処する才覚が乏しいらしかった。

「君は、むこうから来たチャンスを、みすみす逃がしてるじゃないか」

京都でくらした少年時代からの友人で、佐佐木常右衛門の倅《せがれ》の茂索が、見ていられずに忠告した。私が詩の原稿や、随筆をもって、新聞社や、雑誌社を、無駄足をしながら歩きまわっている噂をきいたからである。親戚の佐立忠雄は「君。詩なんか止して小説を書きたまえ。小説なら、三上於菟吉や、菊池寛のような駆出しでも、会社の社長裸足《はだし》の大金をとっているじゃないか」と、歯がゆそうに言った。彼は紅葉の弟子の柳川春葉の妹婿であった。詩もどん詰りに来て切りひらく方途もつかず、本心では、それほどの未練もなく放棄してもいいとおもっていたが、それには、月給をくれる働き口でもなければ話にならなかった。

歌人の松村英一氏のお宅に出入りしていたので、窮状を察して、松村さんが、「君、翻訳の下請仕事のようなものをする気があるなら、安いけど」というので、前田晁という外国史学者で、今日でいうアルバイトの周旋の元締をしている人のところへつれていってくれた。雑司ヶ谷の近辺で、その頃、この辺には、作家、詩人がたくさん住んでいた。そのへんは、大きな樹木が多く、紅殻に芽ぶいた高い枝が、すこしの風当りにも、ざわざわと鳴りさわいだ。前田という仁は、お店の番頭のように腰のひくい人で、玄関のあがり框《かまち》にペタリと坐ったまま、客と応対した。客は立って見おろすような恰好であった。時々立寄ってくれれば、そのうちになにかあるだろうという話だった。松村さんは、別に、神田の紅玉堂という出版屋を世話してくれた。主人は、前歯が出て、凶悪犯人の顔写真のような顔をしていたが、果せるかな、吝嗇《りんしょく》で、狡猾《こうかつ》で、手に負えない男だった。悪の看板を出した悪人はいないというから、泣所がわかれば、あつかいかたがあったのかもしれない。紅玉堂の泣所の一つは、松村さんだった。松村さんの口利きで、紅玉堂は、ともかくも私のへたな翻訳詩集『仏蘭西名詩選』と、アルセーヌ・ルパンのなかの『虎の牙』を、黒部建彦の名で翻訳して出した。黒部建彦は、暁星中学校の同級生の黒部武彦の名を咄嗟《とっさ》におもいついたもので、偽名は、大ていなにかのひっかかりのある名を使うものだ。そんなあいだに私たちは、五年越し住みついた赤城の家を引払って、大森の不入斗《いりやまず》というところに家を借り、新しい生活をはじめた。屋根が、石油鑵の鉱力《ぶりき》をあつめて張った、二室しかない長屋の一軒で、家賃も八円という安値《やすね》であったが、鉄葉一枚を焼く真夏の太陽の熱気がじかにこもって、炮烙《ほうろく》のうえにでもいるようであった。仕事どころか、汗でうだりあがって、早速その近くの瓦屋根一軒建ての借家を借りて、そこに移った。格子戸になった門構えで、部屋も三室あった。家のまわりは空地で、背の高くない雑草がはびこっていた。ここへ来てからは、赤城時代の交際は次第に遠ざかり、福士一党の誰彼とも、疎遠になっていったが、その代りに、佐藤惣之助を中心とする川崎の連中との出入りがしげくなった。惣之助は、私たちのくらしぶりをながめて、見兼ねたとでもいったように「子供がいたんでは、二人共活動ができない。ここでみっちり勉強したり、仕事をしたりするためには、手足まといのない自由なからだになることが第一だ。子供の将来を考えても、君たちがえらくなるか、ならないかでは、大きな影響のちがいがある。当座はつらくても、一時手離して、里子にでもやったほうがいいとおもう」と、懸案した。遂にそれに随って、川崎在の百姓家へ、二ヶ年の期限つきであずけることに話がきまった。人の好さそうな百姓のおばさんに乾をわたしてから、惣之助と私たち夫婦とは、川崎の町外れの貸席の二階の往来にむいた部屋のてすりに倚って、しばらく事の落着を眺めようということになった。一時間もたたないうちに、先刻のおばさんが泣嘰《じゃく》る子供を抱いて戻ってきて、いくらすかしても騙《だま》しても泣き通して、母親をたずねて泣き止まない。とてもこの子はあずかりきれないと言って、彼女に渡すと、子供はしがみついて来て、泣き噦りながらはたりと泣き止んだ。彼女は、かりそめにも、子供を手放そうとしたことを後悔した。

紅玉堂の本は出たが、支払いの日が来ても金を払わなかった。事務所の方では、何度足をはこんでも埒があかないので、住居の方へ出かけてみた。紅玉堂夫婦は、事務所風な建物の二階のがらんとした部屋のなかに、戸棚がないのか、寝具《ねどこ》を箪笥《たんす》とならべて積上げた前に、長火鉢を置いて、坐っていた。一時間くらいの押問答がつづいた。そばできいていた細君のほうがみていられなくなって、「折角、若先生が遠方から、再三足を運んでみえるんだから、払ってあげたらどうなんです」と言われて、反っ歯の顔を壁のほうへむけて、自嘲するように嘯《うそぶ》いてから、この細君になにか逆らえないことでもあるのか――それも、彼の泣所かもしれなかったが、しぶしぶ、大きな蟇口《がまぐち》を出して、五十銭銀貨ばかりで、三十円を畳のうえにならべた。駆けずり廻った末、わずかな雑文稼ぎの稿料をつかんで、生計のたしにして秋口までは、平穏な日がつづいた。金が入った当分はどてらのふところへ子供を入れて、前の草っ原や、神社の境内を散歩した。子供は、私のふところのなかでよく眠った。「かんがるう先生」という綽名がついた。家のなかには、乳のにおいのする靉気《あいき》と、甘哀しい感傷がながれていた。それだけは、世のしあわせな夫婦とかわりがなかった。十四歳から家を離れて、寮生活しかしらない彼女は、世間の家庭のくらしぶりと比べるすべもないので、いつひっくり返るかわからない破れ舟のうえに、いじらしいほど満足して、身を任せ、馴れない炊事や拭き掃除、子供の世話で明けくれていた。これがそのままつづいたらおそろしいようなことだ。それこそ葛天氏の民である。

子供が母乳をのみたがらなくなって、むりにのませても吐いてしまい、みるまに瘦せしなびていった。医者に診てもらうと、乳脚気《ちがっけ》と診断して、母乳を止めて、粉乳に切りかえるようにということであった。彼女が急に心許ながり出して、伊勢の中学から長崎の東山学院へはるばる勤め先をかえた父親の許にその由を知らせてやると、早速、初孫をつれてみんなで来い。子供はあずかるという返事が来て、渡りに舟と家財をあずけ、有り金をかき集めて、横浜から三人が船に乗った。

東洋汽船の欧州航路の船は、食事のメニューがリュックスなことで、世界で知られていた。二十四品位の料理の献立を順に平げて、下から上へもう一度食べてもいいのだと、寮惣之助からきいていた。少年時代から私は、美食に圧えきれない関心をもっていた。寮生活に馴れた彼女は、食べものなどはなんでもよかった。私のところへ来るまで、支那料理も知らなかった。この船の食事の豪華さがそんな彼女をおどろかせた。彼女がおどろくことで私は、すっかり満足した。それは、愛情や好意の一つのあらわれかたであるとともに、生きることの励ましのてだてでもあった。無理算段をしてやっとつくった金を、一刻の散財で空《くう》にするような、そんなやりかたを、衣食足りた連中は、苦々《にがにが》しいことにおもい、日頃の窮乏は身から出た錆《さび》と非難するにちがいないが、たまにしか金の入ってこない者が、金を手にしたときの意趣晴らしにも似た蕩尽の快味を知らないからこその咎め立てである。贅沢《ぜいたく》の味におぼえのあるものは、猶更その欲望を圧えることがむずかしい。

長崎は石段の多い町だった。そのながい石段をいくつかのぼったところに十人町の森の家があり、そこからまたいくつか石段をあがると、フランス・カトリックの東山学院中学があった。さらにその道をのぼり降りしてゆくと大浦の天主堂に出た。森の家では、親子三人を心から歓迎してくれた。女学校へ通っているはる、ふさ、と小学生のちえと三人の娘の手から手へ、幼い甥は下にも置かず抱きとられて、めんくらっているようだった。子供は、誰にでも愛敬がよく、船のなかでも、西洋人のおばさんに笑みかけ、そのおばさんはナイス・ボーイといっては頬をつついてあやした。私は、子供の元気になるまで、当分長崎にあずかってもらうことにして、二人をのこして東京に帰った。一つ一つ駅を止ってゆく鈍行の三等車で、二昼夜かかって東京に着いた。必死に金をつくって、母子に送り、ゆたかにくらさせてやりたいとおもいながら、一人になると張りつめた気が緩んだ。遊び仲間の悪童たちは、私が結婚したことをよろこんでいない模様であることが、一所不住で友人のもとをわたりあるいているうちに、わかった。「金子君は、結婚する人ではないよ」と決定的なことを口にする先輩もあった。私の結婚に否定的な人たちに対して私がうとうとしくするので、しだいに離れていった。先に離反した連中の中傷も利いて、どっちかというと人に親しまれていた私は、ゆく先々でうって変ったよそよそしい待遇をうけるようになった。私に失望した連中は、私の詩についても、いちゃもんをつけるようになった。『こがね蟲』の詩人はもう通用しない時代になったというような、いつの時代にも詩人が口にする先物買のいかれた極めつけかたをした。私じしんも、『こがね蟲』のゆきかたができなくなっていたので、他人のことばがいたくひびいた。それがいたくひびかないためには、こちらから文学をお返し申すことがいちばん早道だった。なまじ文学などにかかずらわったばっかりに、人間までが打ちのめされねばならない仕儀になったのが腹立たしかった。文学の席から下りようとする気持がしきりなのに、文学をぬいたら私になにものこらないという矛盾が私を苦しめた。妻が世間しらずで、客あつかいをしらないということも非難の一条件になった。あいだに入って調停するよりも、妻子を庇《かば》ってあいてを敵にするほうが、私の若い日の性格にはまっていた。こんなふうにして私は敵をふやし、心で敵ときめたものからは疚しさなしに不義理な借金をして、平気になるように努力した。私の生涯での四面楚歌の時代であった。連絡先だけつくっておいて私は、浅草の「若松屋」とか、上野の「井筒屋」とか、布団の襟にべっとりと、他人の汗垢のしみこんだのをかぶって寝る、市内の旅館を泊りあるいた。のこっていた掛幅や、骨董も、この時期に殆んど手ばなして、すこしまとまった金が手に入ると、二昼夜の道程を長崎まで往復した。そして、また、その歳も暮れ、子供は、粉乳のラクトーゲンをのんで、すっかり丈夫になった。正月には、紅緑先生の代筆をして、『毎日新聞』に正月随筆を書き、百円というたいまいな金を手にした。その金で、親子三人が付近の温泉、嬉野でからだをやすめることにした。うらぶれていた温泉宿のようにおもえたが、あるいは、私たちの心がうらぶれていたからなのかもしれない。汚れ紋付の平家琵琶の門付などが立って、物哀しい調子《しらべ》をかなでたりするからかもしれない。二人で上海へ遊ぼうとおもい立ったのもその宿であった。長崎から上海は、連絡船でわずか一晩の航路だった。百円を半分のこして、船賃とし、滞在の費用をつくるために私は、東京へ戻った。大正十五年（この年の十二月に昭和元年と改められた）、西暦一九二六年、私が三十一歳、三千代が二十六歳であった。すべてが都合よくはこんで、予定した通りの金があつまり、そのうえ、谷崎潤一郎から、田漢、郭沫若、謝六逸、欧陽予倩、『大毎』の特派員村田孜郎、内山完造、宮崎議平など、七通の紹介状をもらって、心づよい気持で旅立つことができた。

この旅は、私たち二人の長旅の前奏であり、あとに来る大きな旅の道すじをつくった、私たちにとって意義ふかい旅となるのである。

長崎から上海への連絡船は、長崎丸と上海丸が、交代して、休みなく行ったり来たりしている。このときの上海ゆきは、また、私にとって、ふさがれていた前面の壁が崩れて、ぽっかりと穴があき、外の風がどっとふきこんできたような、すばらしい解放感であった。狭いところへ迷いこんで身うごきがならなくなっていた日本での生活を、一夜の行程でも離れた場所から眺めて反省する余裕《ゆとり》をもつことができたことは、それからの私の人生の、表情を変えるほど大きな出来事である。青かった海のいろが、朝眼をさまして、洪水の濁流のような、黄濁いろに変って水平線まで盛りあがっているのを見たとき、咄嗟《とっさ》に私は、「遁れる路がない」とおもった。舷に走ってゆく水の、鈍い光にうすく透くのを見送りながら、一瞬、白い腹を出した私の屍体がうかびあがって沈むのを見たような気がした。凡胎を脱するとでもいったぐあいに、それを見送っている私があとにのこった。上海はわずか二ヶ月ほどの滞在だったが、私たちのあいだで通用するのとは全く別なモラルがあることをそこで知った。一九一九年、最初の欧州旅行のときにも、上海に船がかりして上陸した筈だが、どういうわけだか、そのときの記憶は鮮明でない。

上海の滞在は、私たちにとっての小さな祭りだった。谷崎の紹介状が懇切をきわめていたので、いたるところでおもいがけない便宜をはかってもらえた。なんの見どころもない、そのうえ因縁の浅い私を、彼がなぜ、そんなに厚遇してくれたのか今も猶理由がわからない。郭沫若には上海にいなくて会えなかったが、他の人たちとは、皆、会うことができた。村田孜郎は着いた日、私たちを四馬路に案内し、天蟾《てんせん》舞台の京劇をみせてくれた。内山完造はすぐ前の余慶坊の住居を用意してくれ、始終こまかい世話をやいてくれた。田漢とは、胸襟をひらいて語りあい、湖南の友人たちのパーティに再三誘ってくれた。銀の宮崎議平や、石炭の高岩勘二郎が私たちを援助して、蘇州、杭州、南京（蔣介石の首都となる前の荒廃したままの金陵の地）を、折角来た序《ついで》というので見物させてくれた。江南はまだ、革命後の軍閥の五省の督軍孫伝芳の治下にあった。陰謀と阿片と、売春の上海は、蒜《にんにく》と油と、煎薬と腐敗物と、人間の消耗のにおいがまざりあった、なんとも言えない体臭でむせかえり、また、その臭気の忘れられない魅惑が、人をとらえて離さないところであった。私たちは、日本へ帰ってからも、しばらくその祭気分から抜けられなかった。しかし、現実はむごたらしい。歓楽去った後の哀傷のように、東京の生活ががらくた市のように待っている。幸いなことは、子供がすっかり丈夫になったことであった。私たちは、子供と、この春女学校を出たばかりの二女はる子をつれて上京することになった。

愛の酸蝕

長崎からのかえり路、湯河原の「たか杉」という旅館に、妻子と妹の三人をのこして私は、一足先に東京に着いて、一家が落ち着く先を仕度しておかねばならなかった。中野と高円寺の中間の落窪に、震災直後に建てたぞんざいな仮普請の二軒長屋の二階建の一つを借りた。この新しい世帯は、世間しらずのふうてんの天使たちの住家であった。妹のはる子は、風船に乗って空を飛んでいる天使だった。先になんの成算もなしで、しあわせにしてくれるあてなどないことが一目でわかるような私に、いっさい任せたような顔をしてついてくる三千代も、浮世ばなれのした存在だった。子供は、いうまでもなく、この姉妹のペットだった。彼女たちは、私の能力を信じ、私が他人のあいだで尊重される存在のように過信していた。私がとってくるわずかな金が、原稿ぐらしで間にあわず、口先で騙しとった、うすぎたない金でも、もぎとるようにしてもってきた血の出るような金であっても、彼女たちにはありのままを知らせるにしのびなかった。この御《み》手洗団子《たらしだんご》の串でつくった籠のなかの三羽の小鳥たちは、毒性の金銭のこと、金銭が通用している世間の甘渋い溶液の味などを知らないにこしたことはない。うしろぐらい稼ぎや、賤《いや》しいしごとをするものが、誰しも味うあの気持である。彼女たちへの風当りを身をもって庇《かば》おうとして、人々の心に逆らうので、このたびも私は不人気をかいつづけ、日毎に世間狭くなってゆくばかりであった。そんなあいだに無理をして、森三千代処女詩集『龍女の眸』が、野口米次郎先生の序文で、自費出版のはこびになった。私のふるい友人で、小山哲之輔という男が、有明社という名で印刷屋をやっていたが、学校時代から遊び人気質で、浅草の新門一家のPR雑誌を計画したり、甲州やの親爺さんというのとうまがあって、ばくち打ちのあいだでも顔のひろい男だった。この男が、印刷というまともな仕事をはじめた時で、私が、三千代と共著で、上海旅行の小景詩をあつめて本にすることを相談すると、即座に承知してくれた。一冊一円で予約をとってあるいたが、一円は出しよい金額だったので、成績は好調だった。一日四五人の家を訪ねて、署名してもらい、予約と同時に先銭をもらうことにした。果して本ができるかをあやぶんで、念を押すものもあった。本は、二百冊刷る予定で、百十冊分の予約をとり、それだけの金が入ったわけだが、足代や食事で消えてしまって半分位しか持って帰らないことが多く、それでもしばらくはうるおうことができた。売約の交渉にゆくあいては、知りあいを辿った文士や詩人仲間であったが、歯ぶらしや、楊子を売りあるく商売のほうがずっと屈辱感が少いとおもったものだった。夏になってから、やっと本が出来た。標題は、『鱶沈《ふか》む』という、赤い羅紗紙の表紙のうすっぺらな本で、「高価《たか》い本だ」と文句をつけて、目の前で屑籠に投込んでしまう者もあった。私は、それに対して憤る気持ももっていなかった。ナイフを借りてうしろの方の妻の作品だけを切りとって持ってかえった。妻にまでそんな屈辱をみせたくない、彼女には辛抱できまいとおもったからである。金子は、妻に盲目に溺れていると、嗤《わら》いものにするのは、たいがいそんな私の人にさからう性質や、開き直ったふるまいからであった。女流詩人となるほんの一歩を踏みだした三千代は、その時代の若手の女詩人、友谷静栄（のちの上田静栄）や、目次緋紗子、すこし先輩の米沢順子、英美子などとのつきあいがはじまった。詩集の出版記念会というものが毎夜のようにあって、ときには誘い出されてゆくことがあった。会費がむだなので、私は、めったにそのようなところへは顔出しすることがなかった。どんな会にでも、顔出ししなければ気のすまない連中もいた。そして、どんな会でも、会場の廊下の外で、草野心平が、がり版の『銅鐸』を店びらきしていたし、会の中頃すぎには必ず、画家の安永良徳が、裸で、いちもつの先に提灯《ちょうちん》をぶらさげ、「月夜の晩に、がま口なりのアレをみた」とうたいながらおどる余興があった。良徳は、ハチローの仲間だった。三千代は、かえってきて、びっくりしてそのことを話し、それからは、会にゆきたがらなくなった。私の家は新聞もとっていなかったし、雑誌や、本も、徹底して読まなかった。現代のうごきなどは、そんなわけで、なんにもわからなかったが、ただ、文学少年が出入りしてニュースをもってくるので、詩壇の愚にもつかないゴシップや、誰がどんな仕事をして活躍しているかなどということを知ることができた。私は、ふんふんと相槌をうってきいていた。才人金子光晴がどうして、しごとらしいことをなんにもしないのかと惜しんでいる人のことばを伝えきくときは、その人のために秘かに焦りをおぼえたが、その焦燥も一時的なことで、すぐ日常にとりまぎれてしまった。当時の詩壇は、私たちより年輩の人達は、影をひそめて、私たちより五年も十年も若い、アナルシズムを標榜《ひょうぼう》する野性的な運中の狼籍《ろうぜき》の場所になりはてていた。白山にあった南天堂という本屋の二階にあつまった若い詩人たちは、乱酔、激論、最後は、椅子をふりあげ、灰皿を投げ、乱闘となるのが恒例であった。岡本潤、萩原恭次郎、壺井繁治、ドン・ザッキー、局清などの名が私の記憶にある。たしかに舞台はうごき出して、次の舞台の登場人物が出揃い、引込み際でまごまごしている私などは、叱り飛ばされそうな具合であった。私は、詩や文学から心が遠ざかっていたお蔭で、憂鬱ではあったが、さほどなショックを感じないですんだ。たった一度、彼らの会合に、出たことがあったが、私を吊しあげようとかさにかかってくるのがわかっていても、お門《かど》ちがいだよという冷やかな微笑で受答えすることができた。そのかえりに、春日町へんまでひとりで歩いてくると、急に嘔気のように不快さがこみあげてきて、大声で「このばか野郎」と人が振りかえるほど吶鳴ってみた。その怒号を、彼らの面前で投出せなかったことが、一層腹立したかった。さらに困ったことは、時たま目にふれる彼らの作品が私じしんの作品よりも、じぶんに身近いことであった。彼らの人前でふんぞり返った言動が、私が単身、世間と折合えないで抱いている悶々をメガフォンでふれあるいてくれているようであったが、人間嫌いな私は、彼らの仲間になることなど、虫唾《むしず》が走るほど我慢がならなかった。その頃の私はまだ、へんな潔癖がのこっていて、親兄弟でも、箸でつつきあったり、食べかけのものを食べたりすることができない人間であった。急に人間が妖怪《ばけもの》じみてみえることがあって、平常に焦点を合せることには、よっぽど努力しなければならないことが多かった。私個人をさえ支えるのに苦しんでいる私としては、どんなに正しいことだと理窟でわかっても、他人の信ずる宗教や思想に陶酔して、「卑怯者、去らば去れ」と合唱することはできなかった。むしろ、その卑怯者になってひとりでこっそりと納っているほうが性にあっていた。小学校のときにも、はにかみ屋の私は、君ヶ代を合唱するのが恥かしくて、口だけぱくぱくさせて黙っていたものだ。アナとボルの反目は次第に激しくなってきていた。そして、アナの青年が日とともに、ボルに寝返りをうつようになっていった。

乞食、泥棒、宿なし、暴漢《あぶれもの》の仲間のアナルシスト革命に、つきあいきれなくなった学生や、知識人が、理論で納得させてくれるコムニストに食われてゆくのは当然のなりゆきだった。おかしなことは、「卑怯者」の歌が、コムニスト青年にもうたいつがれたことで、ただ、「我らは黒旗をまもる」が、「赤旗をまもる」となったただけのことである。ボルに転向したアナルシストたちは、リンチをうけて、半殺しの目にあわされた。高円寺、阿佐ヶ谷あたりは、右をみても、左をみても、なま半ちくで、口先の達者なにわかコムニストがうようよしていた。かさにかかった彼らの口癖をきいていると、まだしも酒癖のわるいアナルシストのおだのほうが可愛気があるとおもったものだ。私は、じぶんが、アナにも、ボルにもなれないことをさとっていたが、どちらかと言えばアナルシストの方が性分に合っていてつきあっていても芯にこたえる腹立ちをおぼえることが少いようであった。そして、アナやボルの雨嵐をどうやってやりすごそうかと考えた。「色男のすることではございやせん」と、大愚もどきに取りすましていてすむ話でもない。

それに、結構、彼らは、酒をのんで、女をつくって、同志の家をけんたいで食いあるいて、その上上手に生きてゆく方途も知っていた。明治維新の志士と称するごろつき浪人どもが、大義名分にものを言わせて、大言壮語し、富裕な商人の合力にあずかっていたのと、それほど変らないのではないかとおもう気持は、いまもなお変らない。生きてゆくてだての拙さにおいて、私は、彼らの足もとへもよりつけない。後にもわかることであったが左翼くずれは社会の各方面で物の言える有能者として成功している。時には、私の生れつきが、人間社会になじめないように特別にできているのではないかと疑わしくなった。実務には無能なばかりでなく、余計な羞恥心や、自尊心が人の三倍もつよくて、意識過剰のために、人の思惑をかいくぐって早推量し、敵意をつくりあげて、できる話も、じぶんから放棄して、益々おのれを窮地に追いつめる結果となる。そんな筋道は、甘やかされて育った世間しらずの坊やが、無一文になって放り出されたときに味うごく普通ななりゆきである。問題はそれが、どんなふうに鍛え直されるかだ。ゆたかにくらしていたときには、うまいことを言ってたかりに来たり、強《こわ》もてできたり、泣きおとしに来たりするなにかの引っかかりのある連中の下心を見抜き、適当に処理するじぶんの冷酷さに、ひそかに誇りさえ抱いたものであったが、いまはそれが逆転して、じぶんがその立場になってみると、みじめさがひしひしと身にこたえ、むかしのじぶんの立場にいるあいての手の内が手にとるようにわかると、顔をそむけて、そんなじぶんから逃出したくなるのであった。わが道は正しとする主義者たちのような名目がないために、私の立場は、自然孤立してゆくより他はなく、世間のひんしゅくも、批難も、私個人で受け止めねばならないので、当りはそれだけつよくなるわけである。しだいに私は、ものごとになげやりになり、虚無的になっていった。世間一通りなプライドが磨滅してゆくに従って、破廉恥も、それほどこころをいためずやってのけられるようになった。そればかりか、都合のいい言訳をおもいついて、じぶんを正当化する術《すべ》も身についた。人間はじぶんが正しいとおもわねばまともに生きてゆかれないものらしい。

人間と生活のそんな瓦解に直前していながら、ふしぎに私の家庭の空気は、なごやかであった。私に輪をかけて世間しらずな妻と、イノサンな義妹と、立ってよちよちあるきだした乾のいたいけさがかもし出す生活の雰囲気には、やっぱりエンゼリックなものがあった。エンゼリックなものは、絵そらごとのなかではうつくしくこの世の風のなかではいつもしょんぼりしてみえる。彼らを庇うことで崩れてゆくものから忘れていられた。私の悲惨は、しかし簡単に妻のからだを抱くことでなぐさめられた。十銭に六個のコロッケと、南京米だけの天国で、我らは、明朗に生きていた。貧乏ぐらしの汚染《しみ》も、窶《やつ》れの影もさほどのこらなかった。それでも、妻とは、屢々言諍った。やくたいもない痴情がもとであった。妻のからだを突飛ばすと、からだの大きさにすっぽりと壁がぬけて隣の部屋にころがり出た。震災後の物資不足とは言いながら壁紙の下が新聞紙だけというひどい家だったのだ。窪地になっているので、梅雨どきになると雷《かみなり》が激しく、隣家の二階の蚊帳のまわりを、稲妻が山形に走って、駆廻るのがみえた。義妹がそれをひどくこわがるので、線路むこうの高円寺よりの平屋建三室の小家にひきうつることになった。手押し車を借りてきて、家財を積み、私が曳いて、妻と、子供を背負った義妹とがあと押しをした。見渡す限りの畑のなかを、車は轍《わだち》にはまってなかなかすすまない。紐かけがわるいので、鍋や釜が、ころがり落ち、立止って、その都度、紐をかけ直さなければならなかった。そんなことで暇取って、昼頃出発したのに、目と鼻の先の目的地にはなかなか着けず、中央線の線路を横切るとき、箒畑のうえに、葩《はなびら》よりも匂やかに夕月を見あげた。小さい家に引移ってからもくらしはらくにならなかった。眷族《けんぞく》を引きつれ、ぼろを曳きずってさすらうカインの裔《すえ》にもそのときどきの哀楽はあった。愛くるしい生れ立ちの子供は近所の誰からも愛された。おなじように乏しい家並みの小庭づたいに、見知らぬ家の縁先から裸足であがって、昼寝をしている主婦の枕もとに坐り、子供は、「お客さまですよ」とよびかけた。びっくりして主婦が目をさますと、見知らない子供が行儀よく坐って、「お客さまですよ。お菓子をください」と言って催促した。「ほんとうにかわいい。どこの坊やちゃんかと御近所できいて、おつれしました」という、愛らしくてならないといった口上だった。母と叔母の愛情は、盲目といってよかった。叔母は、高円寺館という十銭のチャンバラ映画で一日くらし、一つ映画を三回繰返して見物し、彼女は、おなじ愁歎場へくるごとにおいおいと声をあげて泣いた。彼女は夜なかにとび起きて、「姉さん。どうしたの。呼吸《いき》が苦しいの。どこぞ痛いの？」とたずねるので、妻のうえにいた私が、「心配しないで、はやくねなさい。義兄《にい》さんがいま療治をしているところだから」と、なだめなければならなかった。あい変らず私はあてもなく外をほうつきあるき、かえってくるのは夜中の十二時であった。アルフレッド・ドゥ・ミュッセの『夜』のなかの、親のペリカン鳥が、子供たちのために餌をさがして、荒涼たる砂漠をさまよい、一物もえず、むなしくかえってきて、あの大きな嘴《くちばし》でじぶんの胸をやぶり、わが肝臓を餓えた子供たちに与えるというくだりが、身につまされておもい出されるのであった。この家には、たまさかに松本淳三、岩垂保美、松平道夫などが姿をあらわした。私とおなじように、裾のうしろのすり切れた丹前を着た新居格が庭口からそっと入ってきて、五銭しかもっていない妻に「ちょっと十銭ないか」と借りに来た。新居を私と同類とおもったのか、妻は、「うちの金子はえらくなりましょうか」と、五銭が十銭を生むより以上の難題を言って、彼を困らせた。「さあ。そのうちにはなるかもしれないよ。君」と、自信なさそうなことを言って彼は帰っていった。その話をきいて私は、妻がまだ、そんな期待を私にもっていたのかとおもっておかしい以上にいじらしかった。そして、義理にでもえらくなってみせなくては前後がそろわなくなったが、正直そんなあてもなかったし、そうなってみたところで、どうしようもないとおもった。珍客と言えば、なんの前ぶれもなく、上海で友達になった田漢が、雷天振鳴という仮名の肥大漢とつれ立って、例のきょとんとした顔つきで、賤《しず》が伏屋の庭からのぞき込んだことである。雷天さんは支那の陸軍中将だということであった。日本へ来た用件は映画のスタジオの見学だと言う。借金を質に置いても歓待しようものと思案していると、その晩小石川の伝通院のなかの支那料理屋で、招宴があるから同席してくれと逆に招かれる仕儀となった。夫婦で出かけてみると、施主は菊池寛で、親しい顔の、茂索、鉄兵、横光をはじめ、あまり交際のない十一谷、川端などの一統が居ながれていた。私はいささか興褪めだったが、若い日の田漢は、派手で、気っ風がよく、土臭い菊池一党などと話がはずむわけがなかった。招いた菊池らをさしおいて、私たちは大いに旧情を暖め、妻がすすめて、田漢が「汾河湾」の一くさりを唄い、私が教えた「大津絵」を妻が、あやしげな節でうたい出した。その傍若無人は文士たちにとって不快だったことが想像に余りがある。私が、じぶんたちの分の会費を払おうとするのを、茂索と鉄兵が、「おやじに任せておけばいいんだよ」と言って引止めた。菊池の馳走になることに私は妙にこだわりをもったが、陽の目のおがめない、小心なひねくれ男ほど、そんなとき、ごまめの歯ぎしりをやりたがるものだ。高円寺ぐらしが、そんなふうで、何ヶ月かつづいたが、近所の商人たち、米屋、雑貨屋、そば屋、豆腐屋と、店並《かどな》みに借金ができ、豆腐屋などは、一丁五銭の豆腐が百丁、計五円也というためかたであった。商人は、今日より弱腰だったとは言え、八方からの矢の催促をふり払うだけで毎日神経がくたびれた。友人の陶山篤太郎が「放っておき給え。僕などは、家賃を二十六ヶ月ためている。おなじ長屋の連中がそれで気をつよくして、有難がっているので、いまさら払うわけにはゆかなくなったよ」と苦に病んでいる私を励ました。そのころは、市井に失業者があふれていた。失業保険もなければ、首切りに異議をとなえる組合組織もなかった。たとえあったにしても、弱体であった。その代り、物価が安く、知人の家に食客をしてあるいたり、質屋通いや、借銭で、その時々をしのぐといった連中が多かった。私には、踏倒すつもりはなく、くよくよしながら、最悪の事態になってゆくのを、打つ手もなしに眺めている外はなかった。いよいよ土壇場になって、いくらイノサンな義妹にも、険しい気分がわからないわけはないので、「なにか、わて、帰されるようなことしたかしら」と、東京ぐらしの気らくさに未練たっぷりな彼女を、汽車にのせてむりやりに国元へ送りかえした。それから私は、長兄のもとに善後策を相談に行った。長兄は実父に随って、若いときから鉱山の売買いや、自称特許品の泡沫会社をつくったり、つぶしたりで、一攫千金の夢を追うことで半生を費した男だ。富士見町で芸妓屋をしていたこともあったし、上野広小路で青島牛肉《チンタオ》をもってきて、楽隊囃子《はやし》で売出していたこともある。しゃべりたがらないのではっきりしたことはわからないが、北朝鮮の山のなかの洞窟で、父といっしょに、子分三人と、外国の贋造紙幣の印刷をやって、事露顕して官憲から追い廻されたこともあったそうだ。当時は、娼妓あがりの細君と、大久保百人町に住んでいた。百人町は、旧幕時代百人の同心が住んでいたのでそれが町名になったのだそうだが、同心が薄給なので植木を栽培し、躑躅《つつじ》の名所として、江戸の貴賤が群集した。その頃の名ごりで植木屋が多く、長兄夫婦も、その植木屋の別棟を借りて住んでいた。入口に大きな青石や、赤石がごろごろしていた。私が、久しぶりで訪ねると、鼻にコカインをさして、ぐすぐすいわせながら、「しかたがない。逃げるといいや。かえったら早速、嫁と伜を、こちらへよこしなさい。連中にはなにも知らせないほうがいい。寝しずまってから人をやるから。それまでに、家財を仕分けしといておくようにな。その男によく手筈をさせる。そんなことには物慣れた男だから、心配ない」と、簡単に引きうけてくれた。日頃は、やくざな兄をもっていることが肩身が狭いおもいがしていたが、そんなときに限ってはたのみになった。妻と子を送り出してから、私は、近所に気づかれないようにわざと口笛など吹きながら、貧乏世帯のがらくたのなかに、昔からの不相応な家財がのこっているのを、運び出しいいように縄かけしたり、小さなものを集めて大きなボール箱に入れたりして、段取りをつけて、順々に入り口のほうへはこびだした。小型トラックが音もなく家の前に着いたのは午前二時過ぎであった。「私は細井と申す、お兄さんの部下で、お目にかかるのははじめてですが、今後よろしく御昵懇《じっこん》に。お噂だけは、お兄さんから伺っております」と、トラックから下りた男が、几帳面な挨拶をした。細井という男は、気味わるいほど馴々しく、幅の狭い角帯をしめた小柄なからだからは、あの仲間のもっているうしろぐらい、乾いた垢箪《ほこりたけ》のような臭いを立ちのぼらせていた。しかし、いざ事をはじめるとなると、まことに手順よく、きびきびと働いて、すこしの物音、気配もさせずにひっそりと荷物をトラックに積込んでしまった。「これ。坊ちゃんの五月人形の金時ですね」と運びながら余裕綽々《しゃくしゃく》と、品物を観賞していた。積込みが終っても、彼は、便所へ入ったり、たばこをのんでみたりして、この頃、毎日のように家賃を催促にくる二軒先の大家が眼をさましはしまいかとはらはらしている私を、おもしろがってからかっているとしかおもえなかった。トラックがやっとうごきだして、借金のある店が戸を閉めてひっそりとしている前を通りすぎた。敵陣のうらをかいて、敵地から車で脱走する兵士達のように、成功したとおもうと、私はなにか叫び出したい衝動に駆られた。運転の男と細井と私とは運転台に窮屈に並んで坐った。トラックは、どこともしれないくらやみのなかを走りつづけた。大久保百人町へ向っているものとばかりおもっていたのに、道のついていないような原っぱやら、畑のなかを車ががたぴし揺れながら走った。空いっぱいに星があふれて、銀貨を鳴らすような響を立ててふれあった。荒涼とした谷あいを見おろす位置に、屋並みがかきあつめられている、その一軒の前で車が止った。おもいがけなく、妻と子が、なにもない部屋の電燈がすみずみまで照らす畳のうえにしょんぼりと坐っていた。京王線笹塚から右へ入って谷一つ越えてむこうの丘の、中野雑色《ぞうしき》という新開地であった。すべてが長兄のはからいであった。この長兄は、その後印鑑偽造詐欺事件の主謀者として手配され、十年の時効を逃げおおせはしたものの、黒眼鏡をかけた日蔭もののくらしと、麻薬の中毒で、心身ともに鬆《す》のようになり、戦争ちゅう信州の戸倉の疎開先で、頭がおかしくなって死んだ。細井の噂は、その後たえてきかない。あの身についたうしろぐらさとふてぶてしさと、へんになれなれしく、くぐりこんできてこちらのくらしに住みついてしまう油断のならなさは、忘れることのできない生理的な魅力でさえあった。私たちの笹塚での生活は、そんなふうにしてはじまった。

どれほど落ちこぼれの少い世のなかだったにせよ、私の生活《くらし》がそれほどまでに、いつになっても見通しが立たず、一円二円の金の調達にも、百倍の心気を労し、恥をしのんで、その上更に、人の軽蔑や、指弾の汚染《しみ》や、斑点《まだら》のあとで完膚ない結果となったことはただごととはおもえぬことであった。生きてゆくためにどんな人でも備えている本能的な生理的条件が私にだけ欠けているものにちがいないとおもいこんだ。少年時代の不得手だった体育の、運動神経の一つかもしれなかった。人と折りあえない傲慢《ごうまん》さのせいかもしれない。私は、妻や子供のことをおもうと、とてもじっとしてはいられないで、書生の穿《は》く鼻緒の太い朴歯の下駄をひきずって、東京じゅうをほうつきあるいた。足くせで、歯の外側が減り、あるけなくなって、高井戸の尾崎喜八の家に辿りつき、喜八が留守なので、奥さんに鋸を借りて歯をひきそろえはじめたが、その鋸の歯がこぼれていて、日がくれて、夕月がのぼるまでひいていて、やっと平らにすることができた。当時は尾崎の外に、中西悟堂ともその頃、交友があった。悟堂は、坊主あがりの野方図な男で、穀食を断って、松のみどりをちぎって常食にしていた。仙人になるつもりかもしれなかった。ちょこちょこ走りあるきのできるようになった子供は、いっしょにいなか路をあるきながら、広い葉に止っている青蛙をみつけて悟堂が、にぎりずしをつまむような手つきで掌にのせるなり、ペロリとたべてしまったのをみて、びっくりした。私の家で、馬鈴薯をふかして食べている時、悟堂があらわれたので、妻が、「悟堂さんは常人の食べるものはあがらないから」と言うと、彼はあわてて、「いや。他所の家でなら食べますよ」と言った。おなじ坊主あがりの赤松月船はたすきがけのかいがいしい姿で、大きな鍋で、薯や、野菜の料理をつくっていたところへ訪ねていったことがあるが、食うものがないと、一家、断食をした。それを坊主仲間では「釜を洗う」というのだそうだ。中西も、赤松も、食うものがなくなることがあるほど、やはり貧乏をしていたらしいが、坊主出は肚《はら》が坐っているのか、私みたいにあわてたり、へこたれたところを人にみせはしなかった。尾崎は、金持の坊ちゃんで、道楽に高井戸へこもって百姓のまねをしていた。景気のいいのは大木惇夫や、福田正夫だった。福田は遊びにくるとき、大きな生牛肉を土産にもってくるのでわが家の福の神だった。大木は玄関からいきなり飛出してきて、私の顔をなめた。玄関わきの三畳で、こどもは、ひとりでよく遊んだ。玄米パンというものを大声でうりに来ると、こどもは、負けない大声で、玄米パンちゃんと叫んでよびこんで、持たせてある五銭玉で、そのパンを買ってひとりで食べた。こどもがすこやかに延びていくほかには、私たちのくらしは、外見も、なかみもともに加わるものもなければ、減るほどのものもなく、太陽は、くる日も、くる日も、おなじところに引っかかって、私たちの人肌の愛情を生殺しにぬくめているのであった。一生はこのまま、こんな状態ですぎてゆくのではないかとおもわれた。なにかそれではつまらないようなそれでもしかたがないというようなどっちつかずな気持でいた。彼女のロマンチックな熱情も、私の野心も、若い日の身の程をしらないおもいあがりであったように考えられた。その頃の生計の糧は、講談社の雑誌の埋草原稿が主《おも》なもので、笹塚から団子坂の道のりはかなり遠かったが、足代を倹約してあるいてゆくことが多かった。早急な書直しごとのときは、社の近辺にいる高村光太郎の家の部屋を借りて、偉人の逸話や、感動する小話などをでっちあげた。まとまった原稿を書いてもっていっても家に帰りつくまでに速達便で送りかえされていることもあった。別に丁重な手紙がついてきて開封してみると、編集人一同先生のお作に感動したが、なに分、原稿が立てこんで、いつおのせできるか見当がつかず、涙をのんで謹しんでお返しさせて頂きますといった文面であった。私には慇懃《いんぎん》無礼に腹を立てる気力もなかった。原稿と引替えに稿料をもらわなければ、三人が木乃伊《みいら》になりかねなかったのだ。講談社の受付の窓口のところには、いろいろな連中が、ならんでいた。よく出会う顔は、岡本潤、伊藤永之介、塚原健二郎など、その他さまざまな人達であった。うれっ子たちは、木戸御免で、受付を顎でしゃくって奥へ通っていった。取るにも足らぬものを夜更しして書いて、零細な金をもらうしがない生計《たつき》は、一生を通じてこれからもはてしなくつづくより他ないことのようにおもわれ、運命を跳返して攻勢にでるようなまねは、もうじぶんの力では及ばないことにおもわれた。しらけわたった天地が、悠久につづいて、かなしさが霧のように茫々と立ちこめている。感傷だけが、ひそひそと溝河のせせらぎのように底にながれている。それが我々貧乏詩人の世界であった。私を非実際的な人間に仕立てた当のあいてが、年来、それをこの上ないしごととおもってひっかかっていた文学、とりわけ詩であることに、ようやく気づきはじめていた。そもそも私のなかに、それをもとめる弱体な素質があったことは、否めないが、排他的で、自惚がつよく、そのくせ弱気で、仲間どうしで甘やかしあっている詩人気質がじぶんの肌にも染みついていることにそろそろがまんがならなくなっていた。また、そんな詩人気質を承知の上で仲間意識やハッタリで押通ろうとする連中もがまんがならなかった。いずれにしろ詩などにかかずりあったことが生涯の不覚におもわれてきて、詩ばかりでなく文学一連にあいそづかしをしてよい頃合で、それだけの権利はまだ確保されていることがせめてもの心遣りであった。ニヒリズムは感傷のポーズにすぎず、孤独は、人間臭い馴合いの反面であった。詩や詩人から一まずぬけ出すことが、現状をはっきりつかむことの要件だとおもったので、詩的、文学的なものから、つとめて身を避けるようにした。妻の三千代は、私とは別の心境で、文学や詩に志しながら、初志を果すことができず、育児と貧しいくらしの炊《と》ぎ洗濯に明けくれたここ一二年の年月の空虚を取返して、新しい時代の知識や感覚を身につけようと私からみると逞しい意欲をもっていた。そして、私などについていても、得るものは今日の役に立たない時代遅れな教養だけだということに、ようやく気づきはじめてきたらしい。

私も、それを否定しなかったが、彼女を世のなかに出してやるなどと安請合いをした手前、やはり私の手で、彼女に才能があるものなら、それをのばしてやらなければならないとおもった。

しかし、その日ぐらしの生活で、雑誌一冊買ってやれず、満足な助言一つしてやれなかった。ふたりを結びつけているものは、子供への愛情と、恋愛のほとぼりがまだどこかにのこっているからだ同士のひかれあいであった。価値の立値の御破算になった私には、肌のふれあう搔痒《そうよう》のくり返しと浪声のほかの浮世のことは、すべて雑音にまぎれた。

夜も、昼もけじめのないそんな私たちの生活のなかに、邪魔がとびこんできた。佐藤春夫を訪ねて話していると、傍らにみしらぬ青年が坐っていたが、私が辞して表に出ると、その青年が追いすがるように話しかけた。ゆくところがないから一晩泊めてくれという。笹塚にかえって心待ちしていたが、訪ねてこないので、私が一応そのとき拒《ことわ》ったので、他のあてがあったのかと思っていると、十一時すぎになって訪ねてきた。秋田県横手の人で、小娘に惚れられそうなのっぺりとした痩浪人といった風態のM君という青年で、子供の遊び場だった三畳に泊めると、そのまま居ついて、一晩が半歳になった。食事に出てくるだけで三畳にこもりきったその男は、いつ出てゆくともわからず、尻をおちつけてしまった。山崎俊介が来て口惜しがり、「居候は、こうするもんですよ」と言いながら、小庭に水をまいたり、門口を掃除したりしてみせた。彼じしんが、代って食客になりたかったのだ。

M君がいるあいだに、私は、上海を題材にした百枚ばかりの小説『芳蘭』を書いて、『改造』の第一回の懸賞小説に応募した。自信がないので、佐藤春夫と、横光利一に見せると、おそらく、これより以上の作品はあるまいと太鼓判をおしてくれたが、ふたをあけると、私の小説は、次点になっていた。懸賞の金で私は妻子をつれて渡欧するつもりだった。この空中ブランコの曲芸がみごと失敗したので私は、小説も放擲《ほうてき》した。

独歩の息子の国木田虎雄とはからずもめぐりあったことから、私たちの別の運命がはじまった。改造社と、春陽堂から、円本の日本文学全集が出てしのぎをけずっていた最中で、文士たちの最初のゴールド・ラッシュであった。虎雄も父の印税がつかいきれず、新しい細君といっしょに、ホテルぐらしをして、競馬で金を蕩尽していた。私に、上海へ案内してくれないかとたのみこんできた。彼としては、大方費い果して底のみえてきた残金のあるうちに、せめて上海でもみてきたいというつもりらしかった。

「そんな金は、つかって失《な》くしてしまうよりしかたがあるまい。オーケストラが始まったら、笛や、太鼓だけを途中でやめてみても、そのオーケストラは、終りまでつづくよりしかたがないように金を使い出したら止め処がないものだよ。失くなったところで気持はすっとするし、そこから又次の新しい人生がはじまるというものだよ。ケチな根性を起して、小銭を残しておこうなどという料簡は、わるい思案だ」わるい先輩の私は、そう言って若い者をそそのかした。上海行の話が具体的になると、私は、妻にはろくに相談もせず妻一人を吹きさらしの家に留守番させ、子供は私がつれて長崎にあずけ、国木田夫妻と私と三人で、約一ヶ月の予定で上海へわたることを勝手にとりきめてしまった。そんなときの私は、自分勝手なタイラントで、のこされた妻の淋しさなどを忖度《そんたく》するゆとりのない浅慮な人間であった。若干の金を妻にのこして、子供をつれて国木田たちといっしょに東京を発つ前に、M浪人にも引導をわたして、引退かせた。丁度、郷里から林檎の箱が届いたのを、「林檎はさしあげなければならない義理ではあるが、これから厄介になる先の手みやげにしなければならないから持ってゆきます」と言ったMは、箱をそのままもって、どこかへうつっていった。私は、この旅行が、一家のなにかの転換のきっかけになるように錯覚し、彼女にもそのように説得して、心細がるのを無理に納得させたが、ほんの私自身の鬱屈からの出口をつかんだのにすぎなかった。

子供をとられて、東京駅のホームを走っておいかけてくる三千代の耳かくしの縮緬の羽織と裾のもつれた姿をながめて「三っちゃん、なまめかしいなあ」と国木田が私の耳にささやいた。その国木田はダンディで、横浜生れの国木田の妻の道子は、その頃まだめずらしかった洋装だった。上海での一ヶ月は、国木田夫妻の競馬のおつきあいですぎてしまった。杭州へ旅行したことと、渡欧のかえりの長谷川如是閑と、本間久雄が立寄ったのを歓迎する会に出席したことと、横光利一が来て、旧交をあたためたことぐらいが出来事だった。横光はいなか者丸出しで、ゼスフィールド公園のローンをあるきながら「高田の馬場とおんなじや」と言ったり、永安公司の支那浴場で、国木田と三人並んで、靴の紐から、帽子、外套、上着、ズボン、シャツ、猿股と、一手をうごかさず脱がせてもらって裸にされながら、「わからんなあ」と首をひねって感心したり、「ブルー・バード」のホールで、ダンサーの静公《しいこう》に踊ってもらいながら、「生れてはじめてや」と、おっかなびっくり屁っぴり腰にしていたのが、愛敬者であった。

横光の友人の今鷹君ともその時知りあったが、この人とは後までも、交際がつづくことになった。画家の宇留河泰呂、通称パンさんとも親しくなった。パンさんは、日本の最初の前衛の芸術の三科で、パリにゆくために日本を出てきて、上海でぶらぶら待機している連中のなかの一人であった。その頃はやりのモダンボーイの穿くセーラーパンツをはいて、藤田嗣治のようなお河童あたまで、風来人のような恰好であるいていた。日清汽船の社員の家で留守番をして、栗鼠《りす》と二人で住んでいた。嚢中はおけらで、いつも腹をへらしているので、底の切れた靴が買えないでいるのを私が、あずかった国木田の金で買ったことから、急に親しくなった。彼は、なにごとにも器用で、頓才があり、本職の画技もずばぬけて新しく、創意にみちていた。遊び呆けているあいだにも、さすがに日本のことが気がかりになって、私は、国木田をのこして帰ることになったが、競馬でもうけた金が百円あまり、ふところにそっとしのばせてあった。帰り際に、パンさんが碼頭まで送ってきて、「日本の方を片付けたらもう一度上海へ来い」「必ず来る」と約束をつがえた。約束しながらも私は、果してその約束が果せるものやら、果せないものやら、じぶんでもわからなかった。

「長崎丸」で長崎に着いた朝、船からおりて、桟橋をあるきながら私は、横木につまずいて膝を突いた。瞬間、不吉な予感がして、東京の彼女のうえになにかあるという確信をつかんだようにおもった。それは、想像の力ではなく、叡智の働きでもなくて、動物的な嗅覚のようなものであった。五体がばらばらになってゆくような気持で私は、子供をつれ、長崎から東京へ鈍行の汽車ではるばる揺られていた。笹塚に着いたのは夜だったが、果して彼女はもうそこにはいないらしく、燈火《あかり》ももれていなかったし、玄関を鍵であけて入ると、東京を出る二ヶ月前からとるようになった新聞がたたきの上に投げ込んだまま積みかさなっていたが、それがおよそ十日分ぐらいもあるので、十日程前から彼女が帰っていないことがわかった。淋しいので親戚の家に泊っているということも考えられなくはなかったが、それならば、なにか書き残してある筈であった。新しい恋人という線がいちばん確実のようであった。

ろくに金ものこさないで、女一人を一ヶ月あまり放っておいた落度が私にあったし、その上、彼女とのあいだに、互いに恋人ができたら、未練らしく二人の生活を追うことはよそうという二人のあいだのとりきめがあったので、彼女に新しい恋人ができたとすれば、私が引きさがるより他はないわけだった。しかし、仮定と実際とでは、情況がまったくちがっていた。母親に会えるというので、いさんでついてきた子供がそばにいる。この幼いものに母親を会わせなければ、顔向けができない。それから、雲をつかむような、あいての男への羨望と憤りが吐逆《とぎゃく》のようにこみあげてきた。みだれたままの私の浴衣をみると、その男がここへも来て、それに手を通したのを脱いで蹴散らしていったものらしく、私は、顔を足で蹴返されたような情なさで、眼がしらには涙がたまった。彼女が、先方に加担して、ひややかなながし眼で、みじめっぽい私の姿をみているさまを想像すると、三十歳の私が、五十歳になったような心の老《ふ》けこみをおぼえた。十中七八はまちがいないこととおもいながらも、二分か三分は彼女への信頼がのこっていたので、万一帰ってくることがあるかもしれないとおもって、子供を寝かせておいてからおもてに出て待ってみた。江南の春を見すててかえってきた東京の、この場末町は、五月というのに、空気ざわりが粗く、墓場のようにくらく、あたりは寝しずまっていた。駅近くの踏切りまでいって、レールに耳をあててみたが、のぼりくだりとも、終電車はとうにすぎたとみえて、車輛の音は絶えてつたわってこなかった。

翌朝は、妹の家が大久保にあるので、足手まといな子供を、一まずそこにあずけてから、心当りをたずねてみることにした。妹夫婦は、西の宮からひきあげてきていて、子供のない妹も、まだ生きていた老母には、初孫なので、ともによろこんで迎えた。それほどの苦労もなく、彼女の居どころがわかった。草野心平と親しいアナルシストの学生とくらしているというのが判明したので、草野に会ってその居所に案内してもらうことにした。

池袋から低地をくだってゆくそのあたりは、長崎村といって、その土地は十年くらい前までは、みわたすかぎり稲穂の波であった。震災後から建ちはじめたらしい、スレート屋根の工場建築のような殺風景な屋並みがつづいて、しろっぽけたバラックの前を、水の涸れたどぶ河がひびわれをつくっていた。草野は私と彼の親友とのあいだに立ってよほど困ったらしい。親疎は問題にならないくらい、青年の方に厚い筈なのに、私のほうも拒りきれないところに彼の好人物さがあった。彼らの起居している二階家のみえるところまで来ると、「ちょっと、待っていて」と言いすてて走っていったが、彼があいてから背信を攻められているのか、彼がなだめ説得しているのかわからないが、しばらくの間暇取っていた。私は、溝河のふちを行ったり来たりしていたが、私の人生にとってのそれは、ふしぎな空間であった。私は、じぶんがなんのために、そんなところにいるのかわからなかった。カーンと耳が鳴っているような遠距離で、あたりは人の気配もせず、死絶えたような森閑さであった。私は、尿意をもよおしていることに気づいた。いつからもよおしているのか、尿意さえもとりまぎれて忘れていた。どこかで放尿しようとおもったが、私は上海旅行のあいだも着通した、背なかの窮屈なモーニングコートを着ていたことにも気付くと、放尿など、とりわけいまの場合不謹慎なことのようにおもわれてしばらくためらったが、尿が出はじめるとそれだけが、おどるようないきいきしたものにおもわれた。

私は、先方の出かたにおびえて、いっそそのまま引上げてしまおうかとさえおもったが、ものうさだけが私をそこにあえてひき止めていた。こころのゆるみを覗《うかが》っていたように、彼女一人が家からこぼれ出て、日傘を肩にかついでくるくる廻しながら近付いてきた。彼女と並んで私があるき出すと、「来なければいいのに。待っていてくれれば、もう帰ろうとおもっていたのに。坊やは、大丈夫?」と、私の折角はりつめていた気合をそらすように言った。「坊やはつれてきた。君に会いたがってるんでな。しかし、君はどうする気なんだ。いまの男がいいのか。それとも帰ってくれるのか。俺の気持としてはかえってほしいんだが、そうでなくてもしかたがない」「坊やをつれて来たんじゃかえるよりしかたがないけど、あんたは狡い」

そこで、その家の階下三畳に、腰障子の敷居に腰掛けて待っていると、草野が下りてきた。しばらくすると、手廻りの風呂敷包をさげた彼女と、うしろから学生服の恋人が階段を下りてきた。髪を前に垂して、顔いろはわるいが、二重瞼で、やや下《しも》ぶくれのなまめかしい美貌の青年が、私を敵性ときめこんで、三白眼できらりと眺め、てれかくしに私が話しかけるさりげない問答にも、答える必要なしと、むっつり黙りこんでいた。四人それぞれの奇妙な行列が、互いに突っぱらかったままで、池袋駅にすすみ、私の言出しで、途中の殺風景な喫茶店でお茶をのんだ。それから一人ずつ、右と左に別れた。

百花送迎

またしても、私たち一家は、うしろぐらい夜逃げをしなければならないいまわしい羽目になってしまった。せめて白昼に立退くことにして、こんどは、佐佐木茂索の次兄の忠一が、父といっしょに矢来で骨董商を出しているのに相談して、それだけはのこしておくつもりだった若冲の二幅対や、広重の尺五絹本極彩の「堀切の菖蒲と羽織芸者の立姿」の軸をはじめとして、小箪笥《たんす》、膳椀など、おおかたの荷を売払い、当座必要な火鉢、机その他のものを別にして、新しい居所がきまり次第とどけてもらうことにして、あとから、忠一が手車にのせてはこび出す順序にして、親子三人は身柄だけを脱出して、五月の晴れた青天のしたの草ぶかい水道道路を、よそ目には、なんの屈託もない親子づれの散索のように見せかけ、口笛など吹いてゆっくりとあるいた。家庭らしいものは、一まずこれで解消したことになる。未経験なための失敗とばかりは言えない。私はもともと仇敵視してきた育った家のふるいしきたりなどは目の敵に無視し、彼女もそれに協調してその点では似合いの鬼夫婦ぶりを発揮して、ふるいひっかかりや親戚連中もむこうから寄りつかなくなったものの、家庭のいやなことはそんな外的なことばかりに尽きなかった。夫であり妻であるそれだけのために折角の男と女が酸蝕され欠けこぼれて、お互いにずんべらぼうになってゆきそうで、私も彼女もそのことでその関係をいまわしくおもいながらも、人が愛情と呼ぶ煤黒い未練で当面をごまかしていた。この放擲《ほうてき》も疲労の重りかもしれなかったが、若気の気負がそうとは受取りかねたのだ。彼女と一緒になるとき、「君は家庭をもてる人間じゃないよ」と忠告した友達がいたのを、そのときは聞きながしていたが、いまこそおもいあわされた。なる程、ひとり身だったときの、淋しいけれど、かぶさりかかる負目のない飄々としてわがところを得た生きかたがなつかしくおもい返されるのであった。私が生活費もろくにあてがうことをせず、彼女ひとりのこして上海に息抜きせねばならなかったり、彼女が留守を辛抱しきれないで、恋愛に走らねばならなかったような、元来無資格な無理なくらしの押せ押せのうえに蟠《わだか》まった毒気流は、こうしていっさいを歩《ふ》に戻して出直す他に手のないものらしかった。

親子三人は、現在居るところが天地で、中野雑色の家を子供の手をひいて逃げ出して来ながら、落付く先もいずれはなくてはならないのに、幸い天気もよかったので、結構、解放されたような気安さのまま東京の街をほうつき歩き、喫茶店で休んだり、映画館に入ったりしながら、いつのまにか振出しの牛込界隈に戻ってきていた。古本屋ばかりが並んだ早稲田鶴巻町の裏通りを通りかかり、ふと、庇屋根が前にのめりそうになった二階家の軒先に「貸室あります」の厚紙がぶらさがっているのを、眼に止めた。うなぎ蒲焼という看板が出ていた。

「ここなら、食事が便利でいいじゃないか」と、提案すると、彼女も異存なく、早速なかに入っていって、老人と、息子の嫁らしいおかみさんに交渉した。びっくりしたように私たちを見ていた二人は、しかし二つ返事で、がたぴしした階段をあがっておかみさんが、私たちを二階部屋に案内した。表通りに面した天井の低い一室きりの八畳間であった。歩きつかれてもいたのでともかくも、その部屋を借りることにして、雑色の家の家財をうり払った金がまとまってふところにあるので、前金で二ヶ月分の部屋代をわたし、遠くもない矢来から、火鉢や机などのわずかな日用品の分を、茂索の兄貴の忠一に運んでもらうために、私が出かけていった。姓名を届けなければならないので書きつける段になって、うなぎ屋の爺さんも、かみさんも、「まあ日本の方だったのですか。私たちは、日本ことばのうまい南京《ナンキン》さんとおもっていました」と言って大わらいになった。早稲田には、支那の留学生が多く、支那の留学生は、たいてい国元が金持で、金払いがいいので、私たちに対しても二つ返事だったのだとわかった。それも、無理のない話で、三千代は、私が上海から土産に買ってきた、杭州緞子《どんす》の支那服を着ていたし、私は、ルパシュカを着ていたからだ。その支那服は、五馬路《ウマロ》の軒店でつるしてあるのをねぎり倒して、六元で私が手に入れたもので、朽葉いろが、金いろに光る緞子地の、じつは、妓子《げいこ》の着る古風な衣裳であった。さすがにものをじぶんの都合のいいようにしか解釈しない私でも、そんな生活の転換で、彼女の恋愛事件をうやむやにできるものとおもっていたわけではない。もとよりそれが、一筋縄でゆかないことを感じていたので私は、相当無理して、やりたいだけ勝手にやってみなという態度に出ることにした。彼女が私のそばで、手持無沙汰そうにまごまごしていると、行ってきてもいいんだぜと助け舟を出したつもりで言ったが、そんなとき彼女は、指図は受けないと言った様子で、出かけて行きたいのをじっとしのんでいたらしい。

うなぎ屋へ移ってから、私の生活は表面へんににぎやかになって、いままで訪ねて来たこともないような連中までが、足場がいいためか、毎日のように三人四人あつまってきた。階段の上から首を出して「うな丼三人前」「天ぷら四人前」と呶鳴るだけで、客の接待にはこと欠かなかった。爺さんは、元兜町の近くで店を出していたが、震災でここへ引上げてきたというだけあって、腕には自信があり、成程、鶴巻町界隈では勿体ない味であった。赤城元町のこま鼠の娘までが、うなぎを食べにやってきた。詩人や文士の卵のほかに、講釈師のから板叩き、演歌師あがり、歌沢の古い友達、歌沢仲間の神楽坂の芸者や、榎本という小学校友達の鳶職《とび》などがやってきて、子供の乾《けん》は、みんなにちやほやされた。そのお蔭で、一ヶ月の部屋代は八円なのに、食べ物のつけが四十円、五十円とかさみ、家主にとって私たちは結構いいおとくいであった。家全体が表のほうへ傾《かし》いでいるので、畳に横になると、ひとりでに、窓際のほうへからだがころがっていった。そんなことで五月、六月が過ぎていった。子供が井上康文に負われて町を歩いたり、岡本潤につれられて、蛙の足のフライをはじめて御馳走になったのもその頃だった。岡本はアナルシストで、三千代の恋人の学生もアナルシストだったが、岡本の個人主義的アナルシストに対して、彼女の恋人はコムニストにより接近したサンジカリストというので相反目していたようであった。齢三十歳のほうに近い彼女としては、年下の恋人との命運のはかなさを読みとりながら、それなればこそ猶更、火の手をあおられていたことは察するにあまりがある。臆測すれば、その他に彼女としては、当時新時代の尖端の思想、彼らが話題にするバクーニンやクロポトキンに接することが魅力であったろうし、アナルシスト闘士の醸《かも》し出す強烈な体臭と反逆的ムードにふれることが、スリルであったのだろう。子供との生活を秤《はかり》にかけて、どちらか一つを選ばねばならなかったことまでが私の策略とおもいこんでいた。

その歳、昭和三年（一九二八年）という時代を念頭に置いて、彼女たちの恋愛事件が及ぼす周囲の意見について考えてみてほしい。むろん、とるにも足らない私一身の周囲は、狭く限られてはいるが、それでも、この時代の縮図のように、相反する意見や、雑多な解釈が混駁し、それが皆、明治、大正の時代々々の諸観念から根をひいたものであった。前年からの大恐慌による社会不安が引きつがれ、人心が暴発的な言動に魅かれる傾向さえあらわれていた。この事件を法律に持ち込まないことを歯がゆがり、すすめにのらない私の優柔不断をあざわらう人たちが、文筆のしごとにたずさわる人のあいだにもあった。起訴すれば、男、女ともに数年の体刑を申しわたされ、起訴者はそれによって世間への体面をつくることができたが、言うまでもなくそれで夫婦が元に戻る例は少かった。恋人たちの側では、旧時代に属する私が、そんな手段に出るものと決めこんで、恋情を一層ぬきさしならなくしただろうことも想像できる。その敵視は、私にとって手痛くもあり、情なくもあった。私は、青年時代の最初の自己形成期に、大正の自由思想をふんだんに呼吸して、明治人からすれば骨抜きになった人間である代りに、善を善とし、悪を悪と決めることのできない懐疑思想をその身につけて、それはそれなりに良心だとおもいこんでいる人間の一人のつもりであった。昭和の戦後の人たちともちがっていて、合法的なことを毛嫌いして、むしろ、準縄にしたがわない精神をいさぎよしとする文人気質のようなものがのこっていた。従って、敗けおしみや、虚栄心や、気まぐれや、癖や、道理で片づけられないものをたくさん大切にかかえこんで生きていた。しかし人の推量の裏をいったり、天の邪鬼に出たりすることには、むかしから快感をもっていた。彼女の恋愛についても、素直な嫉妬心などは恥かしいことのように、じぶんのうちに閉じこめて、起訴などは論外で、そのことで私がうかれてでもいるように、はしゃぎ廻って、まだしらぬ人にまでふれてあるいた。「君、そのことは、あまり人に話さないほうがいいよ」とそんな私に注意してくれる友人もあり、また、いたましがって私をなぐさめにかかる人もいたが、「僕は何とも思ってやしませんよ。ただ先方が僕を敵視するのがやりきれないだけです」と言って、あいてを困らせたりした。事実、この恋愛事件では、五割方《がた》彼女の格があがった。他人が大切にしてくれることで、たしかに女の価値はあがる。いったいにねうちというものは、それだけのものらしい。ねぶみをする人が信用ある人間ならば、猶更のことだ。また、彼女が、あいての男をほめあげることで、残念ながらあいてが輝くばかりの存在とおもわれ、それといっしょに彼女のこころもからだも、私の手のとどかないところにあがってゆくようにおもわれるのであった。

そうして、彼女は、二日家にいたかとおもうと、三日むこうにいってかえってこない。そんなあいだに、恋人のところからかえってきた彼女が発熱した。彼のもとにゆくようになってからの彼女は、私がふれることをきたないもののように拒みつづけたが、私としては、拒まれるので猶欲望がつのった。うとうととしている彼女の内股にさわると、火のような熱さだった。医師に診てもらうと、その医師は、その夜のうちに手配して、車をよび、大久保の避病院に彼女を送りつけた。診断は、猩紅熱《しょうこうねつ》であった。子供に伝染の危険があるので、その翌日、ともかくも私は子供をつれて、長崎に発った。娘の父親は、概略話した私の意を諒として、またしても子供をあずかることに同意した。子供と別れて上京の旅は、さすがにものがなしかった。豪雨のあとの中国地方の田圃《たんぼ》を涵《ひた》した出水にうつる電柱の姿の蕭々としている様はいまも記憶している。私の企てたり、行ったりするすべてが、悉く皆、積極的な根底がなく、またそれが悉く、私のなかに、かんじんなものが欠落していることに起因しているようにおもわれた。憤《いきど》おろしいものがあったが、それは、まず、じぶんに対してであった。私としては、当時の人たちが問題にする人類の正義や、階級の憤りのようなものは、例え口まねをしたにしても、それは一時の気晴らしにすぎず、あまりに縁遠いことであって、いつになってもあやまちの繰返しの、まことに愚にもつかないことにしか生甲斐をもたない私じしんのことが、なにはともあれ、いちばん問題であり、またじぶんにしっくりした関心事であった。わずかにせよはっきりしているつもりなのはじぶんのことであり、じぶんだけしかしらないうしろぐらい疾患部や、じぶんでふれて知っている沼沢地帯であった。恋愛の定義や、形而上学は、私にとって、積木の家でしかなくなり、林を焚き、村をおしながす溶岩流のような欲情のひろがる涯《は》てと、その絶望的な方向が目の涯にうつるだけであった。そのなかで、逆らいきれず流されている私と、彼女と、彼女の恋人とのもつれあいの卍巴が面を灼《や》くばかりであった。

彼女のいる大久保の隔離病院に毎日一回見舞いに行った。病院の食事が不味《まず》いので、すしや、洋食弁当や、宿でつくってもらったうなぎの重箱などをさし入れるためであった。危険期はすぎて、皮膚が剝《はが》れはじめた。剝れた皮膚が病気の伝染の媒介をするので、病室の出入の消毒は、厳重であった。そして、備えつけの上っぱりのようなものをまとわなければ、室へは入れなかった。退院は、入院の日から四十五日を数えなければならなかった。殆んど全快に近くなった彼女をつれて、私が屋上に出てみた。胸壁にもたれた。新宿のさかり場のごっちゃな建物やアドバルーンが、急に夏らしくなった強い太陽のしたで、ふすぼっているのを眺めながら私は、他目《はため》がないので、はじめて、その後の彼女の心境を問いただした。私とちがってうそを言うのがあまり上手でない彼女は、結局、ありのままを打ちあけることになった。彼との連絡もずっととりつづけ、彼も病院へやってきているらしかったが、二人が鉢合せをしないように、彼女が心をつかって、時間をずらせている模様であった。「いつまでその恋愛がつづくのか」とたずねると、「そのうち終る」というより他はなかったらしい。しかし、私としても、便々と待ってもいられなかった。そのとき、おもいついたのが、懸案の外国旅行であった。二三年の旅行という冷却期間をつくることが、彼女の恋愛の純度をためす試金石ともなり、私の受けた不面目も、時間のたつとともにうすれることになり、丁度、盤面の死に石が、そっくり活きるためのたった一つの起死回生の手だと、私が力説した。この申し出を胡散《うさん》くさいとおもっても、彼女としては呑むより他はなかった。そして、出発の日時も、九月の初旬ということに決った。彼女は、それを承知する代りに、その日までの行動は自由にさせてくれと条件を出した。七月末から八月にかけて、彼らは、茨城県の高萩辺に旅行する計画があったからだ。「この旅行でふたりが別れる話しあいがすでにできていた」とも言った。つがえたその約束を万一どちらでもが違えた場合は、生活を建直す気のないものとして、ふたりの関係はそれで終って、共に自由勝手たるべきことをつけ加えた。いずれにせよ、私のコキュの歎きはそれで終らせられる筈であった。

病院を出て彼女が海へ出発したあとで、私は至急にまとまった旅費の工面をしなければならなかった。それにも拘らず、私は、九月近くになっても、旅費捻出に、これといった目算が立たず、ただいたずらに日々のあわただしく過ぎてゆくのを見送るばかりであった。生来なまけものの私には、気合いを入れて、事に励むなどということが性に合わなかった。迫ってくる日限にやきもきしながらも、埒もない連中をよびあつめて遊びくらし、却って、持金まではたく始末だったので、あと十日足らずという所まで来て、さすがに周章《あわ》てはじめた。

吉川延枝（仮名）があらわれたのは、その頃であった。三千代とおなじ郷里の傘屋の娘だったが、レースのカーテンをはぎ合せたような洋服に、瀬戸物のような大柄なからだをつつんで、うなぎ屋の二階の花茣蓙《ござ》に行儀わるく坐った。真夏の炎熱に、彼女は、汗もかかなかった。三千代が高萩に出発する前に一度訪ねてきて、三人であるきながら話したことがあって、その時の話に彼女がこじれている二人のあいだに割込み、私の方を引受けてもいいなどと言いだした。そんな引きつづきで、彼女がどう出るかその来訪に興味があったが、あいにく相客があって、しびれを切らして彼女が帰ってしまった。その時のこしたアドレスの、本郷通りの彼女の素人下宿に、私が訪ねていった。その日は、丁度、正岡容が大阪から出てきて浅草の東京クラブで漫談をやるというので、それをみにゆく約束があった。延枝が一緒にゆきたいというのでつれて出かけた。浅草に着いたときは、すでに夕ぐれ近く、瓢簞池の中の島の人工の岩山のうえの腰掛にふたりで坐り、人間くさい池水に映る灯《ともしび》が千代紙のちりちりのように数がふえるのを眺めていた。私の前に、こんな娘が唐突に飛び出してきたわけがわからなかった。私が、この娘を訪ねた下ごころはもっとわからなかった。恋人のいる妻とのむずかしいかかりあいを放擲して、いっそこの娘に乗換えようというつもりがなかったとも言えない。この娘とおっこちるようなことを想像してみて、妻の恋愛と見較べて、ひどくこちらがみすぼらしくおもえた。この娘がみすぼらしいのではなくて、私の動機がどうにもみじめなのだ。おそらくどんな女が出てきても板子にすがるようにしがみついたろうとおもわれた。それは、ごくありふれた男と女の身のかまえであった。私は彼女にむかって、その頃問題になっていた、コロンタイ女史の赤い恋の、性の共産主義のことをしゃべっていた。私にふれられた彼女の掌が、しびれ鱝《えい》のようにふるえていた。「こんなおもいをしたのははじめてよ」と、なんでもあけすけに口に出してしまう女らしかった。となりの腰掛に、乞食が来て、袋のなかのものをもそもそさぐっていた。おのぼりさんあいての店に坐って、私が、氷水瓜をとると、私の食べかけの水瓜を、彼女は平気で食べた。十年近く以前に山《やま》の宿《しゅく》に住んだことがあるので知っているのだがと、その界隈のさりげない店屋でも、新門とか、中州屋とかの顔役の身内が多いことなどを話してきかせた。役にも立たない受売でも、耳新しい知識が、女にとって、どれほど男をひき立ててみせることになるかを、私は、妻のことにまで類推しておもい知らされた。時間を見はからって、東京クラブに入ると、何人も顔みしりが来ていた。正岡は、軽気球《ふうせん》の紋のついた鶯茶のちりめん羽織を着て、むかしの活動弁士のようにハイカラソングの楽隊につれて、舞台にあらわれた。漫談は、お世辞にも上手と言えなかった。それでも、彼女は、満悦であった。

舞台から下りた正岡と、井東憲、井上康之、それに私と延枝女史と、五人づれで吉原へおでんを食べにいった。そのとき、井東の発案で、金子夫妻渡欧記念文芸大講演会を、大阪の朝日講堂でやる話がもちあがり、二日ばかり東京にいるだけで、大阪に戻る正岡が、下ごしらえをしてあるところへ、九月十五日に井東がのり込み、万端の手筈を調え、九月終りにひらくということまで、話はとんとんと運んだ。延枝女史も胸をはずませてきいていて、必ず参会すると言った。ファンタジストの正岡と、ほら吹きの井東との掛合いで、話はどこまでのぼりつめ、いつパンクするかわからなかった。井東の提案は、しかし充分説得力をもっていた。井東の下阪には、宗右衛門町にむかしなじみの妓《こ》がいて、それに会いにゆくという、どちらが眼目かわからないような理由があった。私としても、すでに二回も（会場は、山水楼と新宿の白十字で）送別会をやってもらい、餞別をくれた人もある手前、フランス巴里はとも角として、少くとも東京から三月、半歳でも足抜きをしなければ義理が立たない羽目に、追い詰められていた。井東の目算では、二三百の金を旅費としてつかませてくれられる計算になった。目の先にやっとあかるみがさした。半金でも手に入ったら、せめて宇留河のパンさんと約束のある上海の地を踏んでみたいとおもった。私としては、ヨーロッパにはそれほど心魅かれなかった。夜更けに家に帰ってみると、客が待っていて、三時頃まで話して、徒歩で青山まで帰っていった。「渡欧します」という二人名前の葉書を五十枚、近所の印刷屋で刷らせた。宮島が、護身用にと言って、父の刑事時代に押収した、桜皮の仕込み杖を餞別にくれた。彼らしい時代ばなれした心づかいであった。まっ赤に錆びているので、刀屋に研いでもらいにゆくと、変装ものは禁制だから研げないと拒られた。岡本潤が来たとき、形見に、春画一枚と、喧嘩する時に使うようにとその仕込み杖をわたした。岡本は欣んで、莫蓙に包んでもって帰った。

九月一日、彼女が約束通りかえってくることを、願うような、それではこれからの荷物が重すぎるような、複雑な気持で落ちつかずにいる時、午後二時頃、延枝女史がふらりとあがってきた。彼女はひどくはしゃいで、私の横向きで坐っている姿が魅力的だなどと土砂をかけたり、机にのっている、二人の写真のついたパスポートを勝手にひらいて、三千代の写真をじぶんの写真と入れかえたいと、言ってみたりした。カンカン帽のような帽子をかぶっていたので、「こんなふうにかぶりなさい」と彼女に坐らせて直してやると、うっすり眼をつぶった。かるく唇をふれてから、抱きよせようとすると、階段をみしみしさせて、井上康文があがってきた。運命は、わずかな支障でおもわぬ曲りかたをするものだ。吉田一穂も顔をみせた。結局四人で銀座に出た。千疋屋で食事をしてから、丁度、女の詩人の会があったので、延枝を一まず生田花世女史にあずけ、男ばかりになって銀座を歩いた。友人達と別れてひとりになってからも、私は延枝を受取りに戻るのが心重たかった。うなぎ屋につれ帰った結果は、型のごとくであることがわかっていた。皮膚のすみずみまでふれあえば、愛情も湧いてくるだろう。おもいがけない惜しみも出てくるだろう。夜更けまでやっている喫茶店に坐って、ひとりでディスクをきいていた。鶴巻町に帰る電車に揺られながら私は、我ながらふんぎりのわるい、むら気な性質がいまいましかった。延枝をつれて帰るべきだと後悔する一方、いくらでもまだ機会はあるのだとおもった。うなぎ屋の二階へかえってきてみると、おもいもかけず、約束をまもって、三千代がかえってきていた。「さあ、約束通り、恋人とは一期の訣別《わかれ》をしてかえってきましたよ」と手固い実績を突きつけられると、私のほうの受けて立つ気構えがすでにくずれかけていて、じぶんではだてておきながら、できるなら遠走りなどしたくない気持になった。

「君がしでかしてくれた恋愛事件に、じつのところ僕は、感謝しているんだよ。そんなことでもしなければ、ずるずるしたいままでの生活からジャンプする足のたまりができなかったろうからね」

「皮肉を言ってるつもりなの？」

「いいえ。まじめで言っているのさ。引っかかる君の方が僕にはひねくれてとれるよ」

彼女がからかったことで形勢は逆になり、忍びがたきを忍んだ彼女の英雄的な犠牲行為の前で、私が下手《したて》に出なければならなくなった。したくをするというほどのしたくもなかった。一刻も早く出発したがっている彼女の気持はこのままひき伸ばして新しい未練がでてきてはならないという、元来堅苦しい育ちからくる彼女の地金で、庶民的な私だったら、よほどテコでも入れなければ、ぐずぐずになってしまうところだった。五十円ばかりあつまった金が、またぞろうなぎ屋に支払うとのこりが十円足らずということになった。渡欧のしらせのハガキにあて名を書いてポストに投込んだのは、翌日の夕方、住居を引きはらって、スーツケースをそれぞれがぶらさげ、電車の停留所に出る途中からであった。人の背づたいのようないそぎ足は誰にも見送りしてもらいたくないためであった。東京駅で大阪までの切符が買えないで、とりあえず名古屋までの切符を二枚買った。どうしてわかったのか、恐らく私達の出発したすぐあとでうなぎ屋を訪れ、その足でかけつけてきたらしい、長谷川時雨女史の『女人芸術』の使だという若い娘が、うごき出そうとする窓の外から、三千代の書いたものの稿料十円を手渡しした。それがただ一人の偶然な見送り人であった。

翌朝、名古屋で下車して、『新愛知新聞』の文化部の尾池記者に遇って、その場で書いた雑文をうり込み、若干の金を入手して、その日のうちに大阪に着いた。日本橋近くの三国旅館に泊った。この旅館の息子が詩を書いていたというかかりあいで投宿し、なにかと便宜をはかってもらえる下心であったが、息子が住居《へや》ずみでなんの取りはからいもできないらしく、あいだに立っておどおどしているばかりであった。正岡に知らせると時をうつさず駆けつけてきた。正岡の口利きで、放送局関係の芸人たちが常宿にしている新戎橋のたもとにある初勢旅館に、碇をおろすことになった。世界の放浪旅行も緒について、東京から百三十里の道中を踏出したことになる。しかしまだ日本のうちのことで、話がすこしもつれれば、簡単に振出しにかえる進退自在な、廓うちをもぞもぞっているにすぎなかった。それからおよそ三ヶ月、九月、十月、十一月と、大阪の宿の長逗留がはじまるのであった。その宿には、一泊二泊で入れかわり立ちかわり芸人たちが宿泊した。大ちゃんこと、講釈の昇龍斎貞丈だの、金語楼の師匠の柳家三梧楼だの、弁士あがりの漫談家の大辻司郎だの、高座での知った顔と、あとからあとから知合いになった。五人廻しの三梧楼は、いつもながら脂ぎって、筑前琵琶のタレなどをつれて泊っていた。

着いた日から、毎朝、寝込みをおそって現われる正岡は、私たちの部屋で半日、ときには、一日じゅう過した。芸人たちとも彼の紹介で知りあったのだが、その他に大阪生え抜きの文人画人たち、川柳の岸本水府、南画の須磨対水、漫画家の吉岡鳥平、芝居作者の食満《けま》南北、弁士の里見義郎、松崎天民主催の雑誌『食道楽』の編集部や、とりわけ親戚づきあいをすることになる、八幡筋の色紙短冊店の「柳屋」(毎年一二回東京のデパートで名士文人の色紙短冊展覧会を催していた）の主人などと懇意になって、東京に引きかえて大阪ぐらしは、よろずたのしく、きょうは道頓堀の魚すき舟、あすは、御霊の梅月といった案配式に、招ばれが多く、口果報がつづいた。それもみな、通称《つうしょう》ジャズの正岡のはからいで、彼の鳴物入りで、東京では箸にもかからぬ若僧のへっぽこ詩人の私を、知名人のようにうりこんだからであった。

そこですこし正岡と私たちのかかわりあいについて語ることにしよう。正岡が最初に訪ねてきたのは、私たちが長崎の森の父親の家に滞在していた時で、彼が大阪で、真杉静枝と交渉があって、その関係がながつづきせず終って傷心を抱いて旅に出た、その旅先のことであった。『風船紛失記』を書いて、十一谷や、横光などといっしょに若手作家として認められかけたが、彼らいなかものの小説家とは肌が合わず、美と新風をもとめて別にひとり立ちしようという客気ののこっている彼であった。秀麗な美少年で、いまのように酒じみや、芸人風がまだしみこんではいないで、アポリネールやコクトオを熱をこめて語る若者であった。富永太郎などとおなじ、私の『こがね蟲』の熱心なファンの一人だった。私が長崎にいることをききつたえて彼は、十人町の家を訪ねてきた。それ以来、彼は、私を兄分として慕ってきた。その後、牧野をつれて関西を旅行した時、大阪の曾根崎の近くの居に落付いた彼を訪ねたが、そのとき彼は、それも、大阪に居ついてしまった朝寝坊夢楽改め三遊亭圓馬の弟子分になり、圓馬の世話で、松島遊廓の楼主の娘の入婿になったばかりのところで、うす手な欠茶碗のようなその娘とくっつきあって、長火鉢の銅壺にかん徳利をつっこみ、粕汁の大きな鍋をかけ、朝の食事にかかるところであった。朝食の相伴《しょうばん》をしたあとで、三人で近所の銭湯へ出掛けていった。そのとき、辻潤が、京都の等持院の撮影所につとめていた岡本潤のところに泊って、じぶんを天狗とおもいこみ、飛べるつもりで二階から飛び下りて足をくじき、びっこをひきながら正岡のところを訪ねて、一晩泊っていったときの話などをした。そのときはまだ、落語の社会がおもしろく、めずらしく、彼は張りきっていた。彼は、なににしろほどよく眺めていられない性格で、熱中すると、理否もかまわず飛込んでいく若者だったが、東京人の癖で、冷却もまた早かった。遊廓の娘とのあいだに、女の子が一人できたが、その時の現在、彼女との熱がさめて、伏見直江に似ていると彼が吹聴する堀江の芸者に血みちをあげ、家にはかえらず、木賃宿のようなところを移って、とまりあるき、そこで女と会っていた。朝がた宿から追い出されて、感激のサービスと札のついた、紫インクのような液体の不気味な電気ブランを一杯ひっかけて、時間を見はからっては、私の宿へあらわれるのであった。彼が這入ってくると、すぐ酒が来て「とっちりとん」や「大津絵」のようなふるい唄を鼻唄でうたいながらも、一合、二合でおつもりにした。

酒にはいやしくなり、アル中気味で手先がふるえた。顔もすさんで、若いのに赭《あか》ら顔になってきた。相棒はいつも里見義郎であった。里見はインテリ弁士で、大阪の夢声と言われていた。正岡は、本来正直で気の小さい、それだけに感情の起伏が激しく、友達に絶交状を出したあとで、すぐ取消しの手紙を書くような男だった。通称ジャズと言われるだけあって、にぎやかで、かっ、かっ、かっと咳き込むような引き笑いをすることが特徴で、姿がみえないでも彼が来ていることはすぐわかった。神棚に御燈明をあげたり、猫が好きだったり、ものの祟《たたり》や雷獣《らいじゅう》や幽霊を信じこんだり、我々の交際《つきあい》のなかにはないなにかいじらしさのようなものが、随分迷惑なことがあっても、見放しっぱなしにできない一徳をもっていた。暴力の前では、蛇に見込まれた蛙であった。私とつれ立って心斎橋を渡っている時、橋欄に腰掛けた不良少年から声をかけられただけで、顔いろを変えて私の横にかくれ、こそこそと屁っぴり腰になって足並みを早めた。お鳥目《ちょうもく》を稼ぐというセンスも、ほかの文士とはちがっていて、雑誌社、編集者は、稼がせてもらう大事なおとくいだった。一面親切なところがあり、現に兄貴分の私の渡欧旅費捻出のために、親身になって金蔓《かなづる》をさがしてくれたが、いまや、女のためにぬきさしならない彼にとってはこの私がたよりのもようで、形勢非の彼には、おもうばかりで十分の一の成績もあがらず、たよりになるのは柳屋老人一人というわけであった。

頼みの綱の、文芸講演会の井東憲からは梨の礫《つぶて》で、九月中頃がそろそろ末になっても彼の姿は関西にあらわれなかった。初勢旅館の勘定は、正岡ばかりでなく、引きもきらない客たちの饗応の酒やたべものの代がかさみ、なかには泊ってゆく者もあって、うなぎ屋どころのさわぎではない。なりゆくはてを考えると、太い歎息《ためいき》が出るばかりであったが、さて、私としては、なるがままに任せて、他人事のように放任しておくより打つ手はなく、殊に、宿の番頭や、女中たちには、鷹揚に構え、入った小金はチップにふりまき、宿料は出発のときのツケにして、すこしもさわがず散財をつづけるより他はなかった。そんなときのワキ役としての三千代は、たのもしかった。私以上に彼女はゆったりと構えて、しまいには正岡までが、私たちの金のないことを信じられなくなり、なんとなくたよりにするようになったほどであった。彼女は元来、社交的でどんなグループにも順応して、じぶんなりの生活をたのしむ性格をもっていた。赤貧とも折りあってゆけたし、恋人の環境のアナルシストの仲間とも融合っていたらしい。寄席芸人の空気にもすぐ馴染んだ。彼女でなかったら、足掛け七年の、先に希望も、目算もない浮草めいた旅から旅を、私についてくることはできなかったろう。

新戎橋は、心斎橋と並んで、赤い灯、青い灯の道頓堀の上に架《かか》っている。私たちの宿は、盛り場のまんなかにありながら、町筋一つで雑閙《ざっとう》のうしろ首をながめている感じだった。とりすました東京にくらべて、大阪全体が市場《マーケット》であり、売った買ったのあけくれと同時に、商売のうさはらしの享楽的方面も、いつも東京より先んじて発達していた。今日のキャバレーの前身のカッフェというものが、何十百人という女給を居並ばせて、絢爛を競うようなシステムになったのも、美人座、赤玉がはじまりで、私たちがいた頃が丁度その全盛時代であった。それが銀座に進出したのは、二三年あとのことである。正岡容は、美人座の企画顧問に傭われて、夕方の一二時間位は、そこの事務所で飲んでいた。私と三千代もつれ立って、毎晩のようにそこの椅子に坐った。三人の頭が、奇想天外なプランを練った。小角力《すもう》あがりの若い衆のような、色白で肥ったマネージャーが、度胆を抜かれて、私たち二人にも、宣伝部に入ってくれと話をもちかけた。「残念ながら御両人は、フランス洋行の途中なんでね」と正岡が、もったいぶって、事の次第を述べた。バンドが、「赤い灯、青い灯」を演奏していた。振袖に、胸高帯の、いずれも大柄な、うんこの太そうな女たちが踊っていた。その他町の喫茶店も小部屋に鍵がかかるようになった、プライベートの部屋があった。私たちの旅館の女たちも、私がひとりでいる時、床を敷きにきて、いきなり私にしがみついて、抱きころばそうとしたりした。階段のあがり口で、客と接吻しているのを押しのけてあがらなければならないこともあった。夜おそく風呂へ入ろうとおもってガラス戸を開けると、女中の背なかを、いっしょに入っている番頭がながしたりしていたが、みられていても気にもとめなかった。楽天地は、おのぼりさんと掏摸《すり》のメッカだが、遊女や、やとなの手をひいて、小商店の旦那らしいのが、放楽《ほうらく》の抜け遊びをしているのをたくさん見かける。それがいかにも大阪らしい。大阪万歳専門の小屋もなん軒かできていた。万歳が人気にあって興隆してきたばかりの時で、東京ではまだ、梅坊主や海老一の掛合いのちゃりがあったほかには、寄席の高座に二人並んで坐る掛合い噺は、錦枝と梅枝があったくらいなものだ。砂川捨丸と中村種春が元祖で、小学校の校長あがりのちんちくりんなチャップリンと、おなじく女教員から転向した肥満したうぐいす嬢との対照が人を笑わせた。変ったところでは、正右衛門小正の父子《おやこ》万歳、芸の洒脱では、あちゃこと今男、しかし、彼らは例外なく、前芸に太夫格が鼓をもち、御万歳にはいらくとうと、一つとせの数え唄をやることにきまっていた。大きな張扇で、ぱしぱしと頭を叩くこともきまりであった。砂川捨次の関西浪曲家の物まね。藤川友春、日吉川秋水、広沢駒蔵、中川伊勢吉などの真似は堂に入っていたし、あちゃこの鴨緑江ぶしなども、飄逸であった。私たち夫婦は、よくその万歳小屋で時をつぶした。大阪は、私たちのあいだの気むずかしいゆきがかりを、庶民的な気らくさと、遊楽のモラルで程よく解きほぐした。東京の恋人から帰ってこいという手紙が来て、彼女もその当座は、荒っぽくなって、いつ出発ともてんでわからない、こんなずるずるとした月日がつづくなら、いっそ、恋人を関西に呼ぼうかという気になるらしかった。私も、何度か、吉川延枝に電報を打って、呼寄せようかと考えたものだった。

瀬田弥太郎という詩人が大阪では、幅を利かせていた。室生犀星の『感情』の同人で、詩を発表していたという経歴をもっていた。新町の煙管屋の一人息子で、私よりは、五つ、六つ、年上だったかもしれない。風態が異体で、大入道の禿頭の上に容貌魁偉、吊鐘マントに、朴歯の下駄で、いつも二三人若いのをつれて、大阪の町をのしあるいていた。しょうばいのほうは駄目なので、母親がそれを苦にしながら、女手で店はなんとかやっている。才うすくして詩などにとり憑かれたことは、性のわるい女郎に入れあげて、尻の毛まで抜かれるのと、いずれが甲乙をきめがたい。三十央《なかば》まで弥太郎は、女嫌いを通しているが、本心はやさしく、涙もろくて、子別れの万歳芝居をみて涙をながしていた。延枝のために、部屋をみつけてくれと私がたのむと、あっちこっち奔走した末、一ヶ月二円という部屋代の貸間をさがしてきた。行ってみると、それはまことに奇妙な部屋で、いや、部屋というよりも、小路をへだてた家から家をつなぐ二階通路で、窓が一つもなく、弓門になったその部屋の下を通ると河岸っぷちで、ごみといっしょに死骸でも浮いてそうだった。彼女の恋人も遂に来なかったし、従って、延枝もよぶことなしに終った。弥太郎は、母が死んで家業をつづけてゆくことができなくなり、私が放浪旅行を終って、牛込の余丁町にようやくおちついた頃、五十歳で青雲の志を抱き、大詩人になるために東京へのぼってきた。時代ものの戯曲の千枚に近い原稿ももってきていた。学生マントはもう羽織っていなかった。昔の知合いも誰一人、彼の無謀な上京をたしなめるだけで、たよりになってやるものはなかったし、同情はしても、その頃の私には、どうする力もなかった。チビ下駄を見兼ねて、下駄屋で駒下駄一足を寄進したが、それが彼と会った最後だった。噂にきくと誰かの家の玄関で、寒空に夜具もなく、新聞紙の袋をつくってそのなかに入って寝ているという話だったが、そこで死んだとも、また大阪へかえって死んだともきいている。疑うことのない、バカ正直な彼のようなぼんちにとって、文学や詩はペテンで、空くじばかりの福引のようなものであり、最後まで夢がさめなかったとすれば、彼の人生が、他の人生にくらべて、まんざらばからしかったとも言いきれない。

閑話休題、文芸大講演会をあてにして一ヶ月あまりなにもせずに、無為徒食をつづけたが、さて、そうばかりもしていられないので、宿賃はさておき、さしあたって、日々の雑用に私は頭をひねらねばならなかった。正岡も堀江の女との出会いの費用で、世間を狭め、目下暗剣殺というところであった。なくてはならない酒の代は、私が滞在する限り考えないですんだとしても、宿泊代には困るらしく、ときには、私たちの部屋のすみに酔いつぶれたまま、朝まで寝ていることもあった。

文学や詩からは遠ざかりたいとおもっていた私は、原稿を書くことが、たいへん億劫になっていたので、そんな方法で金をつくることは気がすすまなかった。たとえ書いてもうりものになるまいとおもった。宿でおしゃべりのあんまが、大阪近郊の遊山場所を稼ぎあるいたことをおもしろおかしくしゃべるのを、そばにきいていた正岡が、「これを一つものにしませんか。光ちゃんの名前で、小生が書いて、『朝日』の白石大人にもちこみの、黄白若干をいただきとゆきましょうや」というなり、あんまをけしかけて、しゃべるそばから書きなぐって、みるまに十五六枚の原稿を書きあげた。私が新聞社に出むいて、学芸部の白石凡という人に会い、原稿をみせると、彼は、それをぱらぱらとめくって、「正岡容の字とそっくりですな」と、苦笑しながら、私の顔を眺めた。それでも白石大人は、原稿とひきかえに稿料を払ってくれた。大阪放送局の講演の話をきめてきたのも正岡だった。演題は、「日本浪曲史」ということにした。当日、迎えの車が来て、上本町の放送局まで、正岡がつき添ってきた。車のなかまで徳利をもちこんでいたので、着いた時には、よい機嫌だった。私が大略の浪花節の沿革をしゃべり、「木村のふしはこんなふう」「東家のふしというのはあの通り」「鼈甲斎はあれ、そっくり」というと、正岡がそばにいて、一々、一くさりずつ声色をやってみせる。おおかた時間とおもったので、私が「どうだい。こんなところで止めとしようか」と言うと、正岡が、「たくさん、たくさん。おまけなくらいですよ」と答える。それがそのまま、そっくり入って、聴取者を面くらわせた。そんな金は正岡と折半して、三日ぐらいしかもたなかった。大阪を通る顔みしりが、足場がいいせいかしきりなく立寄るので、家をもつ重苦しさから解放された私たちには、あと先きもあまり考えず、京都、宇治、黄檗と、秋色をさぐりあるいたりした。彼女の故郷の三重県から、わざわざ会いにくる女客もいた。みたところはなんの波風もない、気の揃ったよい夫婦にみえた。女客のなかには、日本で最初の女飛行士で、菊池寛に才女の極めをつけられた北村兼子もいた。真杉静枝がくると、あらかじめわかっていたので、初恋人にあわせようととりはからい、正岡をその席に侍らせたが、女ジュリアン・ソレルの真杉は、文壇的な立身に、さまたげにこそなれ、得にならない彼に声をかけるのもうっとうしそうだったし、正岡も小さくなって、屈辱と悲哀の限りを味っていたらしかった。そのあとでも正岡は、当分悲しそうであった。串本ぶしの流行《はや》り出しの頃で、正岡は、じぶんで替唄をつくり、「夢の広重、ピカソの五月、なんでそなたが忘らりょうか」というその唄を口癖のようにうたっていたが、意味の通らぬその唄の文句は、彼の永遠の女性像を、つかんだと思ったら逃げられた真杉と結びつけ、心の奥の底の底で、みはてぬ夢を憶いつづけていたのかもしれない。十月半過ぎ頃から、伏見直江の方もはかばかしくなく、彼を避けているようにもとれた。ある日、彼は、折入った様子で、私にたのまれてほしいことがあると言いだした。縁切り話の後見になって、閾《しきい》の高い彼の細君のところへ、同行してほしいというのだった。

雲煙万里

東京にはもはや、そのような夜のくらさはなくなってしまったが、大阪では、一つ盛り場を外れると、泥の底のようなくらさがあり、縦横の堀にかけた木橋や、低い家のつくりの二階の千本格子から洩れる、どんよりと赤い障子あかりなど、明治より遙かに遡ったむかしの陰暗がそのままつづいて、滅入《めい》るようなふかさのなかに、人のこころを吸いとろうとする。電燈のくらさのせいかもしれない。北の曾根崎にちかい正岡と松島の楼主の娘との新世帯に、数年前牧野といっしょに訪ねたが立寄ったときとは、どこか方角の見当もちがう感じで、夜道のせいもむろんあるが、入口のくぐり戸の前に立っても、一旦はぐれた記憶はなかなか戻って来なかった。正岡のあとについて家に入っていったが、なかは人が住んでいるともおもえないくらさで、神棚の燈明だけがあかあかとゆれていた。二階から下りてきた正岡の妻と、正岡とは顔があうなり、双方から嚙みつくようなことば争いがはじまった。猛烈に早口の大阪弁は、てんで私にはききとれない。「光ちゃんは、そばにいてくれればいいので、ただ、それだけで小生、気が強いというものだ……」という正岡のことば通り、私は、そばでどこまでつのってゆくかわからない争論を、いずれが是、いずれが非とも判別しかねて、じぶんひとりよその屈託にふけっていた。

どうした因果か私は、決してそれほど親切でも、とりさばきが上手なわけでもないくせに、十代の頃から、友人の女出入りによく巻きこまれ、結び役、調停役を何度となくつとめてきたものである。まずはじまりが千家尊福の伜の幸麿《さちまろ》の駆落ちのこと、慶応義塾の同級生の柳ヶ瀬直哉と武州熊谷宿の紙問屋の娘とのあと始末、熊谷まで出むいて兄貴たちを説きおとし、二男の彼を養子として本郷の大学正門前に麗文社という新本屋を出させるまでの段取りまでつけた。おっくうがりのなまけものが、よくそんなまめまめしいおせっかいをやったものとふしぎなほどだが、元来は小心で、おしつけられると拒る気働きがないのでおせおせのうちに運よく話がはこんでどうにか鳧《けり》がついた。つまり運がよかっただけの話である。十の指で数えきれないほど、そんなことに引っかかってきた、国木田虎雄が、広橋大納言の娘とできたときにも、福士幸次郎といっしょに鵠沼《くげぬま》の中村武羅夫の宅に相談に出かけた。華族の家令という尊大で卑屈な人種と、誇り高い独歩夫人との嚙み合わない話の仲にも立った。そして私はいつも、他人の恋愛というものに圧倒されてじぶんのことならとても辛抱はできまいとおもうのであった。大正という時代は、恋愛の羽ぶりのいい時代だった。恋愛は、神とも結びついたし、尊王精神とも似通っていた。私じしんも、観念のうえでは肯定しながら、他人の恋愛の傍若無人には、いつも手古ずることになった。そして、一度でもいいから、じぶんもわがまま一ぱいな恋愛をして、ふんぞり反って世間に甘えてみたいとおもったが、いつ恋愛をしても私には、遠慮勝な、他人の気を兼ねた恋愛のまねことにしかならなかった。そんな私は、正岡や国木田のような人間がうらやましかった。

喧嘩のやりとりは、世間の通用ということになると楼主の娘のほうにぶがあり、正岡はどうやら横車を通しているらしかったが、きいているうち近松の世話物の裏を返したようなえげつない苦味がにじんできて、正岡も大阪人になったなあとおもった。大阪に住みつくだけあって、東京に生れても、彼はもともと大阪人なのかもしれないとも考えた。近松の放蕩者は、気が狭いくせに理不尽で、それがまたあわれにもつながる。楼主の娘とのはじまりは、有頂天で、師匠の圓馬にも感謝感激しながら、ようやく倦きがきて、他にのりうつるあいてができると、もとの女房はたちまち邪魔物であり、仇敵にさえなる。そういう正岡を、楼主の娘には気の毒だが私はどうしても無駄であきらめる外はないとわかっていた。私があっけにとられたようにじっと眺めていると、楼主の娘は、私の存在にはじめて気づいたとでもいうように、「金子はん。あんた、なにしについてきやはったんや。そこに坐っていったい、なにをしてはんのや」と横に火花を飛ばしてきた。私は、返事もできないでまごまごするだけだったが、やっと「どや、一つ、大岡裁きで、三方一両損とゆこうじゃないか。容ちゃんは、堀江の女へくれてやり、私がその身代りにここの婿《むこ》に入り、容の娘を育て、あんたも、私でがまんして、馬を牛に乗りかえるという寸法は」まんざら冗談ともとれぬまじめな顔で言うと、水をかけたように喧嘩がしゅんとなった。

かえり路で正岡は、くどくどと、今夜の道づれを感謝し、今夜一晩は離れてくれるなとかき口説いた。大淀川の川べりの鉄橋の下の屋台店に私をつれていって、一串二銭のカツレツをおごってくれた。正岡は、その串をさかなに焼酎をのんだ。なんとなくたよりない味の串の肉は、犬の肉だということであった。肉のにおいをしたって、同類の犬が二三匹、私たちの足もとをまいまいしていた。楽天地のうらの安宿のひどい塒《ねぐら》に、その晩はふたりで寝た。一晩中がたがたと人の出入りがあったが、正岡はそんなことには構いなく、大きな鼾《いびき》を立てて寝てしまった。その鼾は鼻に疾患のある人間の特別ないびきであった。鼾が止むと、からだを輾転させ、はっきりと話しかけるようなねごとを言った。起きていても、ねていても正岡は騒がしい男だった。「恋の邪魔者、そこ退《の》きゃれ」という長唄の文句ではないが、聖《きよ》しわが恋で人生をまかり通れる彼のような人間がうらやましいとおもいながら私は、彼の寝顔をしみじみと、ながめていた。

じぶんの身にひきくらべて私は彼女を得て以来、情念に苦しみ、からだとこころで曳きずられて未練が断ちきれず、他の男から、彼女を曳きはなすために、寛大を装ったり、約束を楯にとったり、奸策を弄し底智慧を働かせて、彼女を失うまいとしたが、それは、彼女への愛執ばかりとは言いきれない。それによって私の生きてゆくうえでの自信を喪失し、じぶんじしんをはきだめに蹴込むことにもなりかねない土壇場の意識を感じたからであったろう。私が彼女の恋人を正面に廻して結着をつけなかったのは、私が臆病者で人との紛争がやりきれないという理由もあったが、恋するものの特権や、正義がどこの木戸も御免とは考えられず、私じしんの恋愛のさなかにも、どうにもならない空白をもてあまし、つとめて情に殉《したが》うように心に言いきかせねばならなかったように、私が酔えない人間であるという不倖せな事情があった。それなればこそ、「なにごとにもあれ酔うことだ」というボードレールのことばが身に沁みた。酔わないで酔ったふりを装わねばならないことほどむなしいことはない。私の若さにとどめを刺した論理と言えば、いっさいの剝脱者マックス・スチルネルであった。そしてここ二三年のあいだに私は、恋愛ばかりではない、若者が血を沸かせている革命の情熱にも、詩や文学のひたぶるな精進にも、衷心からの関心をもてない傾向にあって、そのあとに焼原のような風景が私のこころのなかにひろがるのを眺めるばかりであった。そうして、こういう人生への愛想づかしな倦怠と徒労感は、決してそのときにはじまったものではなく、ふり返るとはるかに少年時代からの、生来《うまれつき》にもつながっているようで、この先私が生きてゆくうえにはなんの見通しも、張合いもあるわけではなかった。私のこうした生活心境は別に個性的なものではなく、大正文化の追随者に共通な一つの心のこじれであった。二ヶ月あまりの大阪ぐらしの頭も尾もないぐずぐずした生活のあいだに、彼女をつれてフランスへゆくことに、それほど意味があることにもおもえなくなってしまっていたし、それと同時に私が、日本にいようと、フランスにいようと、南米にいようと、コンゴーにいようと、それもまた一時の苦しまぎれのおもいつきで、これという成果を見通してのことではないのがはっきりしてきた。そして、そういう先きゆきのあぶなさがかえって、無益な遠走りの苦艱にじぶんを賭けてみる動機になっていたのであろう。もし、なにかの自然なきっかけでもあれば私は、案外手もなく彼女を恋人にわたしたかもしれなかった。私とはちがって、おそらく彼女は、神々の自然に近い裸身《はだかみ》をさらして、のたうち廻って恋愛をしていたものにちがいない。恋人も、なま身を引裂いて彼女をつれてゆこうとする私を、不当なまでに蔑み、憎み、怒りを掻きたてていたに相違あるまい。また、恋に殉じる筈なのが、わが児の愛に分裂して、そのために心にもなく、私の計るがままについてゆく女を、どんなに腑甲斐なくおもったことであろう。伏見直江に血道をあげている正岡の寝顔にあらわれた酒の疲れや、零落のかげをながめながら私は、「人はなぜ、恋愛などするのだろう」とおもった。

これ以上の大阪の滞在がうごきのとれないことになる一方と気付いたので私は、柳屋の主人の入智慧もあって、私にまだ好意をもっていてくれそうな先輩たちに色紙、短冊などの揮毫をたのんだ。材料の色紙、短冊の送りつけは、柳屋がひき受けてくれた。一週間ほどたつと、北原白秋、野口雨情、佐藤春夫、野口米次郎などの人たちから、色紙類の他に、半折まで添えてとどいたので、柳屋は、私以上にほくほくして、私をよい番頭にしたつもりでいるらしかった。さんざんに不義理を重ねながら、猶且つじぶんが見捨てられていないことを知ると、もはやいつの日にもその知遇にむくいる日がないであろうことをおもって、戚然《せきぜん》とした。改造社の日本文学全集の詩歌篇に割込ませてやるから原稿をもってこいと言った室生犀星に私は、のどから手が出るほど金が欲しいのに

「私は、世間に出る気はありませんが、もし出来るなら、金はいただいて、そういうところへ出たがっている別人を推薦して欲しい」と、正直なことを言って、結局、辞退したことになった。東京を発つ直前のことだったので、三百円ばかり入るその金が、どれほど欲しいかしれなかった。しかし、それだけの金が手に入る別の手段を、柳屋が考えてくれた。当時、谷崎潤一郎は、誰がたのんでも色紙短冊を書かないので相場が高く私がそれを取ってくれれば、短冊一枚十五円で引取るといって、金箔を散らした赤い立派な短冊を二十枚私にわたしした。

　谷崎は、阪急の岡本というところにいた。私が出向いて果して書いてくれるかどうか、自信はなかったが、岡本の家を訪れると、谷崎は、がらんとした座敷でしゃもを食べながら、酒をのんでいた。傍らに日本髪の若い女人が坐って、酒をついだり、鍋をこしらえたりしていた。谷崎は、じぶんが一口にのみ干しては、盃を私の前につき出し、酒を嗜まない私を困惑させた。鍋のしゃもは、醤油だけの味で、辛かった。私が、口ごもりながら、短冊のことを話しだすと、「売らないなら書く」と言った。売るかもしれないが、半歳は売らないと約束して、二十枚の短冊を渡すと、硯《すずり》をはこばせて、即座にその二十枚を書いてくれた。二十枚の短冊を抱いて駅の踏切りにさしかかったとき、馴れない酒の酔いが発して、線路の中ほどで歩けなくなって坐りこんだ。ここで坐っていたら轢《ひ》かれると思って、地を這いながら、踏切りを越え、やっとのおもいで大阪にかえった。柳屋には、半歳はうらずに暖めていてくれと、谷崎との約束の条件を出したが、士魂商才などと言いながら彼は、その月のうちに、雑誌『柳屋』に広告してうりに出してしまい、私は谷崎に顔むけできない仕儀になった。三百円に、前の諸家の色紙類の金も加えて、三ヶ月滞在の旅館の代金をおおかた支払って余りが出たので、一足先に妻だけを長崎に送った。

正岡の荒びかたがはた目にもみていられないほどひどくなっていた。そしてとうとう彼の自殺未遂事件が起った。堀江芸者が、乱行の正岡が鼻について、逃げ腰になってきたことが直接の動機であったらしい。活動弁士の里見義郎といっしょに梯子《はしご》のみをした末、正岡は、睡眠剤「カルモチン」の百錠入りの壜を二つ買った。場末の酒場のテーブルのうえに、二百錠のカルモチンをぶちまけて、正岡は、おはじきをしたり、積上げたりしていた。里見は朦朧《もうろう》とした眼でそれをみながら、「死にたいとあらば、遠慮なく死ぬべきです」と、じぶんも一つ二つひろってぽりぽりと嚙砕《かみくだ》いてみせた。正岡は二百錠のカルモチンを、木賃宿の二階で吐逆《とぎゃく》といっしょに、おおかた吐いてしまった。死のうとしても仲々死ねるものではなく、正岡の心の底にはやはり死に対する本能的な拒否があったのであろう。私の大阪滞在の大詰めに、井東憲がやっと姿をあらわした。宗右衛門町の大野屋の二階座敷に納ったのは嘘ではなかったが、文芸大講演会のことは、てんで念頭にないような様子であった。正岡の自殺の話を私からきくと、彼は一笑に付して、「正岡という男は、そういうおろか者なんだよ。大阪に何年住みついているとおもう。伏見直江かなんだかしらねえが、堀江の芸者というものは、問屋が、地方のおとくいの接待に提供する御馳走専門の芸者ぐらいなことは知っていてもいいとおもうがね」
とながい顎をさすりながら、うそぶいた。

師走にちかいというのに、長崎のそらのいろはおだやかで、鯖《さば》の背のようなはだはだな青さをしていた。十人町の森の家は、いくつもつづいたのぼり坂の石段の中途にあって、家の縁から内湾の眺望を一望に見わたすことができ、一つところに置き忘れられて、うごいているともみえない汽船の姿が一時間たってやっと一二尺ゆずっているといったのどかさであった。明けがたや、夜ふけにも、出る舟、入る舟の汽笛が、底を抜いたような、懶《だ》るそうな音をひいて、きこえてきた。上海丸が入ってきて、長崎丸が出てゆく長嘯《うそぶき》なのであろう。先にそこに着いていた妻と、幼いものとは、若い妻の妹たちや、一家の人たちとまざりあって、デランジェはいっさいなかったことで、五年、十年前からそうしているようなおだやかさでくらしていた。幼い乾《けん》は物干台のうえで、近所の朝鮮の女の子のアコちゃんとままごとをしたり、庭先で、おもちゃの刀をふり廻したりしてあそんでいた。とりわけ妻は、このいたいけなものを、どこへおいてもあぶないといったいとおしみようで、これでは、置いて旅立っていけるものかと気がかりになるほどであった。子供の祖父は初孫の愛情に恍《ほう》けて、夜、街に出てほろ酔いになってのかえりに、丸山の遊廓のいり口の射的店で落した羊羹《ようかん》などをみやげにもってきた。羊羹のなかから、喰い込んだキルクの玉が出てきたりした。

日本島の、西のはずれの長崎は、往年の湊《みなと》の殷賑《いんしん》はみられないが、かえってしずかに、こっとりとして、そこだけが鼈甲《べっこう》いろの陽だまりとなり、私たちのうしろには重たいどんちょう幕が下りて、幕のむこうのことは、いっさい障《きえざ》られ、詩や文学や、その他のイデオロギーだとか、恋愛だとかいって、私をせせこましくふり回した東京の生活も、瀬田弥太郎や正岡容などのいじめられ児たちと、うかうかとすごした長逗留の大阪ぐらしも、はるか雲煙となって遠ざかり、一昨日《おとつい》、昨日《きのう》のことが、十年むかしのことのように、手のとどきそうもないむこうへいってしまっていた。『伯夷列伝』のなかのことば「神農陶虞忽焉として没す」という感慨が、そのときの私には、哀傷よりも、むしろ、自由の爽やかさを伴う実感で、むかしの口癖として泛んでくるのであった。幕のうしろの私の通ってきた人生は、ただ押しながされて、ふみ止まる足場もなく、一休みして次のしたくをする幕間いもない、そして、どんなおもいがけないところへつれてゆかれるかもわからない危っかしいゆく先の道中であった。この土地に来着いてから私は、やっとじぶんの本領をとり戻し、一括して半生をふりかえる余裕をもつことができた。眼の前に眺める波のたゆたいとおなじく、往事は、ただ、物理的均衡のどこどこまでもつづく動揺の余波にすぎず、人間のそのときどきの便宜に従ってなにかの意義づけがあったり、なかったりするだけのようにしかおもえなかった。わがこと、他人《ひと》のことに限らず、過去になされたことはおしなべてむごたらしく、いきものである人間は所詮、傷《いた》めつけあい、殺しあってしか、互いに生きのびるすべがないようにおもえた。じぶんの痛さ、他人の痛さで満身傷だらけになって疼《うず》きながらも、人は、それを忘れ、忘れたほうも、忘られたほうも、平等に無にかえることで救われるという思想に私は古シャツ古股引《ももひき》のようにもぐり込もうとしていたが、そういったありきたりな虚無観には、一種馴れ衣の陶酔のぬくもりがあった。特に若い日のそうしたニヒルには、芝居の面《つら》あかり見得にも似たダンディズムがあった。三十歳を越えていた私は、もう若者とも言えなかったが、人間は、そんな青臭さが、身勝手や、自惚れとともに、案外、年喰ってからも、ぬけきれず身につけているものらしい。彼女と、あいての男を私は、あいてが部屋住みということをいいことにして、ずいぶん苦しめたらしいが、私の受けた被害もたいていなことではなかった。おためごかしに彼女をもぎ離してきたものの、彼らの苦しみの目方が私のうえにもじりじりとのしかかる。男が私を卑劣漢あつかいにしても弁解はできない。苦しいこといやなことはすらりとぬけて、ただ上手な言訳を用意しておくことが、せい一杯の私の芸当であり、私の卑怯も、じぶんのおもい通り暴君のように振舞ったのならば、まだしものこと、自尊心や、面目や、要するに、彼女を愛すればこその未練でもない、他の思惑のために意趣を立てたまでのことのように、いまになってはおもわれる。それはみんな、忘れられたら忘れたいことばかりであった。さすがに、森幹三郎の娘の伊勢の神童は、約束の信義については、不退転な決断力を示した。彼女は、恋人については、過去のこととしてしか語らなかったが、恋人に対する心情をいつわりかくそうとはしなかった。恋人と子供の愛情を秤にかけて、苦しんでいる彼女の沈痛な表情が、私をうちのめした。私が、この陽だまりから、どこへもうごきたくないとおもっているのに比べて、彼女は、約定通り、おもっても気の重いこの旅を本気で遂行するつもりでいた。なる程、出発するより他はなかった。この旅の計画をはじめた私がもし放棄《ほうき》することになれば、結局、彼女を恋人に送り届ける結果になる。発たなければならないのはわかっていたが、私は、ただ気がすすまないということだけで、一日、また一日と日を延した。

そして、毎日、長崎の町をほうつきあるいてくらした。長崎の年若い相棒たちが、いつもいっしょだった。出島の廻船問屋の高島の息子や、画家で、一時、東大の医科の病患部模型の蠟細工の着色のしごとをしていた町田君、それから思案橋のそばの畳屋の二男坊で詩人の岡本巌などであった。岡本は、丸山遊廓に夫婦約束をした女がいて、その妓の部屋に私は、招かれて、水炊きを御馳走になったことがあるが、その妓を女房にもらって、いまは、家業にいそしんでいる。おなじ遊廓の息子の高比羅は、湾口近く沈んだ二百年前の和蘭《オランダ》船に積んだ金貨の箱をひき上げようという夢にとり憑かれ、潜水夫を傭ったりして、金をつぎこんでいたが、いまは、左前になって逼塞《ひっそく》している。十人町を下りきったところが、大波止で、そこは近海航路の小汽船の出るところで、近くに南京町がある。長崎では支那人をあちゃさんと称ぶ。乾がもう、長崎にとけ込んで、

あちゃさん、ほい。

太鼓もって、どん。

などという唄をおぼえて、うたう。相棒たちとは、そこの、臍《ほぞ》の干物《ひもの》や、さなだ虫のかんかちになったような、わけのわからない食糧品、がらくたを並べた店の奥の皿うどん屋や、まんじゅう店で出会う。大徳寺の梅ヶ枝焼餅の縁台に寝そべりながら話すこともある。四海楼の看板娘玉姫をみにゆくこともある。料理人は、ちゅんと手ばなをかんだ手で炒鍋《いりなべ》のものをかきまわし、大皿に盛った五目うどんがさめないように、洗面器を

かぶせて出前にはこんでゆく。玉姫は、王母娘々《ワンモウニャンニャン》のようにうつくしい。姉妹がいるが、おなじようにうつくしい。大波止の水はごみだらけで、犬の屍体や、ブリキの便器が波にもまれている。長崎の町の裏山は、枯艸山で、正月には、名高い凧上《はた》げがある。畳何畳敷の大凧をあげ、緒に刃物をつけて、よその凧の糸を切る凧合戦で、それで身代をする旦那衆もいるということだ。うらうらとした春先のような陽ざしがあたって、十二月に入っても裏山は、寝ころぶにいいあたたかさだ。相棒たちは、私をつれていってそこで無駄話をする。彼らは、東京での私の噂はなにもきいていない。私も、彼らにそんな話をしたくはない。彼らの話は、新聞のつづきものの小説のことや、昔、ピナテールという貿易商の派遣員のフランス人が、丸山の女に馴染んで帰るのを忘れ、日本で客死したあわれな話、年に一度、諸国を巡ってやってくる若山牧水のために、あらかじめ知らせがくると高島の家で色紙や、短冊などの希望者をあつめておき、牧水が二三日逗留して、日に一升酒をのんで書きとばし、次の土地にうつるまでの仕度をしておくのが恒例になっている話などをした。艸山から見おろす湾はより遥かで、湾外の展望まで、匂いふかくあおあおとひらけていた。高比羅が曳あげをやったのはあのへんと岡本が指さした。

高島と町田とで私に、ながく長崎に留まるつもりはないか、もしその気があれば、じぶんたちで計画してみると言いだした。私に、女の人を世話してくれるとも言った。私からなにかを気取って、そんなことを言いだすのかと、神経を尖《とが》らせてきいていると「金子さんは奥さんがあるばってん、権妻にすればよかです。九州の女の味は、どこよりも格別です」と、高島がお国名産でもすすめるように、提灯をもつ。この忘られたようなしずかな町に、権妻をもってくらすのもわるくはないかもしれないと、私はきいている。しかし、私は一方で、世のなかには、そんなことのできるところもありうるのかと、男に分のいいときいていた土地風を奇異なことにおもっている。その一方で私は、私の奥さんからぬけ出ようとしないじぶんをひそかにいたわっている。連中には、私の奥さんが、よいところがないようにおもえるのかもしれなかった。私がよいとおもっているところ、例えば、感情が偽われず、おもった通り、とり繕《つくろ》って表現することができないこと、とり繕おうとしてもうまくゆかない正直さなど、奥さんの長所は彼らにはわからないにちがいない。私も、彼らの前で、上手に奥さんを庇《おお》い通せるかどうか、だんだん自信がもてなさそうになってくる。やっぱり、出発するよりほかはあるまいとおもう。「金子さんは、普通の詩人や文人ではなかことある。なにかほかの大きなことを考えているにちがいないと、みんなで話していました」と、岡本が私を買いかぶって、言う。私がなんにも熱がなく、うわの空でうんうんときいているのを、肚の大きい人間というふうに勘違いしてしまったにちがいない。その言訳をするのが面倒なので、ただ笑ってきいていた。諏訪神社の茶店で、私にはあらかじめ知らせずに、権妻の候補者をつれてきて、見合いをさせた。日本髪に結った、眉毛の太い、きつそうな女の人だった。顔立ちは整っていたが、唇が黒く、接吻したら黒砂糖の駄菓子のような味がしそうであった。瘦せてはいるが、骨太でがっしりしたからだつきをしていた。私の好みとはちがっていた。うっかりしているあいだに、私が承知したものとして話がすすみそうだったので、そのためにも旅立は急いだ方がよかった。果して、先方は異存がないと返事をしてきた。

理由もない長逗留は、私の性癖で、居付いた先々でうごくのが億劫になるのだが、それは、私の放浪性ではなくて、むしろその逆であった。しかし、いまは、どうしても腰をあげなければならない、のっぴきならない仕儀においたてられていた。十人町の義父や一家の人たちが、私たちが、何時《いつ》発つものかと待っているので、あいだに立った奥さんが、理由をつくって言いまぎらかすのに手がなくなって、困っていた。「日本に未練が出てきたの？」と彼女がきいたが、そんなわけではなく、私はただ、うごくのが面倒だったのだ。義父が、西洋人が払下げたものらしい、豚革の大きなトランクを買ってきた。私は、気がすすまぬながら、上海丸の切符二枚を買いにいった。日取りが決ると、今度は、彼女が、子供とはなれたくないので、悲しみ悶えた。子供があそび恍けているあいだに彼女はそっと姿をかくした。波止場には、父親と妹二人と、高島とが見送りに来た。午後おそくの解纜で、一夜すごすと、翌朝は、もう上海であった。入れこみの三等船艙の広畳のすみっこに席をとると、彼女は病人のように、肩掛けをかぶって寝込んでいた。その肩掛けを持ちあげて顔をのぞいてみると、袖を嚙んで嗚咽《おえつ》の洩れるのを殺していた。

長崎の仲間たちとは、そこで別れて、もう会う機会がなかった。昭和二十年、長崎の原子爆弾で、造船所へ徴用に駆出されていた岡本と町田が、あとかたもなく消滅してしまい、高島が病死して、いまは、あの頃を語りあうあいてがいなくなった。

夜があけると、海のいろが黄いろい濁水に変って盛りあがっていたおどろきは、すでに述べた。甲板にあがって眺めるその日の眺望は、とりわけ感動的だったが、私は、もうそれでじぶんの詩を肥そうなどという目安を立ててはいなかった。私が立っているすぐ横にすり寄ってきて、領事館警察の男が、私の身元や、なんの目的で上海へわたるかというようなことをひっくどくたずねた。私はそれに程よく応答することばをもたなかった。事実、私は、じぶんがどんな人間で、これからなにをしにやってきたのか、間のわるいほどなんにもわかっていなかった。「では、見物ということですね。結構な御身分で……」その男は、もう一度、不興気に私を見てから、「や」と挨拶をして遠ざかっていった。十二月の揚子江上は、大陸の高気圧で冷えあがりそうな寒気であった。私はモーニングコート一着のうえに、レーンコート、ふるい中折れ帽といういで立《たち》であった。そのモーニングは、一九一九年、最初のヨーロッパ行のときにつくったもので、一度は、林驤の父にゆずって、寸を詰めたので、背なかがすこし窮屈であった。池袋へ彼女とその恋人をたずねたときも、一張羅のそのモーニングだった。上海に着いてしばらくたって、中古の背広を手に入れたが、レーンコートがいかにも寒そうなのを見兼ねたものか、画家の上野山清貢が、着ていた綾織りの外套をぬいで、私にくれた。イギリス羅紗の仕立てのいい外套だったが、私はまた、その外套を、パリで骨董行商をしている日本の老人の肩へかけてやった。

水の一方に、呉淞《ウースン》の陸地がみえはじめて、灌木の株が枯れてしがみついているかさかさしたその陸地を右にとって、支流の黄浦江に入る。よい季節にここを通ったときには、川柳が芽ぶき、菜の花ざかりをみてすぎたものだが、いまは自然の荒廃のときで、干いた土と、石ころと木の根の裸でさらされた殺風景さである。九時ちかくなって、やっと、鈍刀のような太陽の光が、雲間を漏れて弱々とさしはじめた。速度を落した船体は、エンジンの響も立てず、あたりをしのぶようにひっそりと水のうえを辷《すべ》った。破れた莫蓙のような帆をあげた戎克《ジャンク》船が、ゆくともかえるともわからずただよいながら、眼の前を過ぎた。艫《とも》の櫓にはあかん坊を背負った支那人の女がしゃがみこんで、焜炉《こんろ》をあおぎ、赤子供たちが手をあげてなにか叫んでいる。それが、最初に出会った支那人であった。赤いペンキを塗った泥濼《さら》いの船や、気ぜわしく追ってくる小蒸気船など、忙しそうな人間の営みが、展景を変えて、いよいよ上海の近づいたことをおもわせる。彼女も船艙から出てきて、てすりに靠《もた》れて、曾遊の地が迎えてくれるのを、感慨ふかそうにながめている。こんなひろびろとした水の展がりは、世界のどこにもない。乱杭をうった陸地は、小さな棚のようにしかみえない。太陽はまた、どこかへもぐり込んで、上海も、その対岸の浦東《プウトン》も、塵烟のまじったスモッグのなかからその姿をあらわす。

なんの計画も、希望もなく、日本を離れるためにだけ出てきた私たちの外地第一歩で、いままでのような旅行者ではなく、生死をあずける別の心組みで飛びこんでゆく私たちに、上海は、疥癬で、かさぶたになった大きな胸をひろげている。

「とうとう、来てしまったのね」

私の横にすりよってきて彼女は、のどのつぶれたような低い声でいった。こんなところまで私をつれてきてしまったのね、という批難がその底にこもっているようにきこえた。

「賽《さい》は振られたのさ」

私のことばのうらには、もうここまで来ては、手も足も出まいという意地わるさと得意さが、じぶんでもひやりとするような調子をひびかせた。

うす着でぶるぶる彼女がふるえているのが私のふれている腕につたわった。日本の温柔にくらべて、大陸は、石になりそうなつめたさで、指のふしの皺《しわ》になったヒフが固まりついていた。淮山碼頭《わいざん》の岸壁の前で舟は止った。岸壁に横づけになるために、すこしずつ船は岸に近づきはじめた。船客たちはてすりに並んで、岸で手をふっている出迎えのなかから、知る顔をさがしてからだを乗出した。長崎からあらかじめ電報をうって知らせた宇留河がそのなかに居はしまいかとおもって私はさがした。まぶしそうな顔をしてみあげている彼をすぐ見付けた。彼の方でもわかって、叫声をあげたが、それは雑音で意味がききとれなかった。彼は、指を一本立ててみせた。一人かときいているのであった。二人づれと知らせるために私は、指を二本立ててみせた。彼は、ちょっと失望したという表情をしてみせた。女があいだに入っては、へだてができて、友情がしっくりゆかないことを彼が知っていたからで、その気持を私は、胸のいたさで受止めた。荷揚げの苦力たちがあつまって、舟の着くのを待ってわいわいさわいでいた。

上海灘

あの頃（一九三〇年頃）の上海のようなミクストされた、ミクストされる事情にある港市は、これまでも、この後も、世界じゅうにあまりみあたらないことになるのではあるまいか。この土地は、二千年前は呉楚の地で、楚の春申君の故地なので、いまだにこの土地を申《しん》とよぶ。滬《フ》とよぶのは、その字が河なかの矢来を意味していて、揚子江の支流呉淞江《ウースンこう》の流れ落ちる手前に栄えたのでそれをよび名にしたものであろう。もとより中原からは取り外された僻地で、揚子江の沈澱でできたこの下湿の地が、開化的な今日の都会の姿になったのは、イギリスの植民地主義が、支那東岸に侵略の足場を求めて、この最良の投錨地をさがしあて、湊づくりをはじめて以来のことで、それから今日までまだ、百年ちょっとしか経っていない。もうその頃からこのへんは、戦火の衢《ちまた》で、幾度となく瓦礫地にかえり、それ以前には、くり返し、倭寇が荒しまわっていたものであった。今日でも上海は、漆喰と煉瓦と、赤甍の屋根とでできた、横ひろがりにひろがっただけの、なんの面白味もない街ではあるが、雑多な風俗の混淆や、世界の屑、ながれものの落ちてあつまるところとしてのやくざな魅力で衆目を寄せ、干いた赤いかさぶたのようにそれはつづいていた。かさぶたのしたの痛さや、血や、膿でぶよぶよしている街の舗石は、石炭殻や、赤さびにまみれ、糞便やなま痰でよごれたうえを、落日で焼かれ、なが雨で叩かれ、生きていることの酷《むご》さとつらさを、いやがうえに、人の身に沁み、こころにこたえさせる。恥多いもののゆくべきところではなさそうなものを、好んでそこにあつまってくるのは、追われもの、喰いつめもの、それでなければ、みずからを謫所に送ろうとするもの、陽のあたるところを逃げ廻る連中などで、その魂胆は、同色のものの蔭にかくれて目に立つことを避け、じぶんの汚濁を忘れようというところにあるらしい。私たち、しょびたれたコキュとその妻とが、この地を最初の逃場所に撰んだのも、理由のないことではないのである。殊更《ことさら》その夫には、おのれのあわれさとかなしさを、それほど意識しないですむためにも、敗けずに凄まじい悖徳者や、無頼の同胞のあつまるなかにまぎれ込んで、顔に泥んこを塗ってくらすことは、屈強このうえもない生きかたであった。できれば、妻をその恋人からひきはなすための囮《おとり》にかけたパリまでのこの先の旅など、手つけながれにして、忘却の時間をかけてなんとか立直るまで、この上海の灰汁《あく》だまりのなかにつかっていてもいいとおもった。彼女ひとりが、まだみぬ花のパリをあくがれているので、当分はまだ、そんなことを気ぶりにも見せられなかった。なにはともあれ恋人とつりかえにした花のパリである。

長崎と上海のあいだは、わずか一昼夜で、長崎丸と上海丸の二艘の連絡船が交代に発着して、毎日午後に、長崎港を出ることになっていた。私たちの乗った船は、長崎丸であった。私たちの荷物は、豚皮の大トランク一つとファイバーの瘦せたスーツケースの二つだけだった。二人の夏冬のものと下着類のほかに、目ぼしいものはなにも入っていないが、それが全財産で、ゆく先々の仮りのとまりがわが立つ杣《そま》で、そこを中心に乾坤がうごいてゆくのだから窮極的に身軽なものである。こんな生活に私は馴れていたから格別のことはなかったが、彼女は、日本におもいのこすものが多く、それでなくても女のからだでは、こころは突きぬけられても、なかなか辛抱のなりがたいところである。子供を寝こかしにしてそのあいだに家を出て、長崎港の岸壁に駆けつけ、父親や、弟妹たちに見送られて日本をあとにしたとき、愁傷悲歎と裸で組みあっていながら、涙もみせまいとからだをふるわせている彼女の私への意地っぱりを、人間のありふれたポーズとして、冷淡にながめている芝居は、私には、すこし役どころがちがいすぎていた。五年にわたるながい旅をじぶんではだてて事をすすめながらも、そんな頼りない私に全面的に信頼しているようにみえる女のありかたに励まされてうごいていたと言うのが本当のところであった。

「君のような、つきあいのいい女をみたことがないよ」

と冗談めかして言ったものだが、それが何十万年このかたの人間の男と女のあるきかたの普遍的なレーグルであるようにも考えられる。

上海航路の二隻は、双生児のようになにからなにまで似ていた。先には、上海丸にも乗ったことがあるので、私は知っているのだが、一般船客の下りてゆく、畳敷きのひろびろとした船艙からタラップのほうへ吹きあげてくる人いきれのにおいまでまったくひとつだ。これが人間といういきものの正真正銘の臭気かもしれない。男や女の汗や、分泌物のにおいのほかに、金盥に吐いた嘔吐物のにおい、なま干きのペンキのにおいなどもまじってはいるが、悪臭と言うよりも人間が、人間から浮游することをひきとめる化学薬品の、おそろしく人間離れのした、邪慳なにおいに通じている。もはや師走に近い季節で、顔に寒さが貼りついて甲板に出ていられないというのに、船室のなかでは、すきまもなくつまったからだが、身うごきもならず、うん気と、換気の設備のない、お互いの呼吸でよごれた空気のために仮死に近い状態になって、ごろごろとねている。もちこんだたべものは、半夜とたたないうちにくさりはじめる。玄海に出てからの揺れは、型のごとく大袈裟だ。船酔いを忘れるには、男と女の交歓にかぎると、船員たちからきいたことがある。たちのわるい水夫が船酔いしている女船客にからみ寄って犯し、当時まだ組織ののこっていた女売買のルートに乗せて、金に換えるようなことが、珍しくないとのことであった。首をすこしもたげてあたりの気配をうかがっていると、それらしいうごきや、呼吸づかいが感じられ、神経がしぼりあげられるようであったが、それほどはっきりしないままで、その神経が疲れ、頭が濁って、ぼんやりしてきた。そばで寝ている彼女は、寝苦しそうに、額に油汗をうかべて、私にくっついて眠っていた。股のうち側をさわってみると、火のように熱かった。うなぎ屋の二階で彼女が猩紅熱にかかったときとおなじ熱さにおもえたので、私はあわてて揺りおこしたが、彼女はうす眼をあけて、「夢をみていたところ」と言った。男の夢をみていたにちがいないと瞋恚《しんい》をもやし、その証しをつかもうとさぐると、彼女は、からだをねじってくるくると逃げた。女の拒絶は誘惑よりも男を一そうかきたてるものであるが、こんな場合には、そのかきたてられた情念が、残忍さにつながりやすくて、われながら気がかりになった。

碼頭の苦力ばかりではない。税関の外に、ながい梶棒の先をぶつけあって、下船の客の出てくるのを待ってひしめきあっている黄軳車《ワンポツォ》苦力もなつかしい。船を下りて三人は黄軳車をつらねて走り出した。くすんだ曇天の街の、煙硝とも、なまぐささとも識別できない、非常に強烈だが一種偏って異様な、頑強で人の個性まで変えてしまいそうな、上海の生活のにおいを、私たちの内側まではっきり染みついているなつかしさで一つ一つよびさまさせる。上海の苦力たちは、寧波《ニンポオ》あたりから出てきた出稼ぎの細民で、なかには、倒産しかけた一家を助けるため、資金稼ぎに出てきている商人《あきんど》くずれなどもいる。師走前には、梶棒をすてて、裸のからだに泥を塗って、強盗を働くものもあり、青幫党《チンパンタン》の杯をもらって、ばくちやその他の悪稼ぎに足を突込むものもある。客をのせればゆく先もきかず、暗雲に走りだす。文字通り彼らは、じぶんのいのちを削って生きる。厳寒でも裸足で、腫物のつぶれたきたない背中を、雨に洗わせて走る。客は、その河童あたまを靴の先で蹴りながら、ゆく方向を教える。人力車は、もとは日本からわたったものであるが、日本の車夫のようなきれいごとでは立ちゆかぬほど、たった二十枚の銅貨《ドンペ》を稼ぐことがむずかしいのだ。苦力ばかりあいてのめし屋がどこにもあり、荒っぽいが栄養はたっぷりの牛の臓腑のぐつぐつ煮たものをたべさせる。二十枚のドンペで、どうやら飢をしのぐに足りる。ドンペは四百何十枚でなければ、一元にならない。私のいたころの元の相場は、日本の円とパアで通じた。黄軛車苦力には、金への執着と、食欲しかない。性欲は、贅沢の沙汰だ。上海の旧城の外には、苦力あいてのいかがわしいのぞきからくりがあり、それをのぞきながら手淫するのが、最上の処理の方法だったりしたが、蔣介石の治下になってからは、阿片追放、グロテスクな見世物、人間の皮膚をすこしずつ剝いでそのあとに動物の毛皮を植えつけた熊男や、生れるとすぐ嬰児を箱に入れ、十年、十五年育てた小男の背に、つくりものの羽をつけた「蝙蝠」の見世物なども、禁制になって影を消した。蝙蝠は、蝠が福のあて字で、目出度いと言うので、商人に縁起をかつがれ、大きにはやった見世物であった。むろん、卑猥な見世物・磨鏡《モウチン》（女同士の性交をみせるもの）や、戸の節穴からみせる性交の場面なども禁じられてしまった。たしかに苦力たちは、欲望の世界で、欲望を抑圧された危険なかたまりで、その発火を、自然発火にしろ、放火にしろ、おそるるあまり、周囲の人たちは、彼らがじぶんたちと同等の人間であることを意識して不逞な観念を抱くようなことのないように、人間以下のものであるらしく、ぞんざいに、冷酷に、非道にあつかって、そうあってふしぎはないものと本人が進んでおもいこむようにしむけた。そういう変質的なまであくどいことに就いては、中国人は天才であった。

かつて心をひらいて交際《つきあ》った文士の郁達夫《イイダアフ》のような、ものわかりのいいインテリでも、うるさく車をすすめる苦力たちを追い払うとき、犬でも追うように足をひらいて、蹴散らし、蹴散らしして私をおどろかせた。良識ではよくわかっていることでも、生活のながい習慣になって、平気でうらはらなことをやってのけるのは、明治のふるい日本人にもよくあったことで、東洋人に多くのこっているので東洋人的半開と言っていいものかどうか。

日本の銀行員の若妻で、まだ上海慣れない女が、虹口《ホンキュウ》マーケットの近くで、苦力たちの手ごめにあった話が話題をよんだことがある。銀行員の夫は、その妻を不潔とよんで、即座に離別して日本へ逐いかえした。女にふれることもできないみじめさを味いつづけてきた苦力が、その機会をねらっていたとしても、ふしぎはないし、土地なれない女が、災厄にあったとしても、それもまた、ありがちなこととしなければなるまい。女が好んでやりでもしたことのように、無下に断罪するやり口も、時代浄瑠璃の主人公のように、無惨唐突な仕打ちである。私たちの血のなかに、そうした同情や理解のない非人間的な感情の破片《かけら》が流れていて、不測なときに、言葉や、行為になって現われるかもしれないことを、これからの日本人もよく吟味してかからねばなるまい。

中国人にしても、その頃は丁度、解放思想のあけぼのとでも言えそうな時代で、日本の明治大正デモクラシーにでも相当する新思想、人間の平等・恋愛の自由などを口にする連中が多くなってきたうえに、共産革命を唱える若い世代がそろそろ擡頭してさていさえした。抱え車夫が、金持の令嬢と恋愛をして、尊卑にしばられた世間常識の型を破った事件が、上海中の人気と賞讃をよんで、毎日の新聞のトップ記事となっていた。令嬢の名は、黄慧女、抱え車夫の名は、陸根栄。その時から十数年ほど前に、日本では、維新の功臣で、大臣にもなった芳川顕正という貴族の娘が、抱えの運転手と恋愛して、鉄道自殺をはかり、男は即死し、女は顔面に傷を負って生きのびた事件があって、世間を瞠目させたが、それが自由恋愛の戦士とはやされるようなことはなかった。すでにそんな時代を日本では通り越していたのか、日本人と中国人の性格のちがいか、いろいろに考えられもしようが、たしかに江南人の気質には、物見高い、軽佻な風があるようだ。当分のあいだ、人々は、黄陸一対のその後の消息で明けくれていたばかりか、大衆娯楽場の「大世界」では、芝居に仕組まれて人気を呼び、映画になって、さらにはてばてまでひろめられた。車夫の地位が、それほどのおどろきを呼ぶほど、人外《じんがい》な、みじめなものだったことを物語ることにもなる。

私たち三人は、日本人のたまりの虹口、文路をぬけて、北四川路に出ると、北へ、北へ、車を走らせた。日本書店の内山完造さんの店のすじむかいの余慶坊《イイチンパン》という一劃の入り口で、車を下りた。二筋の路地を、表と裏がむかいあって、支那風な漆喰の二階建長屋がつづいている。入り口には、雑貨屋と、熱湯を沸して槽で売る店とが並んでいた。大きなトランクを交代で曳きずって、路地を入ってゆくと、おなじような頑丈な鉄門を閉した家の四五軒目に、石丸りかという標札が出ていた。数年前はじめて二人が来滬したとき二階を借りた老婆の家であった。鉄錠を二つたたくと、甲高い老婆の声が「へーい。どなたでしゅ」と、まぎれもない長崎なまりで返ってきた。入り口がひろいたたきになっていて、雨水が洗いながして、どこかへ吸いこまれてゆくようになっていた。いきなりの部屋は、だだっぴろく、中国人ならば、白いかなきんでいくつにも仕切って、三四家族ぐらいで使う。うら口の小部屋があり、二階にあがる階段の横に、紅漆塗りのあいまいな花もようのついた糞槽《モウドン》が置いてあり、毎朝その槽を裏口に出しておくと、モウドン掃除夫が来て、糞尿をもってゆき、槽を洗いながすので、その時刻には、どこの家の裏の水はけ口にも黄いろい尿がたまっている。二階の間取りもほぼ、階下とおなじで、二人で上海に滞在していたときは、そのだだっぴろい方の二階部屋を占領した。あかるい菜畑のようなたたみ部屋で、家具一つない部屋のなかを、新婦早々の私たちは、片方のすみからむこうの壁へころがり競争をしてあそんだものだ。そのときは春四月の上海はそこぬけなあかるさで、ぶるんぶるん唇を鳴らしながら吹いている風が、花のにおいでいっぱいだった。だがいまは、しばらく立っていると冷え込みがきつい。石丸婆さんは、鉄扉の内からの錠を外して、眼の前に立っている私たちをみると、しばらくは物を言えず、顔をながめていたあとで、

「あなたがた、どっから降《ふ》って来よりましたか。この天気に」

と、雲のなかを雲が岐れてゆくうすぐもりの空を見あげた。婆さんは、逆上気味の赤い顔をして、第一肋骨が飛び出すほど胸をひろげ、ひょろりとした長身のうえに、黄い

ろい羅紗に黒紐の竜骨のあるガウンを羽織り、革のサンダルを曳きずって、息をあえがせながら立っていた。いつも見慣れた姿である。冬のどんな寒い日も、ガウン一枚で、下はうすぎで、顔をまっ赤にして、暑い、暑いと言っているとのことで、唐辛子婆さんという名がついている。もとは、蘇州の日本旅館の女中をしていたが、工部局のスエーデン人の役人に見染められ、正妻になったという話だが、みる影もなくいまは痩せ枯れているが、「若いときはきっと美人だったとおもうわ」と彼女に言われて、はじめて気づいてみると西洋人の婆さんとおなじ骨骼の顔立ちであった。西洋人の女は、巾着婆あか、鶏《にわとり》婆あかになるが、この婆さんは、鶏婆あであった。彼女の顔がすり剝《む》けたように紅いのは、心臓病のためだと言ったこともおぼえている。スエーデン人の亭主が死んだあと、本人の故国の縁類たちから苦情が出て、遺産の相続が外国人だからという理由で彼女の手にわたすまいと工作したのでひどくむずかしかったのを、役所内の夫の同僚で同情者も出てきて、二年がかりで三分の一ほどをやっと手に入れることができた。どれ程の額かしらないが、彼女一人充分に食べつないでゆけたものを、金が入ったらと目つぱりっこで見張っていた長崎以来の知合いの有象無象が、甘言で口説いたり、利で誘ったりして、鼠が齧るようにすこしずつ減らしてしまったという話であった。それをあぶながる連中も、じぶんの取り分が減らされるのを心配するあまりそんな中傷めかしたことをふれあるくものかもしれなかった。唐辛子婆さん自身も、そのことに充分気づいているらしく、あつまって、裏の小部屋でとぐろを巻いて、倦きもせず猪鹿蝶《いのしかちょう》で小銭のやりとりをしている連中に、つらをつかんで「さあ、さあ、みんな帰りなさい。いくら騙そうとして待っていても、そうたびたびはだまされんから。帰らんければ、箒の柄でひとりひとり叩き出してくれるから」と、箒をもってきて、「気ちがい婆あ。なにをさらす」と言うのもきかず、一人々々の顔を撫で、花札を床に掃きちらした。よごれ浴衣を着て、上海の町を蹌踉としてあるいているこの人達は、一定の職もなく、虹口あたりにごろごろしていて「上海の芥《ごみ》」とよばれる、大金《たいきん》の夢ばかりみながら、果報は寝て待つ、博徒ではない獏徒の走り使いの役にも立たない連中であった。

「あいにく二階の大部屋はふさがっとりますが、一ヶ月もたてばあきよります。それまで裏二階の小部屋でがまんしてくださいましえ」

「どこでも結構よ。お婆さんのところのほうがじぶんのほんとうの家のような気がして。ただそれだけ」

彼女が、柄にもないうれしがらせを言うのをきいて、旅に出た切実さが言わせるかっこうのいいせりふかと、私は、笑いがこみあげてきた。一ヶ月分の部屋代と、土産がわりの若干を包んでここで渡したいところなのを、例によって船賃を払って上海に着いたとき、ふたりの財布を逆さにして数えて、日本金五円と六十銭の小銭があるだけであった。それだけの金をもとにして、とにかく二人の大人がパリまで行きついてまた、かえってこなければならない仕儀であった。次の金のめどのつくまで、さしあたりその五円となにがしで食いつながなければならない訳で、部屋代も前金というわけにはゆかない事情であった。まず、そのことを婆さんに交渉しなければならないとおもうと、六ぴゃくけんの連中と、かくべつ変ったところのないじぶんにおもえてきた。

二階の小部屋は、あまり光の入らない陰湿な部屋であった。火桶をおいてもらっても冷えあがる壁のすみっこから、生きのこった蚊が耳もとでぴいんと鳴いて、手の甲を螫《さ》した。貸夜具を工面してもらって、ふたりは横になった。寝つこうとしてとろとろしていると、部屋のしたで、がらんばちばちと、けたたましい爆音がきこえて、なにごとが起ったかと、私は立ちあがった。音響はまだ、とめ処もなしにつづいている。彼女も、不安そうに私のうしろに立って下をのぞき込む。唐辛子婆さんが戸外に立って、戸の取《とっ》手《て》に爆竹をさげて鳴らしているところであった。老婆は二階を見あげて、しかめた笑顔をして、

「お二人さんのお出での祭りですたい。今夜は、みていてください。うまいカデダイス（カレーライス）をつくって、鶏を一匹、うえから這わせますから」

と言った。

猪鹿蝶

私たちが、余慶坊《イイチンパン》の石丸りかの家の二階の裏の小部屋におちついてから二三日で、彼女は、瘧《おこり》をふるって、高熱を出した。判然とマラリアの症状であった。北四川路の対面の内山書店でその話をすると、早速、奥さんがキニーネの錠剤をもって見舞いにきてくれた。毎日定った時間に起きる発作を、事前に止めることができる薬の特効のてきめんさにおどろいたものだ。漆喰壁から滲透する陰湿と寒気は、身に沁み、骨を凍らせるおもいであった。見兼ねた老婆が、じぶんは畳のうえに移って、前面のたたきに据えたダブルベッドを私たちにゆずってくれた。

寒さで耐えられなくなると私たちは、内山書店の奥のたまり場のストーブにからだをあたために出かけた。時によってさまざまな連中がそこに聚っていて、梁山泊の衆議庁であった。時代によって変転があって、聚る顔ぶれは変ったが、呉越同舟、中国人も日本人もこの場だけでは、腹蔵のない意見を闘わせ、互いのこころの流れあえる場になっていた。主人の内山完造は、よい引出し役であり、調停係りであり、偏らざる理解者であって、あまり類のない、たのしいコーナーの提供者でもあった。

「金子さん、あんたも苦労が多いらしいが私たち夫婦も日本ではさんざんなことをして食いつめ者の見本みたいなもんでした。人を騙したり、出しぬいたり、わるいことの限りをつくして、しまいには、この家内と二人、宿屋の二階でいよいよ心中する相談までしたが、耶蘇教に助けられて、今日まで生き伸びてきたようなわけで……」

鼠いろのジャケツの主人と、らくだいろのジャケツの奥さんとが、顔をみあって、私に語ったことがあった。過去の生活から脱却するために、四五人の仲間といっしょに中国にわたり、大学眼薬の宣伝員となって、旗を立て、揚子江周辺の寒村僻地をめぐりあるいて、上海に落着くまでの苦惨の話を一巡きかせてくれた。苦労というものは意識の限界に人それぞれのちがいがあって、どこからが苦労と言えるものか。

北四川路魏威里の今日の店を開いて、内山先生《シィサン》は、中日双方の文化の交流に貢献したり、但し、当時の中国の青年達はクロポトキンでも、マルクス、エンゲルスでも、日本語の翻訳を通じて勉強するしかないので、従って、そうした思想上の書物が飛ぶように売れるので、毎月八万円という、当時としては、莫大な純益があるとかで、がばがばと金が入ってきて、数少い日本人成功者の筆頭とならざるをえぬ仕儀にもなった。自然、僕らのように迷惑をかけに来る邦人たちも多く、それもまたキリスト教のお蔭で、一視同仁、うんうんと言うことをきいてやらなければならない結果にもなっていた。

　先にも述べた、鼠いろのジャケツで坊主あたまの内山先生は、訪欧の途次などに立寄る名士などを、一夕四馬路の菜館によんで招宴をひらくのを常としたが、陪席に中国の文士たち、とぐろを巻いていた村松梢風とか、数にもならぬ私達までも末席に招かれた。これも日中の文化交流の一つであるが、正直私達は、卓料理の玩味が目的の第一で、辞退もしらず、いそいそとして出かけた。

　燕席にしろ、翅席にしろ、一卓の料理は、二十八品ぐらい、招待宴が二つ重って、午前十一時小有天で始まり、終会時刻が三時半頃になり、休む暇なく、その足で、二つ目の陶楽春の五時の会に出かけて、七時頃まで食べつづけた時は、帰ってくるなり、大下痢で、どんなことになるかと思ったが、翌朝は、けろりとしていた。内山先生は、「それが、支那料理のいいところだ」と、じぶんのことのように得意気な顔をした。流連荒亡という言葉がある。流連はいつづけで、日本では、吉原あたりでぶんながすことを言うのだが、中国では、三日も、四日も、食いつづけることを言ったのだそうだ。今日の中国では、夢にも考えられないことであろうが、昔は、大金持の結婚式などによばれると、三日四日がかりで食べつづけ、満腹すると、ボーイが服のボタンを外し、新しい料理が運ばれると、厠で吐いてきてはまた食べる。そんな時もボーイが至れりつくせりに客を接待する。客は、一々チップをはずまねばならないので、招待されても、金がかかるので辞退する者もあると言う。その時は、北京から一流の芝居や、その他の芸人もよんで、歓をつくすのだから、生やさしい金持づれにはできないことだ。前回長谷川如是閑や、早大の本間久雄の来滬のときはしずかだったが、今度の上海行で第一に訪れたのは、作家の前田河広一郎であり、そのときの傍若無人さには、さすがの内山先生も瞠目させられたものであった。

その経緯《いきさつ》を語る前に、順序として、前田河より一足先に来滬した旧友、秋田義一のことを話さねばならない。それより前に、十日もたたぬまに持金を費いはたした私たちが、早速の窮乏を訴えて借銭をするあいてもなく、窮余の一策というよりも、あらかじめ極手にしていた珍本の刊行販売にとりかかることにした。そのことから話さねばならない。事の善悪にかかわらず、おもい立つとがむしゃらに事を進めて、何人の忠告も、進言もきかないのが私の命とりな性格の一つであった。相談するということもしなかったのは、強そうにみせかけた私の弱い性質からで、反対に会ってペシャペシャにされるのを畏れる結果かもしれなかった。虹口辺で、中国人と合弁でハイヤー会社をやっている中尾という人物――この人物は、京都等持院の撮影所にいた頃の岡本潤の友人で、自称アナルシストの、地方の小ばくち打のあんちゃんのような人物であったが――から、謄写版の機械を借りてきて、一昼夜で書きあげた現代小説――現在週刊誌のエロ小説をもうすこし無遠慮にした程度のものにすぎないのだが――を、蠟紙に、鉄筆でがりがりと書きあげた。機械にかけての仕上げは、馴れないことなどで難渋をきわめた。ふらりと入ってくる人間を、親疎をかまわず手つだわせた。欲張って、二百冊分刷ったので、蠟紙が破れ、よめない字や、線の走ったものができたが、そのうえに、インキが手について、みるかげもなくよごれた刷上りを畳部屋に立錐の余地もないほど並べて干かした。「いったい、なにをなさいます」と、私のすることをながめていた唐辛子婆さんは、干してある紙をひろげては、「そのとーき、彼は、女の袖の八つ口から右手をさしこみ……」などとよみあげながら歩き廻るので、「お婆さん。よむのは止しなよ。これは、声を張りあげてよむものではないのだから」と、紙をとりあげなければならなかった。ローズが出て、本は百八十冊出来上った。表紙もつけてそれには、着色もし、『艶本銀座雀』という表題も考えた。本は出来たが、こっちがうりあるくわけにはゆかない。老婆が、裏の小部屋の、いのしかちょうの連中に話すと、鯉が麩についてくるように、虹口、呉淞路へんの住人が「うらしてくだっさい」「十日もあればみんなさばいて来ましょ」とがつがつとあつまってくるのを、「しっ、しっ」と、犬を追うように払いのけ、「おまえんとは、本もってっても、金を持って来よらんことは目にみえとる」と図星を刺し、あいてにしようとしなかった。

その翌日、老婆は、楊樹浦《ヤンジッポ》から、小男の、きょとんとした顔の、鼻がうえをむいて鼻の穴だけ大きくひらいた男をつれてきた。私は、早速、鼻のぽん助という名をつけた。ぽん助は、見掛けに似ず、てきぱきと話を片づけ、一冊一弗の卸し価で、売るのは、いくらでも腕次第ということにして一先ず手を打った。せめて五十冊はまとめて持ってゆきたいと言うのを、五冊ずつ、それも、現金を持ってきた上で引換えにあとを出すという条件を、こちらも、頑固に主張してて、譲らなかった。結局、五冊持って帰ったが、翌日、早々と戸の鐶を叩いて、メキシコの一弗銀貨を五枚、ちゃらちゃら掌のうえで鳴らしながら入ってきた。あとの五冊をわたしてやると、夕方に、五弗の銀貨を持って本をもらいにきた。どこの誰にうるのかときくと、「いろいろの方面」と答えた。「銀行会社の支店でも飛ぶようにうれます」とも言う。「領事館警察へはもってゆかないだろう」ときくと、「その通りです」と答えたが、この男には、ユーモアが少しも感じられなかった。その代りに、大きく、くらい生壁《なまかべ》のような突きあたりがあって、そのむこうがもっとくらい、どんでん返しになっているような気がした。私たちのもっているくらさにはまだ苦しみがあって、うごめいたり、うずいたりしているが、この非力な小男のくらさは、屍体を放りこんでもどぼりと音のするだけの、汚物で流れなくなった深いクリークの底ぐらさと通じるものがあるようにおもわれた。軍閥時代にはりめぐらされた鉄条網の錆びた針金の束がいまだにのこっていて、夏の頃は、夜の街燈をつつんで、億兆と数えきれない蚊が群がっていたものだ。竹籠に入れて吊した獄門首の死んだ血に誘われてどぶからあがってくるものかもしれなかった。そんなどぶ泥のにおいは、鼻のぽん助でなくても、すでに僕じしんにも滲みついていて、新参の来滬者には、耐えがたいおもいをさせていたかもしれない。

メキシコ弗を手に入れると、その当座だけ私たちは、元気づいて、上海に着いた夜、宇留河のパンさんが歓迎のこころざしでつれていってくれた、洋風な広東料理「新雅」へ先ず夕食をたべに行った。石丸の老婆が先立ちになってつれてゆかれたドッグレースや、四個《シーコ》ばくちで、悪銭は小出しに消えていった。ぽん助の売れゆきは半ヶ月ばかりでぐずつきはじめた。本はまだ、半分以上のこっていた。売れゆきを悪くしたのは、ぽん助の、恐らく常套の策略で、こちらを焦らせて、あとの品物を叩こうという魂胆であるらしかった。それを見抜いたのは、さすがに上海でお飾りの数をくぐった婆さんだった。「こちらで逆にじらせてやりなさいませ」と智慧を付けてくれなければ、むざむざとあとの品物を言い値でみんな手渡すところであった。「どんなに時間がながくかかっても気ながに、定価通りにうってくれる人があるから、君がいやなら手をひいてもいいよ」

と突っぱると、「ほかの売人を使っても、決してうれませんよ。それには縄張りがあることで、素人には手を出させませんし、買う方も私以外のものからは安心して買いやしません。みていてごらんなさい」と、ポン助は小さなからだでひらき直ってみせた。辛抱づよくはなったが生来はむかっ腹立ちの私は、いきなり二三冊を手にとって、掻きむしるようにあいての眼の前で引きやぶってみせて、この上、四の五の言うなら、こうしたほうがましだというところをみせたつもりだったが、ぽん助は、腹のなかでせせらわらっていたらしく、ふところから紅錫包《ラビ・クイン》の袋を出し、なかにのこっていた一本に火をつけ、包みをくしゃくしゃにまるめ、黙ってけぶりをふかしていた。

「では、こうしましょう。こんどは十冊いただいてゆきます。欧州航路が今晩着くので顔見知りの水夫長《ボースン》にそんだけ押しつけます。その水夫長は、私の言うことをいやとは言えない前からの因縁がありますので。先生の前ではちょっと申しにくいのですが、そいつと組んで荒っぽいしごとをしていたことがあるのです。つまり、まあ、内地から密航させた娘を、こっちゃむけにうりさばくというしごとでして……」

　婦女誘拐、人身売買ということである。ぽん助は、こんなことをほのめかせて、私に凄味を利かせようとする肚であるのがみえすいているので、私は益々居丈高になり、一度、彼を蹴倒して、その鼻をスリッパで踏みにじりたい衝動をおさえきれなかった。彼女がその見幕をみて、うしろから羽がいじめにして働かせまいとしていた。そのあいだに私がしだいに反省して、平静になるという仕組みになっているのだ。夫婦であることは、そんなふうに、いろいろなルールをのみこんで、世間に対処しなければならないものらしい。結局、十冊の本をあずかってぽん助は、翌日、銀九弗をもってくる約束をして、早々に引きあげていった。

翌日になっても、翌々日になっても、ぽん助は姿をあらわさなかった。四日たってから、私は、楊樹浦のポン助の家に乗りこむ決心をした。昼は、上海をほっつき廻って夜にならなければ帰らないものと見当をつけて、日暮から、黄包車《ワンポツォ》をひろって出かけたが、南にとる路を、狄思威路《デキシイロ》から北に走り、租界地を外れて、正体不明のごみごみしたくらい路を走り出したので、車のなかで地団太踏んで止めさせ、改めて火影で車夫の人相をみると、おもいなしにはちがいないが、いかにも不逞な面相にみえた。車賃を渡すと、二十銅貨も払いすぎの距離を、三十枚やっても首を横に振って、あと二十枚よこせと食いさがってくる。仲間がどこかからあつまってきて、裸にされる話をきいていたので、車夫の強請をうしろにききながして、来た路をあと戻りし、ふらりと出てきた車に飛び乗って、遮二無二走らせた。そんなことで手間取って、郵船碼頭の通りに出た時には、もうあたりはまっくらで、そのうえ、大陸特有の、編み糸の目を針のようにくぐって肌に突刺さるきびしいつめたさの、氷雨《ひさめ》がふりはじめていた。そんなときは、世の終りのような気がして、やりかけのことも欲得なく放棄して、胴ぶるいの止まらないからだを、温い湯気の渦巻く片隅にうずくまって、熱い湯麵の椀にでも顔を埋めたくなる。楊樹浦クリークのくさいにおいが鼻を穿つ。うらぶれた家屋が庇をよせあったなかのうすぐらいところで、うようよと人がむらがっている。

そこは、女の肉の切り売の袋小路で、嫖客になげる女たちの金切り声の罵言のなかに、日本のことばの乱暴なやりとりまでがきこえてくる。そこは、上海の土地でも名うての腐肉捨て場で、紫いろにふくれた、注射針のあとだらけなくずれた肉に烏の群のように男たちがたかってくる。ここまでおちこんでくる女たちの路すじは、どれもこれも胸のつぶれるものばかりだろうが、残飯にむしゃぶりついてくる浮浪者のような、男たちの欲望の意地きたなさには、もっと悲しい来歴で私ともつながりがあって、腐肉の方へ私はひきつけられる。

人間は誰も、汚物となるきっかけと、その辷り出しに眼をつぶる危険な性向をもっている。わずかにそれを支えているものが、なんでもない世間体だったりする。人間の汚物が汚物のなかでも、もっとも汚くみえるのは、じぶんが人間だからという、簡単な理由によるものだろうが、じぶんの土左衛門になった姿をおもうことで、水死をおもい止まる人間もたくさんいることだろう。

　日本人のぽんびきのような男から、ぽん助の住家は、おもったよりも簡単にたずねあてることができた。ぽん助夫婦が、支那人の家の二階の一室で、すき焼きで一杯やっているところであった。すき焼鍋のものは煮えつまってくっついていた。ぽん助は、私の顔をみてぎくりとしたらしいが、じぶんの家という地の利か、女房の手前か、胸をそらせて、

「いま、夕食をやってるところで、一つ箸をつけませんか」

　と、せいいっぱいに威張ったところをみせようとした。鼻ぽんの細君は、ひらべったい顔のまんなかに、小さな穴が二つあいているだけの鼻をして、似合いの夫婦だったが、彼女のほうは、悪い病気で鼻がとれてしまったらしく、ふがふがと言って、ことばがききとれなかった。割り箸の割れた後家同士をもってきて、私に鍋をつけと言うらしかった。

　私は立ったままで、早速、話をきり出した。ぽん助は、唇を尖らせて、あくまでふてくされた調子で、欧州航路の船は着いたが、あいにく目的の水夫長が病気で他の水夫長なので話がはこばない。明後日は、大阪商船が着くから、そこで話をすると、あたかも

私のために俠気《おとこぎ》で、世話をやいてやると言わんばかりの口振りなのは、やはり、細君の前でのえらがりなのであろう。そして、こんなつまらない仕事は恩恵をかけてやるので、もともとは、ピストルや、麻薬を本職であつかっているのだと、たずねもしないことをならべ立てるので、すき焼鍋を蹴返してやりたいのを我慢して、

「今日は、君の言訳をその通りきいてやるから、まちがいなく明後日は、おそくなってもいいから金を持って来い」

と、それでも忘れずに念を押して出てきたが、分別の乏しい私としては大出来であった。

　私が表へ出てきたとき、ぽん助があわてて表まで追いかけてきて、

「これだけ、少いけど、よそで売上げた分です」

と、二弗だけ、私の掌ににぎらせた。

「二弗か。ではあと七弗だな」

と私は、あとをごまかされまいとおもって重々しく言った。

私は、やるかたのない憤懣を抱きながらも掌にあるメキシコ弗二枚になぐさめられているじぶんをおもうと、憤懣は、一層根ぶかいものになるのをおぼえた。楊樹浦のクリーク添いに北へ遡って私は歩きだした。指のくずれてなくなった腕のような川柳の葉の

落ちつくした木っ杭が氷雨にぬれて立っていた。クリークには、低い苫船《とまぶね》が止って、嬰児の泣く声がきこえていた。じぶんの今日のこうしたありかたや、じぶんの微力や、切っても、突いてもどうにもならない、手も、足も出ない圧力の壁や、日本でのくらしや、世わたりのうまい奴や、しゃあしゃあとしてのしあがってゆく奴や、のほほんとした奴や、高慢づらな奴や、そんな奴らのつくっている、苛性曹達《ソーダ》のような、稀塩酸のような、肌に合わないどころか心情のうす皮がちぢくれあがるような日本での生活の味が一束になって、宿怨となり、胸のつかえとなっているのが、そのときの憤懣と一つになって、突破口《はけくち》を作らねばいられない、ぎりぎりな気持になっていた。クリークの上流の地獄の道のようなくらさにむかって私は、

「にゃんがつおっぴい！」

と、あらんかぎりの声を張りあげて、二度、三度、叫んだ。

あたりには家影もなく、誰もきいているものはなさそうだったが、それでも、おもいきり絶叫したことだけで、心がすこし晴れたような気がした。にゃんがつおっぴいは、上海で苦力たちがつかう、もっとも品の悪い罵詈のことばで、貴様のお袋を犯してやるぞということだ。それよりもっと念の入ったのは、貴様の家の墳《はか》をあばいて十八代前の

先祖の妻を犯すぞというのがあるが、中国というふかい掃溜には、われわれ日本人のようなおちょぼ口した、手先のきれいな人間には、おもいもつかないようなことが、話だけでなく実際に起りえたし、誇張のようにおもえることばにも、それだけの実感がこもることになるのである。中国人は、人間にはどれだけのことができるかという経験を、心ならずも極限まで究めさせられた民族のようだ。前漢が亡びたとき、赤眉の賊が長安を強掠し、帝王の陵をあばいて、水銀をつめて腐朽しないようにしてある呂后始め歴代皇后の屍をとり出して、次々に犯したという歴史記事がのこっている。食人の記録などは、随所にある。人間の料理法も進んでいたらしい。隋の煬帝《ようだい》の運河工事は立派な功績とされているが、宰領の機嫌をとるために、下官が毎日近辺の嬰児をさらっては豚肉と称してふかし、宰領はそれを天下一の味として賞味したということも出ている。

十八代前の先祖にくらべれば、楊樹浦の斑らのできた女とねるぐらいなことは、鶏の笹身を食うくらいのきれいごとであろう。それでなくても私には、石丸りかの家のたたきに据えた、スプリングのきいたゆたかなベッドがあり、鬼が住むか、蛇がすむか、心はわからないとしても、添寝してくれる女房もある。血はあたたかくからだを流れているし、心臓は、時計のように規則的にコツコツと脈をうっている。五体は、人並みに揃っている。人間はひとしく自由であり、平等であるという考えももっている。このうえ、なにを言うことがあろう、とおもうと、これから踏出す足が第一歩という自信もわいてくる。余慶坊に帰ったときは、九時をすこし過ぎていた。路地の入り口で、家鴨《あひる》の卵五個と火腿《ホウテイ》（支那のベーコン）を買って帰ると、老婆に、火腿蛋飯をつくってもらった。

その翌日、おもいがけない客が、ひょっくりと表口を叩いて入ってきた。すこし疲れた中折れ帽をかぶって、鶯茶に地紋の鳳凰の丸のある繻子の支那服を来た秋田義一が、昨日、日本から着いたと言って、たずねてきた。老婆は、はじめ中国人と思い込んでいたらしく、三人の日本ことばの応対をけげんそうにながめていた。秋田は、むかしから耳がすこし遠かったので、問うことに返事をしないできょとんとしていることもあったが、大体にはのみこみがよく、聾かくしが板についていた。福士幸次郎のもとでそもそも知りあいになった私は、牛込の赤城神社のうらの石段に坐って彼と、セザンヌを語りあって、すっかり意気投合した。彼は油絵を画くといっていたが、その画はまだ、見たことがなかった。彼は、これまでに何回となく、上海と日本を往復していた。

「こんどは、どうして来た？」

とたずねると、彼は、

「うん。まあ。一口には言えないが……」

と、はっきりしたことは言わなかった。

「どう？　これから二人で、俺の宿屋へ来てみないか」

と誘うので、私は、彼女の方をみて、

「行ってみようか」

と相談するともなく言った。

黄韒車を三つ、秋田、彼女、私の順で、北四川路を南にむいて走らせた。

とやかく評判するものもあるが秋田義一は一風変った人物だった。いやなことは聞かないふりをするというので、勝手つんぼという綽名もあり、また、耳シェンコとも言った。盲目のエロシェンコをもじったのだが、確かそれはサトウ・ハチローの命名だったようだ。命名やゴシップにかけては、子供ながらハチローは天才だった。

車は、蘇州河をわたり、太馬路を突切って猶も走って、五馬路の支那旅館の前でながい梶棒をおろした。その支那旅館の殺風景な一室が、秋田の部屋であった。部屋のまんなかに画架があり、カンバスには、薔薇の絵が画きかけてあった。画架の端に、薔薇の絵はがきがピンで止めてあった。

「昨夜、この絵はがきをみて画きかけてみたんだよ。急いで画いて売らなければ、宿賃も出ないからね」

「そういうことか」

と私は憮然となった。ここにもまた、われらの仲間、上海の落人《おちうど》がいたかと、心づよく、からだのあたたまる心地がした。虹口の日の出旅館という日本旅館には、先頃まで、帝展で特選になったばかりの前途有望な新進画家の上野山清貢という男がいて、私に、蘇州河を遡って水路を蘇州までゆく旅をおもい立ったが、心細いからいっしょにゆかないかと誘いかけたが、私は、優等生とはゆく気になれないし、優等生に費用までおんぶしてゆくのはしみったれたおもいをしなければならないと、それこそけちなひがみから、拒ってしまったが、舟でのぼる旅には心がのこらないでもなかった。しかし、そのとき、よくよくうすら寒そうな私のレーンコートのうえから、ものもわるくなさそうな厚い外套をかけてくれた、上野山の好意はありがたく、ずっとその外套を着て、寒さをしのぐことができた。特選でない秋田は、上野山のような揚々とした旅などおもいもよらず、また、そのジグザグな旅の目的も、虚実、つかまえどころのない韜晦とも、謀略とも、それもまたみせかけで、ただの逃避とも、なんともとれそうなものであった。彼もまた、個人主義的なアナルシストと自称しながら、支那浪人西田主税から張群にあてた紹介状をもっていて、当時上海市長であった張群からまとまった金を引出し、

「それがうまくいったら、光《み》っちゃんたちのフランス行ぐらい、らくにみつげるよ」

と、たのもしげなことを言うので私も、できることがあれば、尻押しでも、片棒でも、引受ける気になってしまった。しかし、張群をつかまえることは、そう簡単なことではなく、第一、所在がはっきりせず、傍観しているだけでも、いらいらするほど埒が明かず、腹が煮え返ってくるのに、秋田は、じつに辛抱づよく追いつづけて、うす雪のつもるなかを、南京にゆき、九江《チュウチャン》に戻り、そのあいだに眼にみえて形容枯痩してゆくのがわかるので、いく度か、断念させようと忠告した。それは、あくる年の春先にかけてのことであるが、西田の名刺はよれて、黒ずんでいった。

秋田は、支那服の袖で額を一こすりして、

「こういうものがあるんだよ。誰か買いそうな心当りはないか」

風呂敷に包んだ桐箱入りのものをとり出して、砂糖黍や、菱の実の飴煮の乗っている円卓のうえに置いた。

「どくろ杯だよ」

秋田の掌のうえには、椰子の実を二つ割にしたような黒光りした器《うつわ》がのっている。

「蒙古で手に入れた。人間のどくろを酒器にしたものだ」

内側は銀が張ってあって、黒ずんでうす光りがしている。彼女は手にとろうとせず、気味わるそうにのぞきこんでいる。

「男をしらない処女の頭蓋骨だ。蒙古では貴重なものだが、まず、これを金にして足代をかせがなければね」

私は、手にのせたどくろ杯を撫で廻しながら、病死した女の頭を取ったのか、杯をつくるために女を殺したのかが気にかかったが、それについて秋田は、なにも知らなかった。蒙古の部落の酋長がそれで、馬の乳か、高粱の酒をのむのだろうが、万一、愛していた娘が、心によその若者をおもってなびかないのを憤って、首を切らせ、その首でつくった杯を手にしたのだったらそのときはどんなおもいがすることだろうなどと考えて、私の御座敷用のヒュウマニズムがぐらぐらするのをおぼえた。同時にそんなものを玩賞用に需める骨董愛好者のざらざらした神経にもついてゆけなかった。妻は、私の腕をついて、はやく箱にしまって欲しがったが、それよりもっと直接な理由からで、じぶんの頭の皮を剝がされる痛さに実感があるかららしかった。

女のもつ被害者の感覚には、おもいのほかリアルで正確なものがある。それは、女の期待する快楽の受身のよろこびと同様、想像以上の人生の可能性にもつながることができるからであろう。その男が呼びさましてくれる肉体の灸所の一ヶ所のために、女はたやすく生活の一さいを棒にふって、危い筏乗りをやりかねない。女の計算高さは、そんなところで躓く。

みんなで阿片を試煙しようということになった。旅館のボーイが、すぐ了承して、大きな皿のついた阿片煙管と、豆ランプを早速用意してきた。秋田もまだ経験がないらしく、吸いかたをやってみせろというと、ボーイは唯々として、床のうえに寝そべり、半身を起して、ランプに灯をつけ、片手の指さきでキャラメル状の阿片を飴状に溶かし、ふとい煙管の中頃にくっついている算盤球《そろばんだま》状の吸い口の穴になすりつけては、ジ、ジと音を立ててふすぼるその煙を煙管の管を通して吸いこむというしかけである。ボーイの上唇が、腫物と瘡ぶたでふくれあがっていた。ボーイに代って秋田が一吸いして、私に廻した。私も、ボーイの唇の腫物のことを追払って二口三口吸ったが、古寺の祭壇のようなふっくらしたあと味がのこっただけで、格別なことはなかった。彼女は、ハンカチーフを出して、吸い口をていねいに拭いてから、かなりながいあいだ味っていたが、やはりこれという感慨はないらしかった。

「どうということはないよ。中毒にならなければ、うまさもわからないが、二度や三度では中毒になるということはない。もっとも、一度で中毒になって、阿片なしでは生きられなくなる人間もいるにはいるらしいがね」

秋田は、言いながらまた、二口、三口のんで、煙をほっと吐出し、

「こんなものがどうして命取りになるのかなあ」

と、うそぶいてみせた。余慶坊に帰ってきたが、なんのこともなかった。翌朝、眼のさめ際に、私は、からだのふしぶしに常にない懶さがのこった。彼女は、私の足を、両の太股で挟んだまま、天井をむいて、

「においがまだのこっているわ。なにか古風な、奥ゆかしいにおいね。そうはおもわない？」

と言ったが、生憎、慢性の肥厚性鼻炎にかかって嗅覚の死んだ私には、そんな臭気についての理解がなかった。阿片の魅力は、私に関する限りゼロに等しく、それはまた淋しいことでもあった。その後、屢々阿片を吸う機会があったり、ナルコポンを注射してみたりしたが、一切不死身な私の体質は、それを受けつけないことで逃げ場所がなくなったことを自覚し、現実はいよいよのっぴきならない様相で、ざらざらした鮫肌をこすりつけてきた。

ポン助は、私の留守にきて、弗銀貨を十枚ベッドの上に並べて、何十冊かをもっていってしまった。私も、この上、ポン助を追究することは断念した。私には、秋田にくっついて、内外綿や、黄浦江の対岸にある、鐘ヶ淵紡績の責任者の住宅を訪れて、一夜づくりのあやしげな油絵と引換に金をうけとる仕事に睨を利かせるための後見役という、

柄にもない、気の張るしごとが待っていたからであった。

胡桃割り

秋田義一とつれ立って私が、黄浦江のむかい側、東京ならば城東区にあたる浦東《プウトン》の陰湿な工場地帯にある日本のさる大資本の綿糸工場へ、その当時はやりの略《りゃく》奪にのり込むというので、上海のくずれアナルシスト連中が声援し、自働車会社の中尾がくるまをさしむけて、拍手の見送りをしてくれた。秋田が、上海アナの古顔の三浦をよく知っていたことからそんないちらつになったものらしい。りゃくなどとは滅相もない話で、例の秋田の一夜漬けの油絵の行商の音頭取りに出かけるのであった。

日足は早く、河岸から舢舨《サンパン》を雇って、対岸に着いたときには、もううす闇があたりいちめんに這って、立ち並んだ倉庫の壁の大長城《スリーキャッスル》香煙《シャンイエン》の広告の大文字も、瓦斯燈のあかりの届くところだけしかよみとれなくなっていた。支配人の社宅に人力車をのりつけたときは、すっかり夜だった。小さな応接間に通された。小僕《ショウハイ》が、紅茶をはこんできたりするあいだに私は、こま結びになった風呂敷の固い結び目を解いて、長椅子のうえにいつでも、三枚もってきた油絵の、まだ干いていないで絵の具がくっつきそうなのを並べられるように仕度を調えていた。四十年輩の支配人が、どてら姿であらわれた。秋田とは、初対面ではないらしく、久闊の挨拶のあと、耳シェンコの秋田が、もち前のすっとぼけたような調子で、私には馴染みのない人間や事柄について、しきりに相槌をうっていた。紡織界の人物噂話らしく、秋田がそんなことを知っていそうもない話材であった。中国人工員の罷業のことでなにかはったりをかけているらしく、それらしいもやもやした話のあとで、一度引込んだ支配人が、これ車代と言って、秋田の手に包み金をわたした。「それはいいよ」と、風呂敷から絵をとり出そうとする私の耳元に秋田が囁いた。社宅を出て、ふたりはあるきだした。染料《せんりょう》の瓶《かめ》にどっぷりつかったようなくらさで、あたりに黄包車《じんりき》の姿もみえなかった。絵の荷物が重いのでふたりが代り番に持った。凜烈な寒さの暗に街燈のあかりが絹糸光沢の光の輪をつくっている下で、秋田は立止り、包み金をひらいて、私の受けている掌のうえに、五弗紙幣三枚を落し、あとが出てこないかとしきりに叩いたが、それだけでなにも出てこなかった。死んだ松助の蝙蝠安のしぐさで私は、おしいただいてみせた。

「なんだ、これだけか」

秋田は、憮然として、「叩き返してやろうか」

と、ちょっと息まいてみせたが、

「では、俺が返して来ようか」

と私が言うと彼は舌打ちをして、支那服の内がくしに、金を突込んだ。突っ返す行動に出るのには、ふたりとも、素寒貧すぎた。かえりの舢舨のなかでも、ふたりは無言だった。黄浦江の水は、瘧《おこり》がついたように戦慄《ふる》え、停泊している貨物船の燈《あかり》一つないとてつもない大きなピアノのふたのような汽船の舵部の絶壁の下を漕いで舢舨は、逃れるようにひっそりと、うすあかりの水面に出たり、舢舨同士で声をかけあったりして、舟子はひたすら漕ぎいそいだ。私どもがいま、屍骸になって眼の前に浮上っても、せいぜい舟子たちが押しのけるぐらいで、それ以上の関心をもたれそうもないことに就いては、この水のうえをおいて地球上のどこにもないとおもわれるほど、私たちがいま、あいそ尽《づ》かしな立点にあるのを感じた。

「作戦をあやまったね。光ちゃんや。そこまで言わなくても気が付くとおもったおもいやりをいいことにして……」

「敗けるもあれば、勝つもありだよ。この次は、きっといい目が出るよ」

となぐさめながら私は、神経のこまかな、感じやすい秋田には、こんな仕事はむいていない、すっとぼけてみせることだって、彼としては、ぎりぎり苦しいのをこらえて芸当をしているのだなとおもって、あわれになった。大言壮語も、はったりも、虚しさを知ってのうえの彼の場合は、身にこたえて、みているこちらが悲しくなった。

「こんなことは、下手かもしれないが、俺のほうがまだむいているな」

秋田は、ふいと黙って考えこんでいたが、

「光ちゃんは、よく知らないんだ。君にはもっとむかないよ。俺は、ニヒリストでも、アナルシストでもない。また、ほかの誰の仲間でもない。つまり、その、スカラムーシュなんだ」

「スカラムーシュか。鹹《から》い仕打ちの色男じゃないか」

「色男？」

秋田は、のどに骨がひっかかったようにまた黙りこんだ。この男には、なんでも痛くしかひびかないんだな、とおもって私も黙った。

秋田義一と私たちの一組は、おなじ溝に落ちこんだ同士のいたわりあいと利害で、その後もむすばれた。

そのうち、旧暦の支那正月がやってきた。料亭以外のどこの商家も大戸を半分おろして、門並みに、銅貨《ドンペ》パクチをひらいていた。一元を四百八十枚のドンペに換えて、石丸婆さんが、これ一杯に勝ってらっしゃいと渡してくれた大きな頭陀袋をさげて私と三千代がいきおいこんで出ていったが、三十分もたたないうちに、すっからかんになって戻ってきた。

秋田は、一ヶ月で戻ってくると言って、一度日本へかえった。大陸の厳冬の寒気は、きびしかった。がらんとして火の気のない部屋のなかで、彼女は殆んどベッドに寝てくらした。私は、上海の街をあてもなく、すみからすみまでほうつきあるいた。「上海へは大勢人が来たが、金子さんのようにすみずみまで歩いた人ははじめてや」と、内山先生《シイサン》が感心していた。

そんなあいだにも、いろいろなことがあった。共産党出版物の創造社に、蔣介石政府の役人が踏みこんで、噂をきいて駆けつけてみると、椅子はこわれ、戸棚のものはぶちまけられて、派手派手しい乱暴狼藉のあとだった。責任者の鄭伯奇が呆然としていた。張子平や、茅盾のような花形作家の本はみんな、そこの社から出ていた。

バルザックの表現にならえば、二つの胡桃《くるみ》割りのように、魯迅と、郁達夫がつれ立ってあるいている姿を、北四川路の近辺で、どこへいっても私は、よく見かけた。やや背の低い中年の魯迅のそばに、ひょろりとした郁達夫がよりそって、なにかひどくこみいった内証話でもしているように、話しかけると、魯迅は、しきりにうなずいている。蘇州河の河岸っぷちにしゃがんで、魯迅が石で土のうえに図を書いて説明していることもあったし、横浜橋《ワンパンジョウ》のらんかんに郁さんが腰かけて、一時間ほども二人でじっと考えこんでいることもあった。「あれはあれでなかなか苦労があるのや」と、内山先生は、わかったように、一口で片付けたが、秋田も、「つまらん相談をしているのだよ」と、蹴していた。つまらん相談というのは、アナルシストから、コムニストに転向しようとして、懊悩苦悶しているところだとつけ加えた。一日、一日、じりじりとうごいている時間が、移りゆく時代の全貌をしだいにはっきり浮上らせて、個々人の足場をすくって、よろめかせはじめているのだった。日本で起っていたとおなじことが、ここでも起りはじめているのだが、ここでも考える葦のインテリたちのあいだに、騒然とした嵐の前ぶれの突風がふきわたっていた。魯迅は、現に校長をしている女学校の生徒たちが、通りがかりに挨拶してゆくのにも、うわの空らしかった。ときには、私がそばへよって話しかけても、ばつが悪そうに、相当ひどい虫歯の口でとってつけたような笑顔をみせながら、「上海に長居をしすぎているのではありませんか」と、警告をふくんだようなことを洩らした。「奥さんが御一緒だから、どこでも、もっとながくでも居られるのだよ」と、郁が言うと、「君は、じぶんの言い訳を言っているのだろう」と、早速、魯迅にひやかされていた。郁君が踏みきれなかったものは、身についたインテリ生活であるように、魯迅の脱ぎすてるのが惜しいのは、ふかい文士的な教養なのであろう。この二人から嗅ぎとるにおいは、私にはそんなふうにとれ、他人《ひと》ごとではない同類意識から私は、なんとかなぐさめるてだてはないものかと、秘かに苦しんだが、即座にはうまいことばの出てこない私は、そっと二人から離れるよりほかはなかった。

内山書店でも、この二人と出会うことが多かった。奥のサロンの椅子に腰掛けていたり、書棚の前に並んで貼りついていたりした。内山書店は、中日の知識人の友好の場であったばかりでなく、中国人の知識の栄養の「乳首」の役割をしていた。中国の知識人の多くは、同文の日本語によって、世界の知識を吸収することが簡便な方法だったので、むかしから、中国の新しい文化活動は、日本留学の中国青年による開発を待つのを常とした。武者小路実篤の人道主義を魁として、日本の小説、思想の本が、中国人によまれ、その影響を与えることが大きかった。当時の社会主義思想、とりわけ、『資本論』をはじめ、おびただしい日本の翻訳書が、内山書店の書棚から中国人のあいだに流れこんで、革命論者の血となり、肉となったことをおもいあわせると、この書棚はよいにせよ、悪いにせよ、たいへんな役割を果したとおもわずにはいられない。内山先生は、もちろん承知の上でその役割を果すことを甘受していた。彼が、魯迅の終焉を見とり、郭沫若その他の左翼学者や、思想家たちを日本のそれと結びつけるために労をいとわなかったことも、彼じしんのキリスト教との食いちがいをどこで融通し、どこで補綴したものにせよ、たいへんな度胸と言わなければなるまい。奥さんはたしか静枝さんと言ったとおもうが、上海で死に、内山さんじしんは、共産革命後招かれて、北京で死んで、奥さんの埋っている静安寺墓地のおなじ墳墓でいまは眠っている。

内山書店の書棚の前には、創造社の連中、前の鄭君をはじめとして、詩人の王独清《ワントチン》などが当時、常連となっていて、魯迅と、郁達夫を白眼でみていた。彼らを一視同仁にみて、他愛なく結びつけようとする内山夫妻の態度は、キリスト教的だと言えるかもしれない。

一ヶ月の約束通り、いや、すこし遅れたかもしれないが、秋田が上海へかえってきた。それと前後して、鳴物入りで、にぎにぎしく入ってきたのは、当時の文壇の花形で、左翼小説の代表作家の前田河広一郎であった。彼は、雑誌『改造』の連載小説をたのまれて、その取材をするために、意気軒昂として乗り込んでくると文路に近い日本人の旅館に投宿し、しょびったれた私たちの眼からは、有卦に入った株成金が、湯水のように金をつかい、日夜、酒にひたっているのとおなじにみえたものだった。内山先生は、四馬路で常連をあつめて歓迎の宴を張った、その席に、魯迅や、郁達夫もいた。赤ら顔で、精力的な前田河は、魯迅を前時代的な文人と呼び、郁達夫を蒼白いインテリときめつけたが、『三等船客』というう短篇でのしあがってきたアメリカで労働をしていたというこのタフな作家の時世という風雲に駕して、懐疑のない一直路のきめつけかたに、魯迅も郁達夫もなに一つ返すことばがなく、ひっそりとしているのをそばにいた私は歯がゆいおもいをするばかりだった。宴が果てて、上海のメーン・ストリートの太馬路の大通りを、黄軛車をならべて、徐家滙《シェカワイ》の方へむかう路々、いまのんだ酒で、喰った料理を、車夫の頭から嘔《は》きちらした。三蛇虎骨酒という、虎の骨を入れた強烈な蛇酒をしたたかあおって乱酔してのことであった。

私たち夫婦と、前田河との交際がはじまった。彼といっしょにフランス租界のバーや、ダンスホールを飲みあるいた。ダンスホール「アルカザール」にロシアの貴族だったという妖艶な娘がいた。呉淞路のもの侘しい日本ののみ屋で、彼は、赤い理論をふり廻したが、すでに呂律が廻らなかった。私が、秋田を会わせようとすると、彼はすでに会っていて、

「あれは、君、鼻持ちのならない男だ。あんなのと君は、交際しているのか。それよりも君は、どうして共産党に入らないのか」

と酔余とは言いながら、貧乏で食いつめていることが、党員の条件ででもあるような、単純な彼の論法が、その方面には無知といっていい私にも、さすがに子供くさくきこえた。そんな筆法で書かれる彼の連載小説も、他人《ひと》ごととはおもえず心配になった。彼とつきあって親しくなるほど彼が好人物であることがわかってきて、なんとか忠告をした

いとおもったが、私の説得で彼を納得させる自信が私にはなかった。彼は、東京の改造社に長距離電話をかけて、持金をはやくも使い果し、稿料の前借を、電報為替で送ってもらったりして、止め処もしらず、金を蕩尽していたが、さすがに原稿のことも心にかかっているらしく、「内外綿の工場内をみたいが、いい連絡はないか」と、私にたずねた。石丸りかの弟が、幸い、工場の女工監督をしているのでたのみこみ、内外綿の寮を、前田河といっしょに訪ねることにした。秋田が、それをきいて、

「あんな権力主義者に力を貸してやるのはむだなことだよ。奴は、きれいな人間の心を理解する能力なんか持ちあわせていない。なんでも利用して、じぶんたちの役に立てればそれでいい粗雑極まる物質主義者だから」

と、恬淡ないつもの彼に似合わしくない、感情をおさえられない言いかたをした。秋田と前田河の出会で、なにかよほど双方が傷つけあうようなやりとりがあったことが、察しられた。秋田が忘にかくしてもっているような、傷みやすい心情の花なんか、前田河に分ろうともおもえなかったし、前田河の荒けずりな感傷も、いかにも秋田の好みから遠かったが、第三者の私からみれば、どっちも、日本人好みの感傷家であることが、可哀そうになるくらい似ているのであった。たかだか、貴族と平民くらいのちがいで、じぶんの面子にしがみついて、互いにわかり合うまいと頭から拒絶してかかっているら

しいのが、それがまた、日本人らしい狭量さで、正直者をむき出しにしていた。ふたりは、薄日のあたっている比較的暖い日に、内外綿を訪ね、綿くりの作業をみたり、寮の浴場に入れてもらったりしてかえってきた。石炭の屑をひろいにきている近くの貧民の子供をつかまえて、前田河は、なにか問いかけて、返事を通訳してくれと僕に言ったが、残念ながら、中国語が片言しかわからない僕は、満足に双方の意志を通わせて、材料になることをききだしてやるような器用な真似はできなかった。

上海で長者頭の、銀相場の宮崎議平氏から内山さんを通じ、前田河を一夕自宅に招いて晩餐を御馳走したいと言ってきた。相伴として、私たち夫婦もいっしょに招かれ、時刻をはかって、じぶんの車で、内山書店の前まで迎えにきた。ブルジョアからの招待というので、前田河は、はじめから気負って、憤懣を心の底にいぶらせていたので、私は、おもしろさと、気がかりが半々な気持で、彼女の腋を小突いて、彼の方へ注意をむけさせた。彼は鼻っ先で、揺れている人形をひきむしって棄てたり、「このあいだに仕事がよっぽどできるのに、時間の無駄をさせる」と、ぼやいてみたりして、少しも心が落ちつかなかった。宮崎邸の所在は上海のどのへんかよくつかめなかったが、車があっちこっちまがって、長い時間かかるので、郊外の余程はなれたところであることだけがわかった。さすがに立派な洋風の建物で、応接間に憩うひまもなく、すでに食事の用意ができていて、銅鑼の音をきいて食堂に入ると、主人の宮崎氏と大人、令嬢と、客三人が、定められた席につき、二人のボーイがホテルの食事のように、慇懃につききって料理を頒けて皿にくばり、食間の葡萄酒を注いで廻った。たべものより酒の前田河は、主人にたのんで、ジンとコニャックの壜を前に置き、水でものむようにちゃんぽんにのんだ。銀相場の宮崎氏は、ブルジョア経済学の学者で、明大で教鞭をとっていた人だが、中途で実業家となって、今日の産をきずいただけあって、教養もゆたかであり、みたところも物やわらかな、典型的な紳士であった。だだっ子のようないなか文士の前田河や、気まぐれ者の詩人の私などを程よくあしらう寛容な態度も、板についていた。前田河は、がむしゃらにのみ食いしたし、私たちも、がつがつ食った。食べながら主人が、今日の文壇の話などをききたがるのに、前田河はうるさそうに、ブルジョアの文壇はもう終った、これからは、革命的な文学だけがのこって、日本の革命に貢献するだけであると答えた。木下杢太郎や、吉井勇を愛読したことがあるらしい前の明大教授は、詩人の消息を私にたずねたが、私が返事をするまでもなくこの左翼作家は「金子君は、ブルジョア的な詩を書いていたが、これからは、プロレタリアの詩を書いてゆくでしょう。理由は明白で、この人をブルジョアとおもう人はないでしょうから」と、代りに答えてくれた。

私は、訂正する張合いも抜けて、彼のゴリゴリな髯づらを眺めていた。東京の女子大学に学んで、春の休暇で両親の許へ帰ってきていた娘が、食後、サイン帳をもって、前田河になにか書いてくれとたのんだ。彼は、ペンをとるなり、乱暴にサイン帳からはみ出すような字で書いた。働かざるものは食うべからず。

ブルジョア娘への頂門の一針のつもりであったろうが、彼女は腑に落ちないような顔をして、それを母親にみせていた。

江南の楊柳が煙るように芽ぶきはじめて、春らしい青空の、とろけるような陽ざしの日がつづくようになった。日本から帰ってきた秋田は、どうやら無理工面をしてきたらしく、十円紙幣四枚を、小卓のうえに叮嚀に並べてみせ、

「三人で、蘇州から揚州を遊んで来ようではないか」

と、言いだした。老婆は、余慶坊の路地の入り口の雑貨屋から、彼のために老酒を一瓶買ってきた。一杯入ると彼は、機嫌がよくなって、蘇州で金をつくって、ぶらぶらと漢江、重慶から、いにしえの洛陽の都、巴蜀の地まで、延ばせるところまで足を伸ばそうと、空想はかぎりがなかった。まだすこし肌寒いかもしれないが、金のなくならないうちに足を先に踏み出さなければ、計画はしぼんでしまうとおもったので私は、「それならば、二三日のうちに出発しよう」と発案した。話はそれで決って、秋田は、五馬路

の支那旅館から、カバン一つをもって、石丸婆さんの寝ている畳敷きにねることになり、婆さんは、私たちのいた二階の小部屋に引きこもることになった。

　余慶坊の入り口の日当りで、鋳掛直しが店をひらいたり、時には、角兵衛獅子のような曲芸使いの子供が皿廻しをしながら、からだを柔軟にしなわせて、逆立ちをして、人をあつめているのものびやかな春の景物であった。のどにあいた穴で笛をふいたり、白い小蛇を片方の鼻の穴から入れてとなりの鼻の穴へ出し、頭と尾を結んで、投げ銭をあつめる大道芸人もいた。支那町らしい鳴りものの音と、すっ頓狂でかん高い支那ことばの叫び声が、どこの街角、四辻にもたえなかった。街の体臭も強くなった。その臭気は、性《セックス》と、生死の不安を底につきまぜた、蕩尽にまかせた欲望の、たえず亡びながら滲んでくる悩乱するような、酸っぱい人間臭であった。いつのまにか、私のからだから白い根が生えて、この土地の精神の不毛に、石畳のあいだから分け入って、だんだん身うごきが出来なくなっていくのを私はひそかに感じとっていた。上海ゴロという名が、私のみずおちのへんに、金印《やきいん》となってはっきりあらわれ出るのをおぼえ、私の屍体の土嚢のような重たさが日に日に加わっていって、よそには運び出せないものになってゆくのを、ひとごとのように眺めているよりほかはなかった。——どこへでもいい。先へ出発することが先決だ、と私は、じぶんに発破《はっぱ》をかけたが、わるいことには、てこでもうごかない私のようななまけものに、これほど住みいい、気らくなところはまたとないのがわかっていた。ここに来てからもう半歳近く、しごとらしいまともなことはなに一つしないで、私達夫婦も、ひもじいおもいもせず、なんとか生きのびていた。私の周囲におなじようなごろごろした仲間がふえていって、なかでは年長な私を支えにしてすでに一つのたまりをつくり、狐のねどこのような異臭を放ちはじめているのは、困ったことであった。中途半端な連中で、いざとなれば、なんの役にも立ちそうにもない無能な手あいばかりだったが、そのなかには、上海をふり出しに、日和をみているうちに、風が出てきて、パリでも、ナポリでも、程よいところへ運んでいってくれる夢をみている輩《やから》で、神戸から来たダンス教師あがりや、自称アナルシストのお洒落男《しゃらくおとこ》や、コックをしていたという若禿で小男の油絵かきや、映画のカメラマンだったという若者や、それこそ千差万別だが、共通なことは、彼らが揃いも揃って、日本語を知っていれば、世界のどこへ行っても困らないとおもっているらしいことであった。彼らは、私同様、日本を出てきて、故里と文通一つするものがなかった。よくよく誰にもあいてにされなくて出てきたものらしく、未練気のないところだけは、気に入った。この一群の根なし草共は、がめつい文壇人の前田河からみれば、芥《ちり》ほこりのような連中だったにちがいない。

「君の周囲には屑ばかりで、ろくな人間はいないじゃないか」

と、彼は、匙を投げたというように慨歎した。呼吸している空気がちがうのか、おなじ空気でも吸いかたがちがうのか、たとえ双方がおなじ日本人としても、その日本までが、どうやらちがったくにをさしているらしいのであった。秋田にしても、私のつきあっているこの連中とは、まったく無縁であった。この連中の青春は、成長するよりも先に、すり減ってしまった青春であった。彼らのアナルシズムは、無気力とでたらめの破滅の淵ということに尽きていた。たまたま、女をつれて駈落してきたものも、その女を手放して、まわし持ちという結果になるに決っていた。男がそうさせまいとしても、女がはやくも周囲の感化を受けて、勝手放題にうごきだす。歯止めのきかない第一の理由は、そもそも上海というところが、アナルシズムでできた町であるからだ。そして、この町住いになんの抵抗も感じない私じしんが、生れながらのアナルシストではないかとおもえてくるのだった。

宝山玻璃廠という日本人の経営するガラス工場が、北四川路を出外れた、江湾《チャンワン》に近い郊外にあって、秋田は、そこの女主人をパトロンにして、ときどき絵をうりつけていた。その工場のガラス吹き職人で、高田という胸のわるい日本人が、私たちの仲間にいた。ガラス吹きは、長命できない仕事とされていて、高田もその例にもれず、酒と女の不摂生な生きかたが、あらためられない不倖な人間だった。このむやみに細長くて六尺あまりもある足長島は、血を吐きながら、際限もなくのみ、止め処もなしのおしゃべりであった。彼は、毎晩、月宮殿《ムーン・パレス》の「桃山跳舞場」でおどっていた。私が秋田の持っているどくろ杯のことを話すと、異常な興味をもち、狂暴な眼つきになって、「秋田先生にお願いして、是非それをみせていただけるように、先生から話してください」とたのみこんだ。なにもたのみこむほど重大なことではない。お望みならば、これから見にゆこうと、彼をつれて、余慶坊にもどってみると、秋田は、不在だった。私は、どくろ杯のしまってある場所を知っているので、勝手にとり出して見せると、高田は、息をのんで、じっと眺め、大きなてのひらの上で杯をまわして、いつまでも手放そうとしなかった。「もし、欲しいという人があったら、世話してくれ」と言うと、「お金で手放せるものなら、私だって、いますぐゆずっていただきたいのですが、ガラス吹きの職人風情には、そんな大金はなかなか縁がありません」と、ふーっと大息をついた。よほどの執心であることがわかったが、無断でやるわけにもゆかなかった。「そんなに執心だったら、僕なら、こんなものじぶんで作ってみせるよ」

と言うと、彼はのり出してきて、

「そうですね。どくろは、江湾の畑のなかで、犬に掘り出されて墓からころげ出たのがごろごろしてますからあれをひろってくればいいですが。でも、未婚の処女のどくろを見わけるのはむずかしいですね」

　私は、彼の気色をみて、つまらない智慧をつけたものだといまさら後悔したが、心とは別に、口は、一層火の手をあおるようなことを、無責任にしゃべり出していた。

「気永に物色すればいい。それより、洗って、干して、きれいにするのが一仕事だ。銀の底は、君ならお手のものだ。メキシコ弗をとかして、銀を流し込めば、それで万事OKだろ。でも、止した方が安全だよ。知れるとうるさいし、僕が言い出したとなるとかかりあいだし……」

「先生や、秋田先生の御迷惑になるようなことはしません」

　と断言して、彼は帰っていった。

　秋田にその話をすると、

「奴なら、きっと実行するよ。十も二十もつくって持ってくるかもしれない。商売敵《がたき》の強敵があらわれたものだ」

　と言って、大笑した。私も、勝手にしろと投げ出した気持で、そのまま、そのことを忘れてしまった。

　明日、いよいよ蘇州の旅に出ようという前日、前田河から私に呼出しの手紙をもった使がきた。蘇州河の河岸の随意小酌の店で私は、彼を待ち合せた。しごとでひどい無理

でもしたのか、それとも酒のたたりか、彼は血のにじんだどんよりした眼をした、やつれのみえた煤ぼけたような顔をあらわし、

「上海は、もうたくさんだ。君。ここでの材料はみんな書いてしまったから、明日の晩の支那汽船でこれから広東にゆくつもりだ。これからの舞台が、広東にうつるんだ」

じぶんでエキザルトするような言葉を吐くと、彼は、せいせいと喘いだ。

「でも、上海へ来ただけの効果はあったのね。まあ、よかった。それでも……僕は、無類のなまけものだから、君の書いたものをよんではいないが、悪くおもわないで」

「いいよ。いいよ。君に一つたのみというのは、他でもない。広東にわたるために、目下一文なしなのだ」

「僕に?……」

お門違いだと言わんばかり、私は、ひどい当惑の顔いろをした。

「冗談じゃない。君に金を工面しろといっても、鼻血もでないことは知っている。いつかのブルジョアにたのんで欲しいのだ」

「宮崎氏か。さあ。それで、金額は、どのくらい?」

「三百円、いや、二百円でいい」

「僕じしんのことではなし、君の話をするんだから話はまあ、やり易いが、言うことを

きくかどうかはわからないよ。それに、時期も迫っているから、話は、今夜のうちだなあ」

「俺もいっしょにゆく。話は、俺が切りだしてもいいから、それまでの仲立ちをたのむ」

　と、彼らしくもなく、頭を二つ三つひょこひょことさげた。

「君が、広東行の舟にのる頃に、僕たちは蘇州に行っている。当分、あのへんをぶらぶらあるき廻る計画なんだ」

「詩嚢を肥すというわけだな」

「詩袋なんか、とうの昔、穴だらけになって棄てたっきりだ」

　早速電話で都合をきいて、その晩、宮崎邸に参上することを約束した。火腿蛋飯を夜食代りにして二人は、宮崎邸に乗込んだ。約束通り、主人は、私たちを待っていた。心持堅くなりながら私は、前田河のために説明して、借金を申し込んだ。彼じしんが口を切って下手にあいてにつむじを曲げられると、できる話もだめになると思ったからだ。金持というものは、じぶんの金が物を言う場では、ひどく気まぐれで、我儘なものだ。前田河も口をひらいたが、さすがにいやがらせめいたことはひかえていた。しばらく腕組みをしていたが、決心がついたか、大金の部類に入る二百円の金を、前田河に手渡し

た。現金の手に入るときほど私たちの緊張する時はなかった。前田河は、金をばらりと数え、

「お借りします。いつ返せるかわからないから、貰ったようなものですが。ともかく、どうもありがとう」

と頭をさげた。これから四馬路へのみにゆくという前田河と、私は、花園橋《ガーデン・ブリッジ》の橋のうえで別れた。別れるとき彼は、二百円の一割二十円を、手数料のつもりか、私に手渡した。そのときの私の恰好も、因果なことに、蝙蝠安に似ていた。二十円で心があたたかくなって、肌にふれる夜風がなまぬるく、暖かであった。金と背なか合せの夢が、シャンプーの泡のように、ふつふつとこころのなかにうかんで、散っていった。

江南水ぬるむ日

私たち夫婦と秋田義一と三人で、しょうばいかたがた蘇州へ息抜きをしようと計画がはじまったのは、前年の暮あたりからであって大陸のおそい春が、柳が芽ぶき、菜の花の緞通《だんつう》が、江湾《チャンワン》一帯の田野を敷きつめても、まだまだ腰のあがる段取りにはならなかった。前田河から仲間の頒け前を受取ったとき、この機を外してはとおもいながら、上

海の滞在がながびけばながびく程、おもいがけない故障ができてきて、いまでは、これで話がながれるのではないかという可能性がつよくなってゆきそうであった。蘇州は、お互いに曾遊の地でもあり、また上海の北站《ほくてん》（北停車場）から汽車にのれば、行程わずか五十七八哩の近さで、一日のうちに用を足して帰ってくることもできる距離だ。秋田は、石丸婆さんの居間を占領して、頭のなかでうろおぼえの蘇州風景の油絵を画きあげ、うり絵のカンバスがすでに二枚出来あがって、いざとなればそのまま出掛けられることになっていたが、彼もまたなにか、所をかえてうごき出すのがひどく億劫そうであった。張切っているのは、女子《ニャンニャン》一人であった。兎の毛皮の衿巻のついた黒羅紗の、上海仕立ての無風流な外套をやっと手に入れたので、どこへでも外へ出かけてみたくてしかたがないところであった。北站までの黄軳車のうえでは、さすがにながい滞留からの解放感で私も、任地に赴く大官人のように得意な顔つきで、往来のまんなかでなければ「茄子とかぼちゃ」でもうたって、おどって、はしゃぎたい気持だった。十分間もかからないうちに、停車場についた。都合のよいときはよいもので、いつもは、二十分や三十分は遅れるのが当然な南京方向ゆきの列車が待っていて、車内も空席だらけであった。われわれのおちついた席もよい場所で、小さなテーブルがありボーイが早速、茶の花の浮いたコップを並べ、目的地につくまでのあいだに熱湯を、三度も入れかえてくれる接待ぶりであった。この列車は、等級がいくつもにわかれていて頭等、二等、三等、四等のほかに、車輛の胴に白字で「貧民昇降車」というのがあり、外からのぞいてみると、荷物車同様、椅子などはなく、背なかに夜具ふとんを背負った旅人が、ただ、しゃがんだり、立ったり、新聞紙を敷いてねそべったりしていた。はこの隅で、犢鼻褌一つの男が、こんろに大鍋をかけ、かりかり音を立てて炒飯をつくり、丼にもりあげてうっていた。蘇州までの平坦な大陸は、どこまで行ってもおなじ風景で、陽炎がゆらぎ、しだれ柳に春が蒸せ返っている鶸《ひわ》茶いろのあかるいけしきがあった。雑然としてにぎやかな耕地の、廻り舞台ほどもある重たい灌漑用のろくろ板を、巨きな牛がのろのろとあるきながら廻しているのどかな点景を、車窓にながめて過ぎる。

すばらしく巨大な蘇州城の外濠の壁が、それをうつす大きな運河の水といっしょに、逆光の黒さで、威圧的にのりかかってくる。蠑螈《いもり》の赤腹のような空には、斑《ふ》のようなちぎれ雲がその赤腹の紋のように黒々と天に浮んでみえる。胡蘇の城は、二千年前の呉王夫差の都で、その後も、南方に勢力を築いたあまたの君主の居城となり、南京とともに江南文化の中心ともなった。それにしても、なんという城壁のいかめしさだ。まるで、陸に引きあげた鯢鯨のようだ。そして、その外濠の水は、黒ずんだ毒血をたたえたままうごかない。

城門外の雑鬧でひしめく入口の街巷は、所謂正門外《チャンメンワイ》で、遊び場や旅館、その他ごみごみした飯店などが密集し、殷賑をきわめている。

「城内には、日本の宿屋が一軒あるが、正門外の支那宿のほうが第一安あがりでもあるし……」と、秋田が切出すまでもなく、私は、それに同意であった。城内の日本旅館は、前にも私たち夫婦が一度泊ったことがあり、畳があり、床の間まがいのものがしつらえられ、竹筒《ずんど》に花が投げこんであるというだけのことであった。支那宿は、がらんとした部屋に支那寝台がおいてあるという殺風景さではあったが、部屋貸し式で一人寝ようが、五人泊ろうが借賃は一つ、食事は、周囲の飯店から、好みのものをはこんできてくれる、経済と、便宜を兼ね備えたものである。また、こちらの少々の有金も秋田にわたして、他人の宰領にまかせて旅をすることが、どんなにのん気なものであるかということもはじめて味った。ことさら秋田はまれにみる善意の人で、この旅行を私たちのためにたのしくあらせたいという純粋な熱情の動機をもっていて、それを、空とぼけた表情や言動の下積みにかくしている。

支那宿の部屋には、鍵のかかる扉がなく、胸で押す半扉しかないので、物うりや娼婦が勝手にはいってくるのが困りものであった。娼婦たちは、女づれの客のベッドでも、おかまいなしにからだを押し込んでくる。彼女たちは入浴というものをしないらしく、鉛白粉を上から上から塗るので、首すじが黒く光って、ひびわれができているのが、惨ましい感じであった。夜なかの二時、三時になっても廊下の喧噪は下火になるどころではなかった。拍子木や胡弓につれて、唱詩人《シャンスウニン》のかん高い声が夜あけ近くまでつづいて、おそらくまどろむ暇もなかった。唱詩人は、いずれも十四五歳の小娘で、唄う唄は、折畳み帖に書かれた京劇の花旦《おんながた》の名曲のさわり、聴きどころの一節で、客はそのなかから選んでうたわせるというわけである。名調子は、「玉堂春」の蘇三の怨訴の場とか、「四郎探母」の四郎の別離の幕切れの場とか、芝居などにあまり趣味のない者も、小耳にききなじんでいるものばかりであるが、なかには、はやり唄をうたうのが得意なものもいる。唱詩人には必ず、胡弓弾きの男がついている。秋田が「不用《ブウヨウ》、不用」と追いちらそうとするのをなだめて、一曲、二曲うたわせて眠ろうとすると、間髪を入れず別な唱詩人が入ってきて、唄わせてくれとねだって、いつまでたっても帰らない。「それみろ」という顔で秋田は、うす笑いを浮べている。空が白みかけた頃から私たちは一睡する。

朝はやく、服装から物ごしまでまぎれもない日本の老人が竹籠をさげて、秋田を訪ねてきた。秋田の旧知で、あらかじめ秋田が来蘇の日どりをしらせてあったものとみえて、ちょっとききとりにくい九州なまりで久闊を述べ、竹籠のなかのものをみせ、「こいつを、ぜひどうぞ、秋田先生に画いていただこうと思って、今朝はやく市場でみつけてきました。丸いほうが鱖魚《けつぎょ》で、黒いやつが雷魚です」と話しながらさんざんいじくり廻したあとで置いてかえっていった。この老人は、「東洋堂《トンヤンどう》」という日本の薬屋の主人で、蘇州城内の日本人と言えばこの薬屋と、領事館の人等、もう一軒、東洋堂の近くに店を出している雑貨屋の女王人とその息子、それに日本旅館の女主人だけであった。午後になって、秋田が出ていったあとで、老人はまたやってきて、蘇州名物の羊羹というものを持ってきて私たちに講釈をしていった。おそらく、年に何人かしか訪れない日本人がなつかしく、祖国の言葉で話しあえることをたのしみにたずねてくるというわけであろう。脳の血管が一度切れて、舌がしびれているようなききづらいことばをききとりながら、羊羹のながい講釈をきいた。その羊羹は、羊の肉の煮こごりを四角く切ったようなもので、うすい塩味がついていて、羊の肉を毛嫌いする人でなければ、口あたりのいい美味である。日本の羊羹は到来した留学の僧が、その外形だけを真似て名づけたものであろう。

先には、南京からの帰途、一泊で駈足見物した蘇州を、一週間か十日をかけて、しょうばいをしながらゆるゆると見物しようというわけであったが、この土地は、十日が二十日かけても汲みつくせないふかみが、底だとおもったその底の、そのまた底になっているのがわかって五十年の短い生涯を二千年の歴史に賭けるようなことになりそうで、「旅とはゆきすぎることであって、一所にながく止まることではない」と、じぶんに戒めてかからねばならなかった。古都蘇州の魔力の根源は、なによりも水である。城内の風情ある街衢《まち》のすべてが、水に浮き、四通八達の運河に架った一瘤駱駝の背に似た刳橋の数は、ひとくちに、三千五百橋とよばれている。黄軛車を走らせれば、一々の橋のふもとで車からおろされ、車を先に渡らせてからでなければ、乗りつづけられない。一々の運河で車をおりていたのでは埒があかないので、ここでは驢馬を雇うものが多い。一匹の驢馬には、必ず一人の口取りの少年がついている。驢馬には暴走の危険はないが、サボタージュの習性があって、押しても突いてもうごかなくなることが多く、急ぎの行程には役に立たないものとされている。毎朝、三匹の驢馬と、三人の小さな馬方が迎えに来て、待っていてくれることになった。三匹の驢馬は、満足なやつはいなかった。先頭に立つ彼女の馬は、二日目から下痢をはじめてよろよろしていたし、中央の私の驢馬は、横着者で、気がむかないとすぐ立往生をする。しんがりの秋田の馬は、あと足が跛《びっこ》で、乗っている方がくたびれはしないかと気にかかった。それも、彼らの排日抵抗のあらわれかと、こちらでひねくれてくる程であった。それでも、最初の日は、玄妙観（道教寺院）と双塔寺《サンタアスウ》を見物し、秋田の画材を物色したし、二日目は、水に姿をうつした滄浪亭をカンバスにおさめるのを、油絵など画いたことのない私達二人がとやかくとめくら滅法なあらさがしの口出しをした。我の強い彼は、幸い芸術家的自尊心だけはもちあわせないふうで、「ふん、ふん、それならば、これでいいか」と言った調子であまりこちらの言いなりに修正してくれるので、こんどはこちらが心配になって黙りこんだ。玄妙観では、屋根のそりに並んでいる、方天戟や、蛇棒をふりあげてわたりあっている偶人《にんぎょう》の立ちまわりがおもしろかったし、双塔寺は荒野のなかに並んで立ったおなじような塼塔《せんとう》が二つ首をかしげあっている風情が、戦後のこの頃、人気者として出てきた双生児姉妹のように、みたところ侘びしげで、悲しみを互いに支えあって立っているといったところがあった。冬晴れの碧空のなかへ、正月気分がまだのこっているのか、六歳、七歳ぐらいの唐児《からこ》たちが絹ぐつの足を上手にはたらかせて、足うらで羽根を空に蹴あげ、おりてくるのを他の子供が受けて、もっとたかく舞いあがらせる。

「まるで端王と高俅が蹴鞠に興じている国のようだ」と、私は心を奪われてながめていたものだった。結氷の底の瑠璃をとかした湖のような大陸の冬空に、羽根は、光ってきりきりと廻りながらおちてくる。秋田は、その人間的な風物をはじめからオミットして、にょっきり立った魔法使いの耳袋のような双塔と殺伐な周りの枯林だけを画いては、塗りつぶしている。彼は、じぶんでも放言しているように、ほんとうは画は好きとしてもじぶんが画家となることが好きでもなんでもなく、言わば、画をかくという放念の状態を利用して、もっと身近に追いつめられた日々の事態への方策、詮じつめれば、実現の遠い人類の夢と、油汗でべたべたと汚れた金策とのあいだで、もつれた毛糸玉のペネロペの糸を解きほぐそうとしては、一層もつれさせているのではないかとおもえた。彼のような男をそんなことで奔命させることが私は、かあいそうでならなかったが、私みたいな生きる才覚に乏しい人間が、女づれで、この地球上でことさら稀薄な、こんな悪気流からぬきさしならないでいるありさまを、彼のほうでもきっとかあいそうがっているにちがいないことがよくわかった。それも、私達のあいだだけのことではない。人間と人間の見交すいとおしみの眼つきや、もたれあうこころとこころは、大なり小なり人間が生れてきたという苦しみと、その苦しみをいつも色あげしながら生きつづけなければならない不倖ななりゆきを、お互いのなかに見出すことで丁度、それは被害者同士のからだのぬくめあいに外ならないもののようである。日本での私にふりかかった擯斥《ひんせき》や、疎外、つぎからつぎへ大きくなって伝えられる悪名や物わらいを、私たちよりもおそく来滬した彼が耳にしていないわけはなかった。彼のような無疵な人間には、女にささげる純真な心情について想像したり夢みたりすることは人一倍できても、また、女と地獄に旅立つために、折角の友情や好意を裏切ってみすみす好んで自滅の道をえらぶおろかさを、あわれんだり、かなしんだりすることはできるにしても、身にしみて理解することはむずかしいことにちがいなかった。必死に浮びあがろうとするものの努力に手を貸す行為は花々しいが、泥沼の底に眼を閉じて沈んでゆくものに同感するのは、おなじ素性のものか、おなじ経験を味ったもの以外にはありえない。地獄とはそんなに怖ろしいものではない。賽の目の逆にばかり出た人間や他人の批難の矢面にばかり立つ羽目になったいじけ者、裏側ばかり歩いてきたもの、こころがふれあうごとに傷しかのこらない人間にとっては、地獄とはそのまま、天国のことなのだ。男と女の愛情が、互いの片も胆《きも》を食いあらすことでしか真情をあらわしようのない血肉の無惨さがわかるのは、同類同士でなければならない。それには、秋田は人間から手いたい目にあった経験がなさすぎるし、危いところからひとりでに避《よ》けて通る如法《にょほう》にまっ当な若者すぎる。それにも拘らず彼が、私たちを見はなしきれないのは飛びぬけた彼の心のやさしさや、窮乏で一つに固まっているというようなことだけではない。「俺のからだには、七つの死病が根を張っていて、病気の巣というよりも、その病気に巣を貸して、そのお蔭でやっと生きているだけの話さ」と辻褄のわからないことを口にしていたが、そのことばには、ことばだけではあらわしきれないふしぎな実感がこもっていた。簡単に言えば彼には、他人を食物にしてしか生きられない破滅的で、ゆく先のない生きものとしての同類感があったのだろう。しかし、三人のなかで彼女一人は、恋人にかわってパリという未知の天国への狭いながらもつづく花道のようなものがあった。私には彼女のその天国が、いまよりもっとひどい等活地獄であることがわかっていたし、秋田には、私たちふたりの存在をもこめて、よごれたカンバスのうえの、おそらく絵そらごととしか思われなかったことだろう。三人の間柄は、それぞれゆきつくはてまで追いつめられ、単細胞でしかなくなった無機物同様で、もう一つの機会がのこされているとすれば、それは互いの関係になにかの変化の到来をのぞむことができるのではなくて、たんぽぽの毛のようにぱらぱらととび散ってゆくことでしかなかったようだ。ことばには出さないが、三人にはそのことがよくわかっていたのだ。それだから、三人はその本質について口をひらくことを怖れていたし、また、あいての誰かがそのことにふれることもおそれていた。さもあらばあれ、三人の運命のどんづまりに傲然とのさばり返っているものが金銭で、当面に手をつけなければならないしごとも、好むと好まざるにかかわらずそれであったが、ただちがうことは、私達二人は糞尿や泥のなかに手をつっこみ、その柔軟になずむことさえできたが、秋田にはまだ、そこまで成下ることをためらっている貴族根性があった。彼にはそこさえも人間だという矜持《ほこり》をもてる辛抱がなかったが、困ったことにすでに私たちにとっては、そこからが人間のはじまりであった。殊勝にも私たちはともに、彼をじぶんたちの線まで引きずりおろすまいとする気づかいをもっていて、そこからふかく立入ろうとはしなかった。そのあいだに、表面にうすい氷を張ったように非情を装った「双塔寺」の画が出来あがり、張継の「楓橋夜泊」の詩でむかしから日本人に親しまれた「寒山寺」も画きあがった。寒山寺は、城外の運河つづきの人里はなれたところにあって、ひどい荒れかたであった。白壁に囲われた寺内には、堂宇らしいものはなく、中庭は、こわれた瓦礫のちらばったあいだから、ことしの春の雑草が芽ぶいているだけで、囲いの一方の隅に鐘楼にのぼる階段があったが、踏み板がぬけ、手すりがぐらぐらしているので、首をのばして鐘のありかを見さだめるのがせいぜいの努力であった。おもったより小さなその吊鐘は、大きなひび割れが縦に走っていて、鐘の音いろがきかれるとはおもえなかった。寺のすぐ外をながれるクリークに架った変哲もない駝橋が楓橋で、「歓迎蔣主席」のビラが殺風景に貼りつけられているだけで、新芽をふいた一株の柳の下に苫船が一艘つないであるのが、ありふれた点景になるにすぎない。「滄浪亭」の画が、三枚の作品のなかで、彼の本意とはうらはらな結果かもしれないが、口紅をふいた紙のような、ぬれてあざやかな情感をにじませたうつくしい絵であった。彼が日本人である身分証明のような作品である。

ともかくもその三枚をマネージャーの私がもって、三人が売りに出かけた先は、城内の南にある日本領事館であった。無聊な日々とみえて年輩の領事は快く私たちを迎えてくれた。三時間ばかりの雑談の末、領事は、さまで渋々な顔もせずにつきあってくれた。志の包み金を、彼女が受取って私に渡した。金のことは大先生じしんが交渉するすじのことではないので、彼は、恬淡な顔つきで浴室で倒れて大けがをした先代の領事や顔みしりのあるこの領事の先輩の、いまは南米にいる外交官の噂にばつを合せていた。しかし三人ともこころのなかでは、包み金の中身のことしか関心のないことがわかっているので私は、便所に立っていって、秘かに紙をひらいて、なかをしらべた。十ドル紙幣が五枚入っていた。急いで席に戻りながら、領事のうしろに立って、五本の指をひらいてみせると、二人は同様に笑顔をみせた。三枚の絵のなかから領事がえらんだのは、いちばん特徴のない「楓橋」の絵であった。五十ドルあれば、三人は蘇州に猶一週間はゆたかに滞在できた。

その夜は、正門外の料亭で、家鴨《あひる》の蹼《みずかき》ばかりをあつめた煮物と、舌ばかりをうかせた湯《トン》で食事をし、のこりの二枚の画の顧客を物色した。東洋堂も、薬屋も、日貨排斥の折からで、気息奄々《えんえん》、高価な画を買う余裕はなく、旅館も、めったに観光客がなく、店を閉めようと考えているのを知っている。ただ一人、太湖の底の貝殻から釦をつくる事業に着目して、それが中国人の好尚《このみ》にあって成功している網野一布という工場主があった。領事が五十ドルなら、網野氏なら七十ドルか調子よくはこべば、百ドルとこちらから切出しても妥当だろうなどと、しきりにとらぬ狸の皮算用をやり、網野氏が成功したら、揚州の金山寺に足をのばし、太湖一帯を遊びまわり、もっと上首尾ならば、洞庭から、武昌、漢陽、赤壁まで行ってみようと、話をもりあげるだけで三人は心があたたかくなっていった。

正門外の旅館に銅鑼や拍子木のきこえてくる劇場に入ってみようと思ったが、秋田は支那芝居に気がないので私達二人で出かけてみた。『開天闢地』という、天地開闢の歴史の芝居で、上海を中心に、その当時『封神榜』などという、殷の紂王と、周の文王武王の易世交代の大昔の芝居が流行し、芝居の正統派からは、いかもの扱いされながらも、支那芝居の本来ではない背景や、早変り、宙吊りなどの、いままでにない大がかりな舞台のけれんで人気をよんでいた。上海では、むかしの訥子《とつし》もどきの猛優、麒麟童が比干の役で、まっ赤になった銅の柱を裸で抱かされ（炮烙の刑）柱が廻るにつれて、骸骨になってゆくしかけで見物を熱狂させていたが、蘇州の芝居では、もっと人間ばなれのした、共工氏だの、燧人氏だの、人間神だか獣人だかわけのわからない怪物が、奇想天外な扮装で飛出してきて二十五六万年昔のドラマをみせてくれるのでこの身の常識を洗い落したようなたのしさを味うことができた。芝居のあいだ鼻の先を、熱いしぼりタオルが縦横に飛びかい、桟敷の前テーブルには、熱い茶と、錫たかつきにのせた点心、かぼちゃの種だとか、菱の実の串ざしだの、さとうきびなどが並んでいることは型通りだが、二十五万年前の英雄、節婦の活躍する大ドラマは、今日世界のどこへいっても決してみられることはない。彼女はまた、ひまがあれば、綢緞店のガラスのなかに飾ってあるみごとな蘇州産の火焔緞子のうつくしさに、二時間でも見惚れて立っている。

人はみな、それぞれのおもうところによって、外界をおのれに反映させ、わが生きるに似つかわしい世界をつくって住むもののようだが、その世界は苛烈で有毒な臭気を放つので、めったに顔をむけられるようなものではない。各自のそんな醱酵醞釀《うんじょう》を常念に類別して、ようやく人と人との滑らかなかかわりあいの可能な方へ導き入れることができるもののようにおもわれる。人と人のふれあいは本来、欠落してぎざぎざになった歯と歯の嚙みあわせのようなものであってその苛立たしさをしっているのは、自分だけである。面壁九年どころではない。人間と人間のむかいあっている岩壁は、生死を越えて百万年たってもまだそのままである。秋田という男の泥壺に沈んでいるものは、いったいなんだろう。彼は、弟の編んでくれたという太糸の黄いろいスェーターにくるまれたままねむり、そのままで、上から綿入れの支那外套を着て、なにかに屈託し、なにかをさがしもとめ今日も蘇州の城門をくぐり、泥絵のような街のけしきのうつった堀川に添うてさまよいあるいている。ひたすら金算段でもないようだ。首から上が消えてしまったむかしの恋人のことでもない。スカラムーシュは、革命が、にぎやかな卓料理をはこんでくることを信じない。おそらく自己がかもし出す人間の腐敗臭への苦汁と、なすすべもあてもない水面の風のゆらぎにたゆたう、瞬時《たまゆら》のかなしみを、それだけを生けるよすがにして逐っているのだろうか。彼は、ひとりで網野某の工場を訪れた。不在だったので、その翌日は三人で驢馬に乗ってふたたび訪ねた。しかしその結果は、なにごとも悪い方にしか運命を信じない私達にとってもあまりに手痛い、鼻づらの打《ぶ》たれかたで、そんな私たちには、びしょびしょみぞれでもふっていてくれたほうがまだしも助かるとおもうほど、かってちがいな、新しいバケツの底をひっくり返してたたいてるようなからから照りの青空だった。しかし、ことのいきさつは、現実に、すじがはっきりしすぎていた。私に同行をすすめた上野山清貢が、一足先に蘇州に来て、網野氏を訪ね、彼の許に滞留して画きあげた百号近い精力的な作品を八百円とひきかえにして帰ったあとだったので、網野氏にしても、引きつづいて来た画家の持参の画を拒絶する理由は充分であった。上野山は前年日展で特選になった評判の新進有望の絵師であるのにくらべて、秋田という画家の名は、はじめてきく名で、投機やしょうばいの駈引きだけで今日まで仕上げてきたあいてでなくても、にべもなく追払われるのは当然であった。秋田が張群に会うための労苦もおしてわかった。私には、秋田と張群の関係はよくわからないが、そばからみているとどう考えても張群が、秋田を避けているとしかおもえない。しかし、張群の方で秋田を避けるとすれば、その底に、どんな恩讐があるのか、そんなひっかかりすら張が感じないですむほどの淡い縁を秋田がひとり合点で重大に考えているのか、それも承知の上で彼が張を釣りあげようとからだを張っているのか、委しい説明をしたがらない彼には、支那浪人風な大度をみせたがる風が多分に沁みついているところもあって、結局そんな穿鑿は、そうまじめに考えるのを止して成ゆきだけをみていた方がよいということになった。「いったい、どうなんでしょうね」と彼女にきかれても、「さあ、それはなんともわからないが、それでいいんじゃないか」と、雲をつかむような返事をするほかはなかった。三匹の驢馬は、五竜橋をわたって太湖に出る凸凹のしろっぽけた道を、しばらくはあてもなくすすんだ。彼女ののった馬が先頭に立って、あいかわらず下痢をしながらゆく。「あの馬はもうながくはないぜ。いったいくすりをのませたのか」と秋田がきくと、「働かせているから治らない」と秋田の馬子が答える。「養生させてまず腹を治して、あとで働かせるのがいいじゃないか」「旦那はそんなことを言うが、明日まで生きるには、今日働かせなければ話にならないじゃありませんか」と馬子は、小理窟を言う。成程、公孫龍子の生れた国だけあると、私は、おかしさがこみあげてくる。前の馬は石のうえに乗りあげたまま、四足を宙にぶらぶらさせて、彼女は、そのせなかにしがみついている。馬子たちが三人がかりで、やっと馬を平地におろし、そこから引返すことにした。太湖は一部ぎらぎらと光って、ほかの場所は鈍く、白っぽけて、廃物を積み上げたような島があちこちに頭をあげているばかりの景色である。そのへんから、南画に画いてあるのとおなじ奇妙な形の孔《あな》だらけな虫喰い石が出るのだという。翌日、留園の庭見物を最後にして、持金が手ばたきにならないうちに、私たちは上海にかえることに一決した。三人の驢馬は、痩せ細った姿で、余慶坊の石丸の家にかえってきたが、秋田はその晩から疲労のためらしく、発熱して、下の部屋の畳敷の、洋箪笥の前にねころんだまま、しばらくうごかなかった。鼻や、喉頭や、胸が、がらごろ、ひゅうひゅうと、荘子の大小の木の洞が風に鳴る形容のように、ひどい音を立てて、彼のからだに嵐が起っていることを知らせた。短い旅のあいだだったが、上海では、さまざまなことが私を待っていた。その一つは、領事館警察の突然の捜索であり、他は、三度にわたる狙撃事件であった。

蘇州をうち切って上海へ帰ろうという時になって、慾が出て、城外の天平山を一覧することになり、坂路が多いこととて、手輿に乗り、ながい柄にしなしな揺られてかなりな長路を小半日がかりで目的の地に着いた。天平山と名はいかめしいが、樹もろくに生えていない裸の丘で、一宇の寺院があり、卓にむかってやすむと小坊主が例によって香茗《ちゃ》と水瓜の種一盆をはこんできた。しかし、ここでのおもいがけぬ収穫は、中国の映画社のロケーションにゆきあたったことだ。現代ものの、しかも軍国調の映画で、主役になる青年将校のメークアップの濃厚さ、アメリカ映画をお手本にした、キッスシーンのこのときとばかりの主役の演戯は、将校の顔が女優の口紅で赤隈《あかくま》になるばかりの熱の入りかたである。くも助のような敵軍はみるまに追いちらされて、丘からころげおちて、主役は、見得をきって威張らなければ物足りなそうな案配であった。秋田が、おもしろがって腹をかかえて笑うので、私は何度も腕をついて注意した。意地のきたない俳優たちは、撮影のあいだにも、蒸籠や重箱からたえまなく食いものをつまんでは芝居をつづけていた。半分あそんでたのしみながらしごとをしている彼らは、常識的な日本人よりもずっとおもしろそうに生きているようだ。下っ端は下っ端なりにむだ口を叩きながら、がやがやざわざわと、それで筋ははこんでいるのかと心配になる程、勝手放題にうごき廻って、監督さんらしいのに追われて逃げあるいている。その筋は、当時北上をつづけつつある蔣介石主席の連戦連勝と、正義と解放をうたった宣伝もので、上海の大世界などで私たちがこれまで二度三度となくみせられたのと同類のものである。

古い都の蘇州は、こまかく見てあるけば、旧跡名所の類の無数にあるところであるが、私たちのいずれもが、その方の教養が乏しいので、撫でるようにさらりと見物しただけで、その翌日は早々、上海行きの汽車に乗り、日のたかいあいだに北站に帰りついた。余慶坊にかえってみると、二三日前、領事館警察からしらべにきて、留守宅を引っかき廻していったときかされ、秋田と私と、自働車会社の中尾とが翌日、抗議をしにゆこうということになった。中尾はひどく張りきって、腕の立つアナルシストくずれを二人同行させて、問罪をするのだと気負い立ったが、結局それは藪蛇で、事を構えるだけ今後の行動が不便になるという結論になり、不得要領な聾の秋田が適任と決めて、彼一人で、おとなしく手入れの趣旨をききにゆくことになり、ほかの行動は、その結果、先方の出かたをみてからの相談にしようということになった。旅からかえって早々のいやなことであったが、私は、謄写版事件のことで、証拠品押収の目的でやってきた以外に、理由はないとおもいあたってそのことを話すと、唐辛子婆さんも、それにちがいないと同感であった。秋田は翌日領事館警察へ乗込むという前日、旅の疲れにたたられたのであろう、病気が急にわるくなった。石丸婆さんのねていた階下の畳敷の大きな洋服箪笥の前に横になると、彼ののどや、鼻が、嵐の森のように鳴りさわぎ出した。ごうごう、ひゅうひゅうのあいだにぴいぴいとちゃるめらのような音もまじり気の毒を忘れて滑稽にさえなってくる。再度の手入れもなかったので、なんと言ってもぱっとしない警察訪問などは、日とともに忘れて、たまにおもいだしてもあまり気にもかからなくなった。秋田はある朝、相当な血を吐いた。あまり感心した傾向ではないのだろうが、私も彼女も、石丸の他の住民、六三園の芸子の福寿さんまでが、不衛生なこと、不潔なことに就いての不安をあまり持合せていないようにおもえたが、不潔が常態の上海ぐらしの馴れもあり、睾丸を裸で鋪石にひきずってあるいている乞食に会ったり、できものだらけな給仕が丼に指をつっこんではこんでくる湯《トン》をたべることを気にしたりしてはここではとてもくらしてゆけないからであろう。しかし、私の場合は、もっと生れつきで不潔なものへの度外れな潔癖性がかえって不潔なものをたのしむという妙な嗜好をすでに少年時から内に養っていて、私の言動が、大人たちを顰蹙《ひんしゅく》させるのがおもしろく後には故意に他人にそれを見せつけてあいてが顔をそむけるまでは止めないようになった。いまでこそおしゃべりすぎるくらい、臆面もなくじぶんを表白するような人間になったがむかしは友達にもめったに本心を打明けない人間だった。人にあかすことで折角のじぶんの宝を手放したり、汚されてしまったりする後悔しかのこらないとおもいこんでいたのか、じぶんのことを語るのには吝嗇と言っていいほどだった。二十歳の頃の恋人——それは袋張り内職でやっとくらしを立てていた未亡人の長女だったが、半歳もたってから、やっと機会がめぐってきて、牛込の神社の境内で一度だけ接吻した。からだがもうよほどひどくいかれていたらしく、唇をあわせるなり私の口のなかになま温いものを大量にそそぎこみ、私ののどがむせ返りそうになった。喀血の発作が起ったので、そのとき、たくさんの血をのみこんだが私はあいてを愛していたからと言うよりは伝染のことなど最初から気にならないという理窟にあわない自信のようなものさえもっていたので平気なものであった。後年、私は、このときのことを「コスモスの宿」という貧しい小品文にまとめて、詩集『水の流浪』の巻末にのせた。伝染期の結核患者の友達と同居して半歳近くも一つ鍋のものをたべたりしたこともあるが、病菌におかされることもなくてすんだ。そんな私が、秋田の病気については、他人ごとならず心労して、老婆に買ってきてもらった漢方薬を煎じたり、ない金のなかから強精剤、動物の男根を干したようなものを小刀でけずって、神経質の彼が、「これなにか」というのを、股のあいだに彼の頭をはさんで「黙って言う通りにのめ」と言って、無理に口をこじあけてのませた。彼女はそういう私をびっくりしてながめていたが、一緒になる前からおなじような眼にしばしば会っているので、あきらめたような眼を瞑って、私の強引におとなしく従う私の友人たちを内心ではふしんにおもいながら、丁度、上海のくらしになれるようにそれにも馴れっこになっていったようである。老婆も、私に輪をかけて、へんな女だった。首すじから胸へすりむけたような赤肌で、骨ばかりのようなからだをしながら「秋田しゃん。二階に人がふえたから、今夜は、秋田しゃんの横にねますよ。夜這いにゆきますばい。その覚悟をしていなさいまっせ」と喚くような声で言って、彼の横にうすい布団を敷いた。秋田はただ呻きつづけていたが、北海道うまれの根は感傷的で潔癖のつよい彼は、洋服簞笥にしがみついて、「婆さん。そっちへねてくれ!」とあわれな声を出した。私のそばで彼女も「お婆さんは、何をするかわからないから、この寝台をゆずりわたして入れかわってあげましょうか」と真剣になって気をもんでいた。「そのときになったら飛出してゆけばおそくはない。だが、あれは冗談だよ」と言いながら、私も、じぶんの言うことにしっかりした自信がなかった。と言うのも、上海の長崎人というものが私にはまだよくわからなかったからだ。裏の小部屋にあつまるばくち仲間は、なにをしでかすかわからない汚れ三尺のような連中で、ろっぴゃくけんをやりながら、ただ一人の女の四十がらみの料理屋のかみさんふうの女を、かわるがわる犯しながら、夜あかしの勝負をつづけているような人たちなので、その連中のばくちの小づかいパトロンのような婆さんだって、どんな気まぐれをやり出すかもしれないとおもった。万一のときには、力ずくでも婆さんをたしなめてやらねばならないとおもっていたので、その夜はまんじりともできなかった。幸い、秋田の笙ひちりきがたえまなくつづいてなにごともなく朝になった。

しかし、秋田の容態をみているうちに、私はだんだん不安になってきて、張群も、どくろ杯もあきらめさせ、早く日本へかえすのが先決問題だとおもいはじめた。彼の金策の手のうちも、はっきりわかった。鰻になりそこねた山の芋のように、気負いばかりで彼の身心の力が喪失していて、結局ちんぴらのアナルシストか大風呂敷の浪人くずれとおなじ合力位しかやれなかった。老婆も大口をたたきはするが元々親切者で、「秋田しゃん、もしかのことがあったら、上海へ埋めますか、日本へかえして骨にしますか。日本人の人別《にんべつ》はありますか」とか、先々のことを心配してくれたりしたが、「死にそうにみえてるが奴は死なないのだ。いまからそんな話をするもんじゃない」と、私は、叱りつけた。上海へかえってから、へんなことばかりに遭遇して、こころが苛立っていたからであった。

最初に出会ったのは、狄思威路《デキシオロ》のさびしい往来で、支那人の三人の泥棒が逃げてくるのにぶつかり、そのあとから追いかけてくる髯だるまのような巨きなベンガル巡査がピストルを連発しながら駆けてくるのにあぶなくうたれそうになったことだ。二度目は、ごろつき俥夫に、租界外の物騒な一画でその仲間四五人にとり囲まれ、銅貨をふりまいて、あいてがそれをひろっているあいだに逃げのびたが土地不案内で、一方が工場の土塀になった道をクリーク添いに走っていった。その時クリーク越しに狙撃されたことだった。はじめは気がつかずただ走っていたが足元の石ころに弾があたって火花が散って、先へ、先へとそれがおいかけてくるのでやっとわかり、芝居のかごかきのようにえっさっさと拍子をつけながらそこを通りぬけた。通りぬけたそこは、バスの通る、人通りの多い道だったので、ほっとした。狙撃されるようなうらみを買うおぼえがないので、それはきっと人ちがいだと片付けて、そのことは、誰にもしゃべらなかったが、日本人だからうってきたとも、ただ、射程を試みるいたずらだったともとれてきて、本当の理由は遂におもいあたらないままであった。それからもう一度、それははっきりこちらの不覚であったが、自称ニヒリストの阿部という男と、当時北四川路の新しい盛り場になりつつあったムーン・パレス（月宮殿）のぽんびきなどがうろうろして、国籍などかまわずそばへよってきて「一発一円《イッパツイックエ》」とよびながらしつこくついてくるうら通りの、広東《カントン》娼婦《ピイ》の小屋を物色しながら、ちょうど表戸の開いていたイギリス人の住宅にとびこみ、奥から泥棒とまちがえて、ピストルを廊下の壁や天井にこだまさせ、喊きながら出てきた主人の見幕に弁解しているひまもなく、鼠舞いして逃げ出た一件があった。しかしそれは、原因がわかっているのでからりとしているが、一ヶ月ほどのあいだに三度もそんなことにぶつかる上海という場所は、居ついた連中が、「上海を物騒なところのように宣伝する人が多くてこまります。世界でこんなくらしよい、気らくで安全なところはありません」ということばもあんまりあてにはならない。気らくでくらしよいところというのは本当かもしれないが、やたらに銃声のきこえるここが、安全とはお世辞にも言いづらい。

そんなことがあって程なくのこと、どこで私たちがかえってきたとききつたえたのか、鼻のぽん助が、裏口からそっとはいってきた。顔をみるなり私は、彼の来意がわかった。そして、それは私にとって、わたりに舟というところだ。いうまでもない、まだ私の手元にあるいかがわしい手製品の残りを、足元にみてたたきにやってきたのだ。

「君は、つまらねえことを領事館にたれこみに行っただろう。留守にどかどかやってきやがって、婆さんがそれで心臓病がぶりかえし、みんながどんなに迷惑したかしれやしねえぜ」

ぽん助がそんなことを密告する筈はないとわかっていたが、かなしいかな、ここでは、彼のような男に、甘い顔は禁物で、はったりをかけて嚇しておかなければ甘くみられるという、余儀ないわけがあった。ぽん助は、眼をきょろきょろさせ、とんでもないという表情をしながら、ずるそうに鼻に皺をよせ、こちらの企みを読もうと私の顔をのぞきこむのであった。

「いいよ。いいよ。君はそんな男じゃなかったな。こっちに品物があるのを知ってて、領事館の手にわたすようなまぬけなことをするはずはない。そろそろとあとの品物を引きとる相談にきたのだろう。ねえ、そうだろう。あいにく、そう見くびって来た君との取引きはねだんのことでうまくはいかないだろうとおもうんだ。君とおなじしょうばい仇があらわれたんで、こちらは、割りのいい方へとおとすだけの話だ」

「そんな話、あなたよりわたしが知らないわけはありません。売り人は、みんなわたしが知っています。それに、売り先ももう……」

「うり先が止っているとおもうのは、君が世間狭いんだ。上海だけがとくいじゃない。満州でも、新嘉坡《シンガポール》でも、手を廻す先はいくらでもある。現に、その方面の下相談が方々から来ているが、あの残りでは話が小さすぎて、千とか二千とか数がなければ、みっともなくてことを進めることもできない」

「ほんとうですか。須田ですか、戸山ですか。なんだかおかしいな。金子さんは、駈引きがしょうばい人はだしですから。考えてみてくださいよ。このしごとは、もともと、わたしが引受けたしごとですよ。それを他人にとられたのでは……」

「そう言って、領事館に注進すればいいじゃないか」

そんな押問答のあった末に、私は、残部を五十弗で金と引替に手わたすことにして手をうつことにした。ぽん助が翌日いっぱいに金を揃えて来なければ、ほかの競争者にわたすということにして、果して彼がその金を耳をそろえてもってくるかどうかをあやぶみながら心待ちにしていると、夜十一時ごろになって、彼はやってきて、半端ながら三十八弗を眼の前にならべてみせた。文句を言いながらも、本をわたした。しめったところに青かびのしみが出来たりして、鼻ぽんは、すばやくそれにけちをつけ、三十五弗に値切ろうとしたが、金が揃わないのを理由に、結局そのことは双方の折合いということになった。

金ができたので私は、なおも粘って湖北にゆくという秋田を説きおとし、一まず帰国させ、内地で充分養生して、再挙する時を待つように、納得させて、結核性疾患の七ヶ所もある彼をこの不健康な土地におくことは、自殺するとおなじだと、おなじ北四川路の福民病院の若い医師にたのみこんで早々帰国をすすめてもらった。私の手元へも若干のこして、ぽん助がもってきた金で、上海から、東京までの旅費はかつがつに足りた。

三日後の「上海丸」で、彼は発つことにきまり、私からたのんで切符をとってもらった。彼が一料簡で、よそへふけとんでゆくことのないように用心した結果である。まちがいなく夜の船に彼が乗りこむのを淮山碼頭で彼女といっしょに見とどけてから、その舟がにぶい汽笛をあげて出ていったあと、碼頭の杭にしばらく腰掛け、戎克《ジャンク》船の破れ帆の眼を遮ってゆくのを見送りながら、私は言った。

「奴とも、この世ではもう会えないかなあ」

私たちの旅はこの先、五年かかるか、十年かかるかわからないのに、彼のからだは、二年か、三年ぐらいとしか予測できなかったからだ。泪らしいものが眼にいっぱいたまった。近頃こんな感傷的になったことはなかった。

「ほんとにそうねえ」

彼女も鼻をつまらせていた。

「君は、奴が好きになったんじゃないか。どうも、そうらしいぜ」

彼女は、あわてて否定しようともしないできこえないふりして茫然と闇のなかをみつめていた。私は、なぜ、彼のいるところでそのことを言わなかったかと後悔した。善良な日本人の彼は、どんなに身のおきどころもなくこまったたか、それがみてやりたかったのだ。その困惑ぶりは二挺の人力車の私の車でなく彼の膝のうえに彼女を乗せたときの表情でよくわかっていた。

じぶんの女という切実感がそのときほどうすれて、彼女にとっては、ただ大きく男というものの範疇のなかにじぶんもいるにすぎないとおもわれたことは、少くとも近頃にない生《なま》な刺激であった。おそ春のくらい夜は、毒でふくれた蝮の咬みあとのように血ぶくれて、愛情とまぎらわしい殺意が快くうずいた。黄浦江は鱗片にとざされて、なまあたたかく見通しのきかない対岸の浦東《プウトン》に大長城香煙《スリーキャッスルシャンイエン》の広告の燈が化膿し坐取っているように眼にうつった。じぶんやひとの死のにおいが水のおもてを甘悲しく這って親密にひろがっていた。彼女がすう煙草のけぶりにも、新しい死のたのもしさがただよっていた。あとの人生がぬけ殻としかおもえないような栄ある死が私をあくがれさせたが、いまおもえば、そんな私は、私にもそんなおもいがあったのかとおもうほどまだ若かった証拠である。苦力たちが荷上げ船の仕事にあつまっているほど近い水のおもてにふとい巻づながほどけ落ちて、ぴしりという激しい水音がきこえた。碼頭のへりに立っていた男が水に落ちた音のようにもそれはきこえた。彼女の東京にいる恋人を彼女がおそらく感じるとおなじように、これほど胸を灼いて感じとれたことのおぼえがないくらいだ。

よその恋情が、わがこととおなじように、身に痛いのは、春の夜の妬《ねた》さがしかけるわなとしかおもえない。北四川路の宿にかえってみると郵便受けに、彼女の恋人からきた分厚い封筒が一つはいっていた。彼女は狼狽して、私の手からそれを奪いとった。書簡といっしょに彼女の詩集の表紙にするあやつり人形の馬の三匹いる絵が入っていたが、それは恋人の手で画いたもので、私のもちあわせていない新しい時代感情のあふれたものであった。かねがね彼女はうすっぺらなじぶんの詩集をつくりたがっていたが、そのことについて上海と東京のあいだで、すでにそんなとりかわしがすすんでいることを、そのときはじめて知った。まだ学生のその恋人が、時の大勢に従って、バクーニンからマルクスに転向したことも、この三角関係で彼女が学生の恋人の言うなりにならず結局私の言うなりになって上海へついてきたことへの怨恨をつづった書簡が大きな一束に積っていることも、またそのとき知った。詩稿には、のこしてきた子供への愛着の唄と「コークスになった心臓」という長い恋愛詩が納められていた。らちもない意地のゆきがかりから、私はその本を私の手で上海から出すことに決め、発行所、印刷所のことを内山さんに相談すると、内山さんは早速、在中国日本人人名録を出している島津四十起を紹介してくれた。名の示すように、四十歳から志を立て直した彼は、かつて私より前に佐藤春夫が支那を訪ねたとき、交際があって、春夫の小説『老書生』の主人公にされたことによって有名であった。彼が上海のどのへんに住んでいたか、いまどうしても記憶がはっきりしないのだが、なんでも、北四川路の突あたりのすがれたような町の一角で、それ窖《あなぐら》のような細い入口を入ってゆくと、こまかい活字の框が左右から迫っていて、それにからだをあてずに入ってゆくのに骨が折れた。来意を告げるまでもなく、すでに内山さんから電話がはいっていて、原稿を示して、紙と号数を指定すると話はそれでついてしまった。ちょうど他のしごとも一段落したあととかで、パンフレットのようなうすっぺらな本は、一ヶ月もたたないうちに出来あがるという話であった。四十起は、もともと俳人であったが印刷のしごとをはじめて上海に居つき、一年の大半を邦人のいる支那全土を旅して廻って、商店、会社銀行などの名簿の契約を取りその記載料の他に人口小口の広告をとって収入にしていた。足長島の煙管《きせる》入れのような長身で、くぼんだ眼をしたみるから頑固者らしい老人であったが、そのぶっきらぼうで、飾らない気質が、佐藤の気に入ったらしい。おなじ年頃の妻女が茶をいれてもってくると、そこへ置けというかわりに顎を突出しただけで紹介をするでもなく、ほとんどその存在を無視するばかりか、すこしでもその場にぐずぐずしていると、目ざわりと言わんばかりに睨《ね》めつけて、奥へ追いはらった。はじめはそういう人間かとおもっていたが、ほかからの噂をきいたところによると、家をあけがちな島津の家に、食客をしながら印刷の方を手つだっていた若い書生と彼女がねんごろになった。旅からかえってその風聞を他からきいた島津は、早速その書生を追出し、子供もあるので妻とは別れなかったが、それ以後いっさい口を利かず、彼女がものを言っても返事もせず、もう何年となく息のつまるような生活をしているとのことであった。そのとき、なにかの話のつがいに、私がそのことにふれて、「むかしは、なにがあったにせよ、今日なおそんな意地をはっていたって、互いに不愉快な日を送るだけでつまらないではないか」と言うと、彼は、禿鷹のような首をもたげて、「私は、絶対にあの古狸をゆるす気など毛頭ありません。女奴隷で一生こきつかって、つぐないをさせることとしか考えておりません。私も、あなたのように若ければ、すぐさま離縁して追いかえすところですが、それではあの女がうますぎます。それよりも、あなたの奥さんも男の問題があったのだそうで、あなたのように若いのに、どうして叩き出さないで、男ののろけを書いたこんな本まで出してやるのですか。なにか別に、別れられない特別な事情でもあるのですか」

と、食ってかからんばかりの見幕で、私に逆襲してくるのであった。私が呆然と顔をみていると、

「別れなさい。別れなさい。というのは、ちょうどいい心あたりがあるのです。満州で芸妓《げいこ》をしていますが、顔もいいし、才女で、俳句もやります。私にとっては弟子分じゃ

から、あなたにその気があったら、まず写真を送らせ、気に入ったらすぐ呼びよせて、その女と結婚しなさい。ずいぶん苦労もしてきたらしいから、共白髪まであなたを大切にして、まちがいのない女です」

と、ひとり決めしてすぐにもことをはこびそうな案配であった。私は、あわてて、

「まあ、待ってください。あなたはそうするかもしらんが、私は私で、あなたとちがった生きかたもあり、考え方もある」

とおさえつけて、「私は、男の欲望とおなじで、女だってじぶんとは別な男が好きで、どうにもならないことだってある。女だからしてはいかんという片手落ちはない。甲斐性があれば、三人つくろうが、十人つくろうがなんということはないが、こちらの生活へあいてを持込んでくるのがすこしうっとうしいが……」

「そう、そう。そういうのが近頃はやってきたようですが、あなたも本気でそうおもいますか」

と、彼は、私をあわれむような顔をした。「赤い恋とか言うのですな。このごろ流行の。……支那の文士でもかぶれたのがいますね」

「それは、どこのくにでも、だんだんそうなるのが順当ですよ。男と女がもともとそのようにつくられているからどうしようもないでしょう。夫婦のあいだの興味は、三年か

らながくて七年というところが寿命で、あとは惰性で、それからシャンジュ・シュバリエをすれば、人生もいまよりもうすこしいきいきしたことになるのではないですか」

私は、老書生島津を凹ますことに、そのときはおかしいくらいな熱情を心に沸らせた。四十起も、じぶんの人生の面子にかけて、蒼くなり、赤くなって、ああ言えばこうと抗弁してくるので、しまいにうるさくなって私は、いきなり立ちあがると挨拶もせず、活字のあいだを通りぬけて、表に出た。それ以上つづければ喧嘩になりそうだし、第一ひどく腹がへっていた。狄思威路《デキシオロ》の空に茜ぐもがただよって、桜の散ったあとの日本人屋敷の一ところの二階窓が夕日に照されて、熔鉱炉のようにまっ赤になっていた。夕景の空気は、爽やかでこころよかった。島津四十起のまっ赤になった顔をおもいだすと、私をそれまで支えていた依固地な気持が外《そら》されて、駘蕩とした気分になった。めったにない近頃気晴らしのこの機会で、なんとなくいじめつけられてかじかんでいた精神がのびのびして、私はおもいきり反りかえって伸びをした。敵が、衝かねばならぬはっきりした私の虚点をみすみす気づかずにいたほど、余裕を失った心境になっていたのが可笑しかった。三人でも五人でもシャンジュ・シュバリエをすればいいと言いながら、その私が、一人の女に軛《くびき》をかけてその若い恋人から引きはなそうとしてきりきりまいをしているぶざまな馬脚のあらわしかたをまず何よりも彼は、指摘すべきであったのだ。他人ごとながらそれは、残念至極なことであった。またいくらも来ていないので、引っかえして、敵にその虚点のありかを教えてやりたいふしぎな衝動をわれながら引止めることができないで建物の蔭の紫いろにくれなずんだところを往ったり、戻ったりした。いつのまにか私の足が、邦人人名録「金風社」の招牌の前に立って、まだ電気をつけない、くらい、家の奥をのぞきこんだ。島津老が私をみつけると立ってきて、

「なにか忘れものですか」

とたずねた。すでに激昂のいろを収めて、大人らしい彼の商人づらをみると、問答無益という気がしてきて、

「本のほうをどうぞよろしくおねがいいたします」と言った。

「大急ぎでいい本をつくりますよ」

と、彼は、あたまをさげた。私はそのことばをききすてて逃げるように走り去り、北四川路の通りを、横浜橋《ワンパンジョウ》のクリークまで来て、また引返し、余慶坊に立寄って、彼女をさそって、申江楼菜館の二階にあがり、簡単な夜食をとった。詩集の話はおもいのほかに彼女をよろこばせた。そのよろこびの底ににじんで出るもう一つの人影に私はさしてこだわる気持はなかった。過去を剪みとる意をこめて断髪にしてからまだ一年にならない襟もとのポイント形に剃りあげた短い草萌いろに、私は、陶製の階段をおりてゆきな

がら、そっと唇をつけた。菜館の前で彼女は別れ、ハスケル路の近くのイギリス人がひらいているダンス教習所へ正式な社交ダンスを習いにいった。よそに恋人をもってその方に心をあずけている女ほど、測り知れざる宝石の光輝《かがやき》と刃物のような閃めきでこころを剔るものはない。

旅のはじまり

元来いたわって然るべき島津四十起のような人間に、何故か人が底意地わるくふるまうのは、彼がありのままに弱味を見せまいと頑張って本音をかくすかっこうが滑稽にもまたあわれでならないからであろう。『ムイシュキン公爵と雀』の原稿のこともあるにしても、私が三日置、四日置にこの老人をたずね、それほど興味もない彼をいびってたのしむのは、私としては、あまり屢々、例のないことであった。しかし、私の性質の底の底には、幼いころから記憶を辿ってみると、たしかにそういういやな根性ももっていないわけではない。そういういやさを中頃から非常に意識するようになって、その素ぶりを人にみせないように必要以上に気をつかって、物わかりのいいジャンティルな人物を装って、その実績あつめに骨を折ってきたのも、それに一種のたのしみを感じていたればこそのようである。また、私のように気まぐれなだけで実意の乏しい人間ほど、えてして親切を掌のうえでもてあそぶもので、ときにはまた、ほんとうに親切である時もあるようだ。屡々、心にもない善意にじぶんからたぶらかされて、俺はそんなわるい人間ではないかもしれないといい気になることもあった。結果として、彼女のうすっぺらな本を、島津がいそがせ、半ヶ月ぐらいで出来あがらせてくれることになった。本ができたとき私が「本をはやくつくってくださってありがたいようなものだが、お宅へあがる用がなくなって淋しいことになりましたね」と言うと、老人は、「いえ、いえ、用がなくなったので対々《たいたい》のおつきあいがこれからできるのですよ」と、もう一度、満州の芸者のことをすすめ、こんどは、写真をとりよせていて、見せてくれた。座敷着の裳を曳きずった姿で、顔の細ながい、古風だが美人と言えば、美人のようでもあったが、小面倒な、世帯持ちのよさそうな女で、私など無頼の徒のあいてには似つかわしくなかった。ただし、そういう女を満州から取りよせてみる心がうごかないでもなく、その女を無頼になじませる面白味がないでもなく、苦労をさんざんかけて、失意のはて故地へ（満州うまれなので）かえってゆくときに、いちどきに愛情の心づくしをしめし、方途にまよわせるときのよろこびというよりも、こちらの実力をためしてみたくもあったのだ。島津の惚れこみようを、虚仮《こけ》にしてみたい例の糞意気のわるさも手つだった。年輩の彼のことで、さすがに私の真剣にならない気持に匙《さじ》を投げて、そのことはそれなりになったが『在留邦人人名録』を、ながく支那にいて手つだって欲しいという話には、その後もいつまでもこだわった。上海のようなところの若いわたりものは、この私のような人間よりも、もっと信用できないということはまったくおどろくべきことであった。私にしても、あてになる人間ではなかったが、すすんで人をひっかけることに、例え金銭に困ってもそのことに熱がなかったし、手のこんだ方法をつかうほど、慾張りの興味がなかった。しばしば手徽《てごり》している島津にはそんな無興味な態度が恬淡にみえて買いかぶったのかもしれない。おそらく初心の上海は、したたかな老上海の食いものになり、只働きをして、逆に狡いことを仕込まれ、おいおいものになってゆく経路があるものらしい。しかし、上海へ落ちてきた人間は日本ぐらしが板につかない、根っからの風来もので、体裁よく言えば、ニヒリスト、大正の仕立ての物臭太郎、屁をひる気力のないくせに気位のたかい困りもの、一人前の悪にもなれない悪気取り、小ばくちうち、ダンサーの紐、などなどいろいろな奴が、こんなところにというようなへんな片隅に袋蜘蛛のように巣喰っている。

秋田義一が万策つきて日本へかえってしまったあとで、余慶坊一二三の石丸の家は、あるときは、賭場のごとく、あるときは、ブルーバードや桃山のダンサーのねぐらのごとく、時には蕭々として物淋しく、時には、ポエームの遊び場のごとく、そして、いつも私たち二人が中心になって、唐辛子婆さんが年甲斐もなくうかれさわいで日をくらしながら大きな慾の皮をつっぱらせ、かえってそのたびに結果としてはかくし廻る小銭を婆さん一人が餌食となって、島原の同郷のわる狡い爺婆にしてやられ、小言のたえまがなかった。他人ごとながらその小ぜりあいをきいているのが私たちはいやであった。

六三園の新吉原もどきの植込みのさくらの花が散りはじめると、日本にくらべてやや寒いが、どこか春めかしい季節になってきた。宝山玻璃廠に働いていたガラス吹きの職人の高田が、ある日の夕方ひょっこりとたずねてきたが、じつはそれは、何ヶ月ぶりのことであった。彼女も、老婆も、顔を忘れていたほどだ。ガラス工場と言うのでやっとおもいだした。

「もう一人の先生は？」と彼は、秋田にあうのが目あてらしかったが、日本へかえったというとたいそうがっかりした様子であった。秋田にあうこともだが、どくろ杯を見ることができないのがもっと残念らしく、そのことばかりを山にして、立去りかねている様子だった。

「いったいあれはどうなったの？」

と私がたずねるとはじめて、ことばも元気づき、じぶんも日本へかえらねばならないことになったが、私のつくったどくろ杯を、あなたや秋田先生にお目にかかって出来あがりを見ていただきたいのですが、秋田さんはとにもかくにも、あなただけにもお目にかかれてほっとしましたと言うのであった。ことばつきもへんに上ずって、頬もこけ、先にあったときの彼とは大分様子がちがっている。「病気でもしたのですか」と問うと、「それどころではありません。このごろでは、それどころではないのです。死人の霊が私からはなれないで、このように私を苦しめつづけるのです」

私はその男が、私の言った通り、墓を掘りおこして、そのために神経衰弱気味になっていることを想像し、是非ともその顛末をくわしく知りたい衝動に駆られた。

「そうですか。とうとうやったわけだな。はじめの計画通りうまくはこんだ？　それにしても大きな決心でしたね。死屍を掘返すことは、法にふれるだけではなく死者の霊がそのものにとりついてはなれないと支那人は信じていますからね。信じているだけではなく、そういう実際の話を再三ききましたよ」

ガラス吹き職人は、火鉢にからだをこすりつけてきた。人間の愚にもつかない恐怖心のおののきをみているほど、たのしいことはない。その人間は、どこまでも際限なくしまいには豆粒ほどの小ささになってからだがもぐり込めないほど狭い穴に無理にも入ろうともがく様子が気の毒なほどだからである。そんな人間は、こちらのおもい通りになって、なんでもやってみせるものである。まず私は、この男の出生、縁者のことを克明にたずねた。おもいがけなく彼は横浜の商人の息子で、祖父の時代には、生糸であてて裕福なくらしをしていたという幼時のおもいでをもっていた。開化のさきがけのような幼年時代を送っても日本人は日本人で、饅頭のあんのような迷蒙が、あたまにいっぱいつまっているらしかった。

私がまず彼からきき出したかったことは、発掘のやましさや、自己克服ではなくて、そのときの実況であった。支那の鋤を用いたか、シャベルをつかったかときくと、「新しいシャベルを買って使いました」と彼は、問われることに凝滞なく答えた。時刻は夕暮どきで、場所は北郊のクリークの網目、見当は「殷行鎮」のへんの田野で、長江の口に近い黄浦江の水のみえる人気のない場所で、菜の花のさかりがすぎ、すがれて黄いろくなった葉茎だけのこっている自然の大きな背景であった。植え付どきでも刈入れ刻でもないので、そんなところをうろついているものもない。近くの江湾《チャンワン》には芸術大学の陳さんの邸宅があり、屢々盗賊が押込み、日本からつれてきたお嫁さんが神経衰弱になって、私共日本人がたずねる毎に、泣いて訴えるのに弱ったものである。たしかに物騒な界隈で、その後の上海事変のときは凝った金持の住宅のあるそのあたりは、砲弾、銃弾と暴民の狼藉であとかたもなくなったという噂をきいた。どんな条件のもとにせよ、逢魔ヶ刻のあのあたりは、一人二人で往来できるような場所ではない。ガラス吹きの高田は、百姓たちが野良から引きあげたあとをねらって墓あらしにかかった。農夫の墓は、ちょうど背の低い屋根瓦をのせた漆喰壁の小室のような体裁で、畑のくろの近くに葬るのは、死者への親近を失わない支那人の死者までこめたマイホーム精神のあらわれかもしれない。儒教的伝統をうけついだ思想に、道仏的な死者の恩恵の思想も加わったものとおもわれる。生涯の財を棺に賭けるのも、幽冥の近さのあらわれということになる。子供の棺は、それ相当小ぶりなのですぐわかる。彼が、シャベルをふり廻して、あらけないふるまいをするまでもなく野犬が冢のなかから掘り出し、腐肉をすすり、滓にしてそのへんにまきちらすので、適当なものを拾いあつめるだけで事はすむ。男、女の区別を見わけるのはむずかしいが、破損の少い、なま新しいものをえらんで、持ちかえったが気に入らないで二三度とりかえに行ったと、彼は言う。比較的新しく、頭皮も、腐肉ものこっている新仏をさがして、家屋に帰り、来客の眼にかからないように、電燈は消し、戸には鍵をかけて、くらやみのなかで切出しナイフや、のみを使って土にまみれた内部のものを除去し、不用なものはバケツに納め、それはクリークに捨て、といった気永な操作をくりかえし、やっと三日目に、どくろを杯なりに鋸で挽き、それからは愛撫するような慎重さで、紙やすりを使い、細部の仕上げにかかったと言う。触覚による不気味などはすこしも感じなかった。むしろねるときは、毛布に抱いて、こちらの体温のつたわって暖くなるのに親愛の情をさえおぼえ、死んだものの魂をわが手で蘇えらせているようなあるたのしさで、小さな頭顱をなでさすった。どくろ杯成功の日頃ののぞみが目前にかなえられるよろこびが他の屈託を忘れさせる筈であった。どくろ杯はそうやって、新たに完成に近づきはしたものの、別におもいがけない支障に遭遇し、そのことでおもいあまって、品物のできあがらない途中ではあるが、折入って御相談にあがった次第であるという口上であった。

「よもやとおもっていたが、そこまで仕上ればできたようなものではありませんか」

と、まず祝意を述べると、若いのに額の禿げあがった彼は、しきりに額を手でさすって、

「それがそう簡単なわけにはゆかないのです。できたらあの髑髏をもう一度もとのところに戻したいとおもうのですが」

と、しんめりした声で言う。

「子供の亡霊でも出るのですか」

「はい。まあ、それに近い無気味なことです。あれを抱いているうちに、ひどい湿気が

こちらにつたわってきて、ここ春先というのに、ぞっと冷えあがるのです。いったい、そんなことってあるものでしょうか」

「そんなもの抱いてねるというのが、君、いけないいんだ。そんな湿気はなかなかとれないのが常識だ」

「そうですか。そんなものでしょうか」

「そうですよ。乾き切るまでには大へんだ。まず一ヶ月や二ヶ月は、すくなくとも天日にうら表ともさらしてからからにしなければね」

「机のうえにおいてねてみましたが、あかりを消すと、どくろの形に、燐がもえて、不気味で置いとけないので、今は上置簞笥《たんす》に放りあげてありますが、それでもうす気味わるくて、あれと同居しているのは、もうまっ平です」

「君からそう言われれば、私にも、一半の責任があるのだから、元の棺におさめにゆくのなら一緒にゆきますよ。しかし君にそれをもってかえる勇気があったのなら、もう一息気を強くして、どくろなどなんでもないとおもえないものかなあ」

「私にはこれが精一杯でして。もし、あなたが引きうけて下さるのでしたら、よろこんでおゆずりします」

「あれはもともと秋田の趣味で、私にはそんなに愛好心はない。惚れた女のどくろとでも言うならとも角ね。それにしたって青い火でめらめらもえるどくろなど感心しないな。いっそ、クリークにでも叩き込んだらどう。私のふるい友達の辻潤という男は、お袋の火葬のかえりに酔っぱらってどぶにはまり、骨壺はそれなりでどこへ紛失したかわからないというのだ。電車のあみ棚に忘れる奴などは、ざらにある」

そうは言ったもののその男の顔がいかにもかあいそうなので、つい仏心を出して、その晩、殷行鎮のどくろ返還に彼と同行することにした。なる程、赤煉瓦づくりの彼の社宅で、くらくして見た子供のどくろは、お話以上で陰火でぼうぼう燃えているようにさえみえた。そして、おもわず「成程、これはうちに置いてたのしむものではないな」と彼の心情に一二もなく同情した。彼が持つのもいやだというので私は、やむをえず、柳製の古いバスケットに、古新聞にくるんだどくろを押込み、ながい道のりを目的地近く着いたときは、春の夜によくあるくらい細月が斜めにかかってなにか春めいてなまめかしい、粉黛の鼻にかよってくるようなそれでいてぞくぞくと寒い夕ぐれであった。江南のこの季節は、とりわけものの香が刺激的で、新緑や草の芽が、それにもまけない肥料やクリークの汚臭とまざりあって、形容できない醞気《うんき》をただよわせていた。懐中電燈一つをたよりにゆく路は、辷ったり、泥におちこんだりおもいもかけない難渋な悪路であったが、それがすこしも苦しみではなかった。「往生頓生菩提」と、山東京伝のよみ本でもきき齧ったような片言をつぶやきながら、彼の言う通りの土棺の下の柔土を掘り起しておしこんだが、「いや、あちらかもしれません、なにしろおなじようで、標札もでてないから……」と言う彼に「これでいいじゃないか」と几帳面な彼を急き立てるようにして、その場を去った。その後、このガラス吹きの青年とは、四五十年来、あったことがない。それはなにも彼だけのことではない。百人中八九十人までは、大体生死の消息さえわからないままであるが、私たちのように若い頃から一所不住の人間に大ていそれがつきものの運命で、ふるさとを偲ぶ哀感もなく、ふたたび会いたいとおもう人のおもかげも遠く、それはまたそれで一つの生きかたとして今日に至っている次第である。

上海に来てからどれほどになるかも茫漠としてきた。私達は長崎にいる彼女の里の子供の消息をときどきたずねる以外に、日本との消息は断絶にひとしかった。当時の『毎日新聞』の学芸欄では、詩壇の消息をいろいろ述べたあとで「ここに奇怪なるは金子光晴で、誰一人その生死を知るものはない」と事めずらしげに特筆してあるのを誰かが私にみせてくれた。それからすこしあとでは、私がインドでジャズの太鼓をたたいていたのを見た人がいる、と私とすぐわかる変名で室生犀星が小説を発表しているとそれも人からきいただけで私はその小説をみずじまいである。何を言われようと私には日本へかえる特別な用事もなかった。それかといって外国ぐらしにそれ程な魅力もなかった私にとっては、なにがどうなっても、もともと大したことができる筈はなし、生きている今日がふしぎという他はなかった。そんな私であるにも拘らず、人間同士の生きているかかわりあいは妙なもので、なにかしらつぎからつぎへと新しいリエーゾンがうまれて、結構おもいがけない運命にそれがつながってゆくものだった。まずなによりも心にかかるのは、ゆく先の旅費をつくるための画会の仕事の目鼻をつけなければならないことだった。幼い頃、京都の日圭《けい》という画師の弟子の百圭という貧乏画家に四条派のつけたての手ほどきをしてもらい、東京に出てきてからは、牛込の見付内の、逓信博物館のあるへんにいた、版画家の小林清親に画をみてもらい、その後は自我流で上野の東京美術学校の日本画に入学し、いくばくもなく退学させられた。画は一品も出さず、月謝は他につかい道に浪費してしまった上に殆んど欠席したので、学校としても置いておく理由がなかったのだろう。しかし、清親とは風の変った風俗画を画くので、すこしは認めてくれる者もあり、広重風な上海名所百景を画くことにおもしろ味を見出して、五品、十品と半紙大の画仙紙に書きためていた。余慶坊の宿にこもって上海百景を画きはじめたのは、狼毫のすごく自由自在な毛筆三本を安徽《あんき》から土産にもってきてくれた人があったからだ。私が、宿にこもっているとき、郁達夫とその若い妻とが、私たちをつれ出して、フランス租界の彼らの寓居にひっぱっていってはじめて麻雀というあそびを教えてくれた。郁はあそび好きで、私のような毒にも薬にもならない相棒が気に入っていた。彼の妻が私の妻とおなじように師範出である親しみもあった。その果ては、四人で普陀山へあそびにゆこうと誘ったが、極度に金づまりの状態で、一から十まで彼のおんぶで旅行をするのでは気が張ってしかたがないので、折角の誘いだが辞退した。その次は、三千代が東京女子高等師範の学友の黄白微女史とのあいだの旧交をあたためたがっているので、郁は、私たちを彼女が病臥している二階の小室につれていった。黄は美しくなかったわけではないが、ひどくやつれて、もみ紙のような顔をしていた。彼女はすでに中国の文壇ではうれた顔であった。

「あの人はあまり発展がすぎるので、病気とは言っても、柳暗花明のいたつきですよ」とそのかえり路で郁君がすっぱぬいた。「成程、それだけ、中国の文士には病気の保菌者が揃っているわけですね」と言うと、彼はじぶんのことを言われたようにとって、閉口していた。半ヶ月ほどすぎると、黄女史が、柳という青年とつれ立って、すこし跛をひきながらあらわれた。この青年は、広東の騒動の時、彼女の九死に一生を助けてくれた人だといって紹介した。三千代が「そんで、いまは、どういうあいだ柄」とたずねると、黄女史は、含羞の表情のまま、「どんな仲って、そうね。手をにぎるとどっちからともなく、にぎった手がはなれなくなるの」と、声だけははきはきと答えた。むかし風なら、風貌はやや疲れてはいるが、卓文君の才智に今様ななまめかしさを添えたというところであるが、肝腎の司馬相如の方は、男にはそれほどの男と思えないので、この二人のつながりが、私にはまちがいのようにしかおもえなかった。

画が大半できあがった頃、夏のはじめにかかっていたが、そのころになって東京から不意な珍客が姿をあらわした。詩人の佐藤英麿であった。

むかしの詩の仲間で、時々雑誌に詩を発表していた彼は、巣鴨から大塚あたりを根城に毎日のように花札をひいて日をくらしていた連中の一人だった。その花札もそれほど好きでうち込んでいるわけでもなさそうで、友達のつきあいで、他にすることもない退屈にしかたなしと言った気のなさであった。高円寺の私達の家にも来て、たまには泊ってゆくこともあった記憶があるが、それは記憶ちがいかもしれない。詩は、その頃の詩評家の春山行夫にほめられたこともあったりしたようで、詩を美的生活となす若い高踏的詩人の一人だった。その彼が、一枚の葉書の前ぶれもなく余慶坊の表口に立ったので、あまりにおもいがけないので、しばらく顔をながめていた。夏のはじめのことで暑熱がひどいので、浴衣一枚の彼の、肩の痩せたしょんぼりした姿も、別にふしぎとはおもわなかったが、その浴衣姿の他に荷物らしいものは一つもなく、手拭になにか包んだ小さなものを片手にぶらさげているだけであった。「じつは、金子さんをたよって、京都まで草野心平と二人で来たのだが、心平の姪だか従兄だかが急病の知らせがあって一人で東京にかえってしまって、僕一人来た」というのだった。彼は決して、でたらめや、はったりのできる男ではなく、気の毒なほどまっとうな人物であった。その彼がまっとう故に日本が息苦しく、より住みよいところを求めて逃げ出してきた顚末は、私どもともほぼおなじ経緯であったのだろう。わからない気持ではないが、よくきただしてみると、心平はただ上海までの道づれで、英麿朝臣の目的は、私とつれ立って、パリへゆくことだったので、うんうんとうなずいてきいてはいるものの、私じしんは外国ぐらしのせち辛さを身にしみて知っているだけに、この人を言いなだめて思い止まらせるための千万言をおもっただけで、ゆく先が煙って茫々となるおもいがした。

「荷物は？」と、どこかにシャツや洋服の一着もと試みにきいてみると、その浴衣が身についた旅装のいっさいだった。旅券は？　とたずねると、そのようなものの必要なこともしらないらしい。けげんな様子だし、旅費はときくと、手拭をほどいて歯ブラシ一本、いっしょに、二銭銅貨を二枚出し、必要な費用は労働でもなんでもしてゆきますという立派な決心であった。そこまできけばあとは格別きくこともないので「それもよかろう」というほかはなかった。宿だけは誰か友人があって、そこで当分寝起きすることになっていると言った彼が帰ったあとで考えると、なにがなんだか理由はわからないが、上海をたまり場にあつまってきている誰彼が、申しあわせたように、パリをあくがれて、遂《つい》の目的地にしているのであった。宇留河君などは、画家修業で画も本筋だからさもあろうと思うが、ダンス教師、デザイナー、料理人、理髪師、その他なんというあてもないままに上海ぐらしに根が生え、それから先はゆくもかえるもできない人、結局そこにふみとどまったままの連中が全部と言ってよいほどであった。たとえなにか金づるをつかんでみても、三年、五年たつうちには、この土地に根が生えてパリの方角などは忘れることになるのが一般普通の道すじと言ってよかった。

そもそもこの長安への道とか、バグダットとか、ローマとか、メッカとか、人がその苦しみをしのんで、いのちをかけてまで求める道とは、なにごとを意味するものなのであろうか。旅のはじめに志す熱情が、多くの人々を欺くのはただ一ときの瞞着のために、綺羅をもとめてわが生を飾るほかないヴァニティのほかになにがあるというのだ。パリにせよ、ロンドンにせよ、さらに遠いリスボンにせよ、ミラノにせよ。求めてゆきついた先には、人々が求めたものとは、全く別なものしかないが人はそれによって失意を抱くよりも、おのが拙い夢の方を修正することで終る。人の夢のはかなさ、弱さは、それが習性のように変らないが、それこそは、人の心の無限を約束する鍵のありどころをさがす非在の矢印なのではないか。マドリッドへ、喜見城へ、夢で誓いを立て、現実にあざむかれて、主よ、教えてくれ。われらはどこへゆくのか。

罪ぶかいものは、いつも虚妄の指導者であるが、プチン広場にしろ、クレムリンにしろ、われ業火のなかにゆかんと志すものにとっては、それがえがたいエルドラドウの幻の方向にしかみえない。人間の骸骨は悉く立って、百里の路を迎えるだろう。あたかも女が男に駆けより男が女をだいて一つになるようにだ。そして、人間の膝は萎えてぐらぐらし、腕はぶらぶらして、なにもつかめなくなる。非力な私が、無謀にも、一層なお経験のない佐藤英麿の手をとって、盲人が盲人の杖にすがるようにあるき出して、そのゆく先がパリであっても、マドリッドにしても、誰もそれを、そう嗤う資格はない。破れた舟よ。そのさびついた碇をあげよ。

私の画のびりびりになった紙に火のしをかけて、額ぶちにはめて、どうやら曲りなりにもうりものらしくみえてきたとき、先にも言った人間のかかわりあいのおもいがけない誘いがきて、折角の希望をあらぬ方向にふりむけた。それは、私という人間に手をやいて、ほっとした筈の例の老書生四十起からのよび出しで、どうしてもことしの間に合わないから妻と二人で、武漢三鎮の在留邦人から会費をあつめ、できたら広告料もあつめ、その上新しい会費をあつめて来てほしいという大任であった。武漢三鎮と言っても、仕事になるのは漢口だけで、その漢口も、租界地を一歩はなれたところでは、二三日前も日本人が屍骸になって投げ出されていたという、排日さわぎの物騒な最中であった。揚子江を上海から五昼夜ものぼらなければならない。官艙《コンサン》というと名ばかりはいいが、支那人はふとんを背負って旅をするので夜の敷物、掛蒲団の用意が一つもない。部屋にいればかじりついてふるえているほかはないので、サロンと言えば体裁がいいが、ダルマストーブ一つしかない。それにかじりついてうとうとしながら夜あかす。夜も昼も、水瀬が浅く、坐洲すれば、幾日でも便を待たねば舟が動かなくなるので水夫たちは夜あかしで水深を測ってすすまねばならない。水深をたしかめるあわれな声が夜通しつづいて、あさい眠りをさまたげる。サロンの円卓をかこんで、商人の一家、番頭、頭に瘡のできた小僧まで支那風な惣菜料理をつっついて食事をする。蕪湖、九江と小さな泊りに着くたびに、それまでは声をひそめていた三等、四等の自炊客が首をつき出して、キャラメル状の阿片一個二十銭を争って求める声がやかましい。昼も物淋しい枯洲の風景で、くれがたになるとわが塒を忘れた鳥の群が、舟のあかりをたよりにして、夜ふけになってもしゃがれ声を立てて、大きくまわりながらどこまでもついてくる。

漢江の岸は、葉を落した樹木に、いちめんに鵲があつまってしわ枯れ声をあげている。

うそ寒くて、白っぽけた街だ。竹の屋という定宿に泊って町をあるいてから、たのまれた金風社の広告、集金にかかったが、それはおもったほど難渋な仕事ではなく、金をよこすところはよこし、よこさないところははじめから駄目とわかっているので二日ほどあるいて用事の方は眼鼻がついた。対岸の武昌には有名な黄鶴楼があるので、危いという宿の者のことばをきかず、子供一人を案内に河をわたったが、広東から戦争をしてきていまついたばかりの殺伐な兵が、往来の左右に居ならび「東洋《トンヤン》、トンヤン」と罵り、私たちに唾をかけ、あいてになればいまにもおどりかかりそうなそぶりをする。黄鶴楼は、崖のうえにそびえ、みるほどのこともない小楼である。翌年洪水があってあとかたもなく押しながされたということだ。

上海へかえってくると、その歳もおし迫ってきて出発を急がねばならなかった。あわてふためいて、上海日本人クラブの二階に画を並べたが、在留邦人も退屈しているとみえて、人があつまり、単価が安いので金高はあつまらないが、それでもこちらの予想にほど近い収穫があった。魯迅や、魯迅が校長をしている神州女学校の女の生徒までが買ってくれた。

「金子先生、唱詩人《シャンスウニン》の美人は、中国の美人とはちがう。日本の美人の顔ですよ」

と魯迅は言う。

「日本の美人と、中国の美人とそんなにちがいますか。中国にいるから中国人で、日本にくれば日本の美人ということになるかと思っていたが……」

と僕が言うと、彼は、それを否定もしなかった。内山一家が前日から味醂につけた小魚の魚すきで送別宴をひらいてくれた。翌日の晩、三人は郵船の三等船室にのりこんだ。宇留河など、四五人が見送りに来てくれた。

「道くさをしながら行ってくれよ。一二ヶ月で追いつくから」

と宇留河は、東京人の心細そうな人なつこい声で一時の別れを惜しんだ。

夜ふけになって、たよりなさそうな低い汽笛を鳴らして舟はうごき出したが、私はゆく末ながい旅にはじめから倦んでデッキに出ようとする気力もなかった。一寝入りして眼をさますと仲間は二人ともデッキにあがっていた。物めずらしいのであろう。とうと う上海まで追って来なかった恋人に対して彼女は、物足らないおもいを抱いていたのだろうが、私としては、この上ごたついてくれなかったことがせめても助かったというところだった。

夜がふけてからすこしうねりがでてきた。河水が海に入る汐入りの境ででもあったのだろう、夜があけてもまだ海のいろは砥の粉のように白っぽけていたが、昼近くから東支那海の重量のある、青蛇の背のような海いろに変った。

貝やぐらの街

揚子江の、底に血溜りを透《すか》せた黄濁がうすれ、船が東支那海にかかると、波の揺れが激しくなり、二日、三日と航海がつづくうち、真冬支度のあついメリヤスのシャツが蒸されてまず、最後の一晩で下シャツもぬぎ、浴衣一枚に着換えた。

三等の繭棚が見わたすかぎりがらんとして客は少い。藁ぶとんにいちめんに縞のあつい敷布《シイツ》がかかっている。ペンキを塗替えたばかりなので臭気がつよく鼻をつき、むかむかとする。デッキへ出てみても、荷揚げのハッチの周りの狭い範囲しか三等船客には出入をゆるされていないので、しばらくいると退屈になり、船底の巣にもどる。途中、洗濯場を通るとき、人間のあぶら垢をほぐす熱風を受けて、厭世的な甘ったるい情感のなかにひたされる。階段《タラップ》が、伸びたりちぢんだりして、重力感を翻弄し、針金を編んだてすりにしがみついて私は心のなかで助けをよぶ。しかし、海のみどりはようやく澄明《すっきり》さを加えてきて、環海の硬質な筋肉質の凝縮をすこしずつなめらかにしはじめた。海豚《いるか》のあそぶにはふさわしい海だ。このへんの陸地は、むかし越《えつ》とよばれた地方で、越は奥越から南百越（ヴェトナム）につづく。

繭棚へかえると、上海で手に入れたうすい鼠の上着を着て藁布団にへばりつくようにねている痩せた佐藤英麿と、おでこや鼻に脂のういた彼女とのあいだの席に私はもぐりこんだ。戻った私の片足のうえに彼女は片足を倒してくる。彼女と友人のあいだに挾まれて私は、ゆく先はるかなこれからの旅を、どうやってあてずっぽうに押し通してゆけるかが、不安なようでもあり、他人事《ひと》ならば、賭けてみたい気もするのであった。

「パリに着くのはどんな季節かしらないが、すこしは服装のことも考えなくてはなるまい。彼女の上海でつくった外套は、お釜に髯が生えたようで、国辱もので、大使館から注意がくるかもしれないからな。中華民国の仕立屋のセンスはみみずのようなセンスだ。女は敏感で、いいものには眼が早いから、すぐあんなものは着なくなるだろう。それから女は、必要に応じて供給者を代えるから、そのときは、どういうことになるだろう。まったくこの旅行はナンセンスということになる。女の浮気と魅力とは背なか合せに微妙に貼付いていて、どちらをなくしても女は欠損する。欠損した女はいくら貞淑でも、茶碗のかけらほどの価値もない。それにわが日本は、退屈な貞淑からやっと足抜きができたばかりのところなのに」

私がそんなことを考えているとき、彼女は言った。きこえないほど低い声であった。

「エンジンの音が、坊やの泣声のようにきこえてならないのよ」

「それなら、ここから引返すのだな。香港あたりがそれには頃合だぜ」

私は、もっと低い声で言う。それ以上話がつづかないのは隣の佐藤君に気がねしてばかりではなかった。この旅の同伴者としての佐藤君は、ながれる海藻にくっついた小貝のようなたよりなさであったが、彼にとってはなにか頼るに足る存在のようにみえた私は、二人はおろか一人でも無理な旅を、それとわかりつつも道づれを連れて出発したのは、心細さからでもあり、一諾を重んずる殊勝な心根からでもあると言えるが、真実は、浮流の心理で、泡沫と泡沫同士のかるさが相倚り、相もつれる習性によってくっついてゆくもののようにも眺められた。彼の父が秋田から北海道へ移民した話はずっとあとになってきいたが、彼の血のながれにも福士幸次郎などによく似た弱々しい根を揺れなびかせた一種の芯のつよさ、風土的ながんばりづよさ、吹雪や、寒風に止むなく鍛えられることになった共通の消極的な耐久力をもっているのを、その蒼白い表情からじかに感じとることができた。秋田義一もおなじ北国だが、全くちがって活力にみちたようにみえるが、物をうごかすのもおっくうそうな英麿と、底のこころはおなじ魚の眼のような磨《すり》硝子のいろをしていた。夢は、多くそうした曇色のなかで養われる。彼のものうい心が描いた南洋の色彩にみちた別天地が、未知のすばらしい人生であり、それに賭けようとしている。生涯のその跳躍を、私がもっと理解できなかったことは、身辺のいそがしさばかりとは言えない私の若さの至らなさと、同情の足りなさであってあとに一抹の後悔をのこした。

「女がのっていますよ。あれはもう四十歳近いですよ。売られてゆくのかなあ。ついているあの商人風の男は、女衒《ぜげん》ですよ」

彼に注意されて私は、よほど遠く隔ったところにいるその二人づれに気がついた。女は年齢よりも老けてみえるらしい、化粧気もない、揉《も》み紙のような肌の、くたびれたような女で、顔立ちもあまりよくなく全体が黒ずんでいる。

「君は、あの女の運命が、みすみす蟻地獄へ辷り込もうとしているのをみて、ヒューマニズムを湧かせているのだろうな」

「いや、そんなことは考えない。いまの僕がそんなことを考えたってしかたのないことだ。あの女がなにか僕のやくに立つというならまた、別だが」

「……やっぱり、天草《あまくさ》あたりの女かね」

「そうね。そんな顔立ちをしている」

ぶつぶつ、そんな会話がつづく。そんなやりとりがあった数日あとで彼は、いつのまにか、その女衒風の男に近よっていって知合になったらしく、なにかしきりに話していた。その男との話をつたえるところによると、その男はおもった通りの女衒らしく、女の方がたのみ込んで売られにゆくところだということであった。満州、シナから、マレイにかけて人買い網の総元締は、香港の親分で、その親分が女たちを向き向きに振りわける仕組みになっているのだそうだ。

「香港へあがったら遊びに来てくれと言っていた」

「それは、行ってみることだな。俺も行ってみて、話の都合では、手つだいをさせてもらってもいいしね」

きいていたとみえて、彼女が私の脾腹を突いた。女性解放の彼女には、冗談が通じなくなっていた。もとはと言えば、男女の性が誰にでも通じるようにつくられているのがまちがいのもとで、少くとも血液型のような種別があって、不自由であって欲しかった。神はいつも、悲劇のもとしかつくり出さない。

熱暑は、刻々に加わってきて、裸になって眠りたいくらいだ。波のうねりも、ペンキの臭もがまんがならず、その上、ボーイたちは仕事を投げて、チップにならない三等客を厄介者あつかいして、バケツに入れた食事を、動物園の小動物に餌をやるように、簀の子床のうえに放り出してゆく。皿に入れて、鼻先に近づけただけで、空腹なのに食慾はどこかへ消し飛んでしまう。助かることはただ一つ、陸上ではとてもできないほど、いくらでもとろとろとしていられることだ。そのあいだにながい夢をつづけさまにみる。

夢がさめると、味気なさが攻め寄せてくる。現実は地の底ではないが船の底で、その底には海の身ぶるいが、こわれやすい玩具のようなエンジンを空廻りさせる。私は、片方の手でさぐりもとめる。彼女の手をつかんで私をさぐりもとめさせる。それも片方のとなりにねている彼にさとらせないように。

つづいて私は考える。——そして、改めて半身を起し、彼女の顔を眺める。よほど夜がふけているらしい。波は、相当荒い。

彼女は、何故ついて来るのだろう。パリがそんなに魅力ともおもわれない。飴玉の入った菓子のきれいな箱。それ以上に彼女をよろこばせるものではあるまい。彼女のつくりあげているパリは、人の土産話か、翻訳の書物か、映画からつくりあげた絵そらごとを、リボンで結んだものにすぎない。彼女はフランス語一つ勉強することもしない。したくても本も、辞書《じびき》もない。おぼつかない語学力の私がすこしずつ手ほどきをしなければならない。そのことは、佐藤君もおなじだ。世話のやける連中だ。それにしてもなんのために……。

なにかを突きぬけ、なにかをやり直そうとしているのかもしれない。彼女には、女の野心がある。今日の人類の歴史をつくったのは女の野心のたまものといってもいい、単純でひたむきな野心だ。狂気ととなりあった、おもいきった、ときにはむごたらしくもあるその野心だ。——彼女ほどつきあいのいい女はない、とおもって感心していたが、それは、じつは表面的な感想で、女に生みつけられたことで彼女も、ほかの女と格別変ったことはないはずだ。私の希望的解釈を別にすれば、彼女は、矛盾によっていきいきと変幻する、もっとも女らしい条件にかなった執心のつよい型の女のひとりだ。私の出会ったかつての女たちは、おおかた彼女に似ていた。それに、女のからだのいちばん爛熟した年齢でもあって、その時代をやりすごしては、もはや女はくだり坂で、うつ手が後手々々になる心配があって、なすことごとを臆病にすることになる。私といっしょにすごした半生の貧乏としみったれた下積みぐらしをかなぐり捨てるならいまが好機だ。私もそのことには同感である。それには、私などといっしょにいたのでは埒があかないこともわかっているから、私が彼女を離そうとしないで、更にしんにゅうをかけた、あて先知らずな苦難の旅に彼女をともに曳きずってゆく気持は一つ、私じしんが新しい生活の纜の切り手になろうとするはかない望みと、それができるとおもう男の自惚からであった。そんな気負い一つで、私は、世界を半分廻る船旅に彼女を誘いこんだが、人間生活へのそんな倚懸りが果してそううまくゆくものか、またはしっぺい返しをうけるだけか、私としては、ともかくも、やれるところまでやってみるより他はなかった。例えわずかずつにせよ、この先、多くの人に迷惑をかけながら先にすすまねばならないとおもうと、はやくも気が挫けそうになるが、私達を疎外する人たちを眼のあたりみることで、闘志をかき立てることもできる筈だった。

夜ふけのデッキにひとりであがる。船は一方にひどく傾《かし》いだままで走っている。誰もいない。星だけの世界で、安っぽい位、金銀箔を散らして、星がさわいでいる、ひどい騒ぎだ。しずかにしていると、その翼の音が耳にやかましいほどに大きくひろがる。檣《マスト》が、それを叩き落す。いまならば、なにをやっても悲劇ではない。私がデッキから外に飛込んでも、世界は無関心だし、よほどあとになってからでなければ誰も気づくものはない。デッキに曳いた水道で私は、水をのもうとしたが、ひどく生暖《ぬる》い、日向水のような水で、そうおもうとなにか臭気《におい》がある。口をゆすいだだけで、その水を吐き出す。もう一度、水を出して蛇口に指をやり、女の髪の毛がひっかかって来ないかとたしかめる。「勝丸事件」のことをおもいだしたのだ。南方に出かせぎに行くつもりで密航をおもいたち、三人の娘（その数はたしかでないが）たちが貨物船勝丸にしのびこみ、飲料水の水槽ともしらずかくれたが、そんなこととはしらず、次の港で水をはったので、娘たちは溺れ死に、しだいにくずれた肢体から、濁った水や、髪の毛が蛇口に出てくるようになって、船員たちがはじめて気づいてさわぎ出したという事件で、夜なかに誰もいないタラップに足音がきこえたとか、女の笑い声を耳にしたとかいう怪談にまでそれは発展する。外地を稼ぎつづけた果ての女のくずれたからだが、手足はなくなって首と胴体だけになって、壷に入れ国におくりかえされる途中、デッキに並べたその壺を、一つ一つ海に蹴落すという話をまたもおもいだした。船員は、「それが、慈悲だ」と言う。ずっとあとになってのことだが、やはりそんな壺に入れて、手んぼ、足んぼの兵隊が大陸から送られてきたのも知っている。生きているものの世界では、不用なものには、そんな実際の処置しかない。自然の法則とともに、人間のつくった常識も、手厳しいことでは優劣がない。私たち三人も、じぶんではそれほどおもっていないだけで、どうやらじぶんたちのいる人生から不用なものの扱いをうけはじめているらしい。

なじみある香港の港に着いたのは朝方で、まだふかい霧のなかで、島全体が階段でできた山巓から麓まで、燈火が眠りからさめきれないで、宝石函のように燦いて、夢現の境界のうとうととした恍惚をむさぼっていた。沖がかりの船をとりまいて、もの売りの舢舨《サンパン》があつまり、甲高い声で男や女の舟子たちがさわいでいる。爪を立てて掻きむしるようないらだたしい騒音だ。船客たちにねだって、小銭の銀貨を海に投げさせ、とびこんだ男が棒につけた篝り火のあかりで、底に沈まない先にひろいあげるのを、私たちもデッキの上から眺めている。上海のぼろ莫蓙を吊りさげたような戎克船の帆とちがって、ここの戎克船は、優雅なカーブをもった半開きの扇のような帆を張っている。陽がさしはじめると、血を吸ったような赤さにそれが透いて派手なうつくしさだ。

短艇《ランチ》で、エスプラネードに着く。芝生のみどりがあかるい。軒廊のあるしずかな通りを、船からあがったばかりの三人は、幾日ぶりの定着感に足をたのしませながら、上海の煤でよごれた街とはうって変った洗いあげたような卵黄色の、イギリス風なきれいな街をみてあるいた。燈籠や、絹のうちわをうっている土産物の店もあり、表からみえる生簀に、ふと股《もも》ぐらいの大きな鰻が、いっぱいになってとぐろを巻いている広東料理の店もあるが、あるいてゆく石畳のうえに、浮浪人たちがごろごろと寝ていて、足のふみ場をさがしながらあるかねばならない。料亭のような間口のひろい日本旅館があったが、手持ちの金の心細さをおもうと、休息することもためらわれた。街を左に出外れたところに、海をすぐ眼の前の広場に沿うて建ったうすぎたない旅館を見つけて、ともかくもそこに一泊することにした。島には、真水というものが乏しく、わずかしか出ないふかい井戸に、朝晩、石油の空罐をさげた市民たちが、その水を汲みにきて列をつくっている。従って、水の値段が高価で、罐一杯の清水が十銭、二階まではこばせると二十銭、三階なら三十銭となり、山頂まで、何十百層の高所でくらすものたちは、一杯の水におびただしい銭を払わねばならない。それに準じて一切の生活が高価で、おなじ支那でも上海とは変って、ひどくくらしにくい土地であることが、旅館の人のことばでわかった。旅館は部屋数も少く、二階が家人の部屋、三階が客室になっている。部屋は三つあるが、そんなわけで逗留客はなく、三つの部屋はぶっつづきで使うことができたし、どの部屋にも風がよく通った。淡みどりに透いた海水は、ときにはオパールのように、時には、土耳其玉《トルコ》のようにみえ、半びらきの帆船がゆききするむこうに、アルミニュームをくすぼらせたようなイギリスの軍艦が腰を据え、ときどき、威嚇するように空砲を鳴らせた。この土地は亜熱帯、とりわけ檳榔子や、赤い襟巻《カラー》をした猩々椰子が多く、根株が無数の静脈のようにからんだ榕樹の大木とともに、この街の風景のトーンを作っている。この街には、私たちが知合いになれるような一人の日本人も住んでいないが、ただ一人、領事館の書記生をしている北沢金蔵君が、詩の愛好者で、東京で会っている関係で、領事館を訪ねてゆくと、さすが日本人の客はめずらしいとみえて、快く迎えてくれた（この人は、たしか、井上康文君の社中の人で、彼の紹介で知りあいになったと記憶している）。家に訪ねて来いとのことで、彼女と二人で出かけてみると、新婚の奥さんと、よく走り廻る犬とで、鎧扉のあるアパートに住んでいた。早速、私は来意を告げ、画展をひらくこと、そのために香港には二三ヶ月ほど滞在しなければならないこと、その他に、佐藤君のヨーロッパ行のパスポートをとるために世話をやいてもらいたいことなどを頼みこんだ。すべて気安く引受けてくれたが、香港から手紙の往復でパスポートをとることだけには、「それはちょっとむずかしいですよ」と首をかしげた。なんとかしてやってみてくれと頼み込んで、夕食の御馳走になって帰ってみると、佐藤君は、ひとりしょんぼりと坐って、海をながめていた。私と佐藤君とはいっしょに、香港の街を画材をひろいにほっつきあるくことを始めたが、亜熱帯の風物は、画材としては趣が変っていて興をそそるものが多かった。むかし、小林清親から手ほどきされた私の画は、清親の風景画とも一風変った、むしろ北斎の浮世絵に近い、古めかしい欧州好みの浮世絵に類するもので、ぺらぺらした画仙紙に水彩絵具で画いた一般好きということからは遠いものであった。宿の食事は二食で、物資の値高いその土地では、足りない量しかなかったので、家で留守番をしている彼女は別として、歩き廻る二人にとっては、日々空腹がこたえた。

「けしきはきれいだが、けしきは食物の足しにならない」

と、若い佐藤君は、よくよくこたえるらしく、口に出してこぼした。しかたがないので近くの飯店に立寄って炒麵《チヤアメン》を食べて補いにした。みすみす最後には尻をまくって旅館と談判し、嫌なおもいをしなければ納らないのがわかっているので、十日ばかりたったある日、町なかのごたごたしたなかの貸室をたずね廻った。貸室を見つけて、案内してもらったが、それは支那家屋の二階で、漆喰いで固めた大きな部屋のあいだを木綿《かなきん》の布で仕切って三つにわけ、一番窓よりが空いていて、家主が言う通り、なかでは上等の部屋にはちがいないが、入口に近い二室は、子供づれの中国人の大家内が入っていて、昼間も蠟燭をともし、焜炉の炎がめらめらするのがすき間からみえたし、第一、たたきのうえに寝具や机、椅子を借りてでも置かなければ、仕事をするところも、居るところもない始末だった。

「画家の先生は、電話のある旅館の部屋にでんとしていなければ、あいてにされませんよ」

と、旅館にあそびに来るあそび人に説教されて、支那の部屋に移ることを、遂に翻意して、たとえどれほど費用がかさもうと、旅館に頑張りつづけることにした。六十枚ばかりの水彩を仕上げるのに二ヶ月近くかかった。日本人クラブにその絵を展示する交渉もでき、北沢君も、親身になって骨を折ってくれた。しかし画仙紙に画いた絵は、額ぶちもなく、紙がびりびりと皺寄って、うりものにするのが気がひけるくらいみすぼらしいので、一々きりをふいて、窓硝子に貼って皺をのばし、額ぶち代りに、金紙を切って、ふちどりした。彼女も、佐藤君も、真剣になって働き、クラブに展示するまでになった。会期は三日間で、彼女がひとり会場係に売子を兼ね、観覧客——それは在住の日本人に限られていたが――に上手におしつけて、買わせるという大役を引受けさせられることになった。

案内をもらった日本人が、催しごとが少く退屈しているのでぞろぞろ入ってきた。いつもは姿もみせないのに、この土地にこんなに大勢の在留邦人がいたことにまず、おどろかされた。彼らを、お客さんとおもって迎える彼女は、彼らが並べてある画の前をけげんそうにながめて通りすぎる姿を迎え、見送り、しだいに不安と先ゆきのくらさにうちのめされていった。在留邦人の主要な類別は、領事館を筆頭に大資本会社、三菱、住友などの支店、正金銀行などの社員家族たちの所謂山の手と称《よ》ぶ人種の他に、数は少いが商人的雰囲気をもった江商などの個人の企業家、それに、この旅館の周囲のワンチャイとよぶ土地に巣喰っているくずれた人種、先にも述べた、女衒や、船員あがりの小ばくち打、遊民、嬪夫などがあって、その数はちょっとわからない。三日間に見物人ばかり多くて、画を買う人は遂に一人もないという結果に終ったが、「一枚もうれないとは、さっぱりしていていいじゃないか」と、みえすいた強がりを言う私は、このつづくりがどういうことになるのか、全く見当がつかなかった。大波に揺りあげられたてっぺんから、正にふりおとされる瞬間のように、私の頭脳は中空でからっぽになったままの、なげやりな墜落感のなかで、じぶんを憫むよりもたのしんでいたようである。三日目の夜、旅館におちついてすべての期待が反古となり、急に居づらくなったこの孤立した土地からどう居なくなることができようかと、万策尽きた私は、ひたすら脱出に心を砕いていた。旅館の勘定は、それでなくとも万事物資の高価なこの土地では、よそよりも三倍の相場で、三人が朝晩上げ膳すえ膳で二ヶ月もくらしたのだから、法外にかさんで、勘定書を請求するのがおっかない位であるのに、すでに手もとの持ち金といえば、二弗か三弗しかなかった。書記生の北沢君がしきりに奔走してくれたが、彼の顔で、三十弗もできれば、それすら望外と言わなければならないありさま。私は、二人を宿にのこし、身一つで広東に行って金策してみようかとおもった。広東には、欧陽予倩や、その他の知人もいるので、相談にのってくれると考えたのだが、欧陽予倩とは四五度会ったというだけで、私の親身になってくれるほどのふかい義理があるわけではない。思いきってこの冒険をする決心がつかないでいると、佐藤君が、船で知りあった男のところをたずねていってその始末を報告した。その男はやはりこのワンチャイのどこかにいて、訪ねてゆくと、旧い友達にあったような調子で迎えた。

「よく来なさった。ゆっくり話しておいでなはい」

だだっぴろい支那家屋の二部屋つづきに、支那の部屋は戸棚というものがないので、夜具布団が背の高さほど積みあげてある。それに背をよせて坐っているその男は、小柄で、こめかみにひっつりがあり、眼が鋭く、きらりきらりとその眼であいてを眺めるのが、しばらく対坐していると無気味になってくる、というのが佐藤君の感想であった。細君という女がそばに坐っていたが、殆んど口を利かない。その他に、船で一緒だったらしい女がいて、隣室にねているのは、病みついてねている様子で、じめじめしたものが、それを中心にただよっていたと言う。その男は、話のなかで、まちがいなく女商売であるらしい口吻をもらし「人はいろいろに私のことを噂するが、私は、非道なことは一つもしたおぼえはない。ただ、困っている女に金をやって、くらしの道を教えてやるだけですよ」と言訳らしいことをくどくど言ったあとで、困ったことがあったらいつでも相談にのるからおつれの人にも、そうつたえてくださいといったとのこと。佐藤君は、不安そうに顔をよせて「あの男は、どうやら、三千代さんにねらいをつけているらしいよ」と言った。それは、ありそうなことでもあった。

その話をきいてすぐ、領事館の書記生の北沢金蔵君が旅館を訪ねてきて、「画がうれないわけがわかりましたよ。すこし以前に、辻という油絵を画く男が来て、展覧会をやったあとで、ロウタリー券をつくって売りあるき、三十弗、五十弗の値のついた画は買わないで、安い券でくじを引きあてるようになるのを待っているのです。どうします。

その方がかえって話が早いかもしれませんよ。それでも空くじなしということにしなければ、券がうれませんから、百枚二百枚券を出すと、陳列の画の他に、追加を画かなければなりません。大変ですね。もっとも追加の画は、色紙にざっと書きなぐってくだされればいいのですが……ロウタリーにすれば、券は、この土地の顔役がいて、二日か三日できれいにさばいてくれるそうですから、もし、そうなさるなら、その男のところへちょっと挨拶に行かねばなりませんが、いやでしょうね」と、気の毒そうに私の顔をみながら言った。ことによるとその顔役というのは佐藤君の会ってきた女衒の親分と同一人ではないかと思いながら、「一日いればそれだけ面倒が大きくなるばかりですから、そのことにきめましょう。その男に会うぐらいなんでもありません」と私は答えた。北沢君は、ほっとした顔をしたが、「それからもう一つ、佐藤さんのパスポートのことですが、いろいろやってみましたが、どうしてもここから出すのは無理なので……」と言いにくそうに言うのであった。「しかたがありません。あきらめます」と、粘り気のない佐藤君が、そばできいていて答えた。

一枚二弗のロウタリー券、二百枚は、どうやら佐藤君の会った女衒の親方とは別人の顔役の手で大かたさばけた。色紙短冊は手に入らないので、小さな画仙紙に全く昼夜兼行で、補充の分を書きなぐり、一枚のこらずさばいてもらって、礼を払い、よごれた紙幣を手につかみはしたが、計算をしてみると、それは旅館の費用にすこし不足の額でしかなかった。すべてがそれですんだとしても、すぐ出発のはこびにはならない。また幾日か待って船便を待たねば身うごきもならない。女衒の親分にでも相談に行って、支那汽船にでも頼みこんでもらえば、パスポートなしで佐藤君もいっしょに、ジャワでも、ボルネオでも密航して上陸する手だてがないこともなかったことをあとになって知った。なんにしても生活しにくいところなので、先へゆくことが無理とわかった佐藤君をそのまま残してゆくわけにはゆかない。彼が日本よりも上海へかえりたいというので、とりあえず船会社の人にたのんで、ちょうど二日あとに出るという郵船の上海までの切符を一枚買ってもらった。私たちのシンガポールへゆく船は、それからまた、四日ほど先のことで、その方の手筈は始終なにくれと世話をやいてくれる北沢君にたのむことにした。香港は花のようにきれいなところではあるが、金でもなければいるにいられない、八方ふさがりなぎりぎりな場所であった。勘定のことで交渉を重ねて、ずいぶん値切らせた旅館の主人に、旅人に売って足し前にするような画を二組三組書いてわたしたりするので、私に無聊をかこつ時間はなかった。

朝寝のくせのぬけない私たちが、火照って汗ばんだ足をからみあわせたまま眠っていると、佐藤君が、早だちの舟に乗るので、部屋の仕切りのところから、いとまごいを言いにきた。

「もうゆくのか。からだを気をつけて、無事にね」

と、言いながら私は、この人とも、もう会えないかもしれないとおもった。そして、正直のところ、この先、彼を連れてゆかなくてよいことをしたとおもった。果して、ゆく先々、無理な工面と、修羅場のような生活の連続で、それが、目的地のヨーロッパに着いてもなおつづき、ひっぱくの度はいよいよ深刻になり、悽愴の気を帯びてゆくばかりで、飄々といっしょについてくる彼を、翻弄し、もみ苦茶にする結果になるにきまっていた。彼の喪家の犬のようなうしろ姿が、部屋の外に消えるのを、心の痛いおもいで見送りながら、突刺すような旅先での別離のうずきを味っていると、彼女の枕の下にさし込んだ私の腕が熱くなった。彼女の涙でぬれているのであった。

会うことと別れることがかたみ代りの人生で、哀傷気などしだいに少い人間になっていった私だったが、私達を舟まで見送ってくれた北沢君とのこの世での交渉が、それで断絶とは予想もしなかった。この旅のかえり路で、香港に立寄ったとき、彼はもう居なかった。その前の年に、本省に帰任ときまって喜びのあまり彼は、送別宴の夜、屋上のてすりに腰掛けて風に吹かれていて、からだの中心を失い、石だたみの上に墜落し、うすい貝殻のように頭を割って死んだということであった。若妻を一人のこして。

香港をふたりだけになって船立ちし、南支那海に踏入ると、日本でのできごともわが愚行も影うすくなり、その代償のように、波のいろが草いろがかってきた。その波の重りの数が印度洋を越え、ペルシア湾の沖づたいに紅海に入り、地中海のふたたび黒ずんだ、重量のある緑羅紗のビリアード台にころがり込むわけである。その日程は通算日本からリヴァプールまで四十五日ほど、船暈《ふなよい》は一週間くらいで、平気になるが、離情は日とともに濃密となり、知人達の俤は、目に届く星よりもはるかに遠方になる。かつてもここを通った、おなじ道筋ながら、あいだに挾まる十年の星霜とそのあいだの決して成長などとは言えないとしても年齢による心のもちかたのちがい、旅の事情や、ひとり旅ではない責任の重さもあってか、見て過ぎるものをたのしむ Curiosité を掻き立てることがなかった。福建あたりの支那本土か海南島ではないかとおもわれる、銅銹《どうさび》で腐蝕したような海岸をまぢかにながめてすぎた。ヴェトナム（当時は、まだ安南とよんでいた）あたりだったかもしれない。フランスの植民地で、郵船の船は港に立寄らないで十数日、一直線に南にくだってシンガポールに着いた。船中で一枚ずつ着ているものをぬいで、二人とも裸にひとしいかっこうをしていた。互いに夏服の仕度をしていないので、礼服の縞ズボンのうえは、ワイシャツ一枚、彼女は、裾のながい、のちに名のついたあっぱっぱのようなものを着て、上陸した。無事に税関を通って、この土地の炎天でも走っている人力車《チャア》に乗って、カンナの花のあいだに燃える椰子檳榔のつづくエスプラネードをすぎ、纏橈《てんにょう》植物で毛むくじゃらになったレーン・トゥリーの枝をのばした緑芝の土地に、教会や、世界で一番アイスクリームのうまいというホテルを望見した。そこにこの獅子島《シンガピラ》の殖民地都市を創立したラッフルスの銅像もあった。はじめて、槽《おけ》帽子をかぶったインドネシア、マレイ系の人たち、赤いトルコ帽をかぶった痩身長軀のヒンズー人たちの姿をみた。大通に面したゆきずりの小さなホテルに旅装をとき、早速二人で邦字新聞に古藤《ことう》社長を訪ねた。古藤社長は大柄な人物で、その下に、長尾氏、外電部の大木氏が働いていた。当日の夕方、古藤氏の郊外近い街外れの手広い土地のなかの、マレイ風な、人の立って自由に下を歩ける程床のたかいアタップ葺の屋根のひろい家に招かれた。まだ日は暮れきってはいなかった。南の邦の夕暮は、たとえようもなく海も空も多彩でうつくしい。家の外に、大きなマンゴスチンの木があって、おびただしい実をつけていた。この果実の女王を笊一杯もぎってまず饗応された。たいへんにいたずらな坊やがいた。鋸をもちだして、高い床木をひいて、家が傾《かし》ぎそうになったという話をその時きいた。鮮度のたかいマンゴスチンは、なるほどさまざまな果実の美点を集約したような複雑な味だった。一月も二月も滞在するなら宿は一日ずつの契約の宿を引払って、部屋を借りた方がいい、早速、さがさせるからとか、絵を展覧するなら日本人クラブに適当な場所があり、早速予約をとっておこうとか、古藤さんは大きなからだに似合わない、こまかいいろいろな注意をしてくれた。その夜、宿にかえってみると、レースのカーテンをかけた片すみの支那ベッドと、天井・壁には、おびただしいやもりがいて、活溌に飛び跳ね、ベッドのうえのふくらみに、交尾しながら落ちてきたりした。そのやもりは、小指ぐらいで、からだはしろく、肉いろに透《す》きとおっている。遠近で、その影が、大きく、小さくうつっている。彼女は、はじめ顔いろを変えて私にすがりついた。昼は暑いが、夜は割合にすずしかった。翌日は、その大通りをつきあたったところにある租界の大通スラングーン・ロードの中ほどにある大黒屋ホテルの玄関上の二階の、二方の鎧窓がすべて明けはなせるいちばん風通しのいい部屋を新聞社の人から借りてもらった。行人にこまかい世話をやいてくれることは、殆んどどこでも習慣のようになっていたが、それは、大多数が異民族のなかでくらす人たちの民族愛につながっているもののようにおもわれた。日本人ばかりではなく国のひろい中国人の場合は、各州を単位にして結束していた。そして、その同郷意識は、日本人にさらに輪をかけて土地に勢力を張る力となるため、本国から働くものをひいて、ながい歴史をかけて緊密であり、今日の華僑の独立した強さとなっているようである。夜の涼しさとともに、一日一回の驟雨の爽快は、暑熱の苦しさをひとときにぬぐい去ってくれる。長尾氏は家にマルクス全集などを飾って、華僑の資本関係、マレイ人の現状などに一見識をもち、進歩的な思想をもって視野のひろい、しかし、表面は寡黙な人物であった。酒ものまなかったが、大木氏の方は、南洋の日本人並に、茶代りにビールなどのみつづけ、夜は、毎夜、領事館のニヒリスト安西氏と二人で、私共を誘い、夜ふけるまで、炒米粉《チャアビーフン》を肴に筵をひらいたものであった。

シンガポールに着いて一週間経たないうちに彼女が発熱した。四十度を越す熱でおどろいたが、大黒屋の主人の話で、熱帯に来て必ず一度はかかるデング・フェバーという風土病で、あと一週間もすれば快癒し、免疫になるということなので安堵した。新聞社の人たちも見舞いにきて、大木氏は、毎朝、フルーツ・ソルドをのむようにと、大きなビンを置いていった。しばらくすると、私も、おなじ病気になった。半月ばかりは、それでぐずぐずしていた。植物園に行ったとき、扇椰子の葉蔭にある池の畔りで、毒蚊にさされたのではないかと言う人もあった。二人の熱病がとれると、私の写生のしごとがはじまった。郊外の土道は、猩々緋のように赤くて、四辺の植物のいろは強烈で、水彩の絵具ではその激しさを写すのがむずかしかった。ここでは語りつくせないほどさまざまなものをみた。虎の尾蛇やコブラとも対面したし、木のあいだを翔びうつっている羽のはえた蜥蜴。奥地から捕ったばかりの、檻《おり》のままかついできた黒豹のどう猛さも、おなじスラングーン通の動物商で知った。そこの家に、世界各国の動物園から註文が来て、さばかれてゆくのだった。印度カレーのからさもそこで味った。はじめ彼女は、唇が燃えるようで、食べることができなかった。しかし、そんなものもやがて慣れて、我等の食事は、朝は、フレンチ・トーストに、パパイヤが半分ずつ、昼はぬきで、晩は、米粉《ビーフン》か、果実、支那料理屋の炒飯というようなもので、日本食はかえって口に合わなくなっていった。なにか、熱地の人に体質的に変ってゆきそうな調子であった。バナナだけはふんだんにぶらさがっていて、日本でもよくある、デパートなどのためし食いのようにバナナを一本ちぎって食べてもなんとも言わないどころか、商人が先方からちぎって口におしつけにくる。マレイでは、バナナのことをピーサンという。小指の先のような大きさで、皮が紙のようにうすいバナナが最上で、これを、ピーサン・マスとも、ピーサン・ラジャ（王様）ともいう。日本で食べるようなバナナは中どころで、ピーサン・イジョー（青バナナ）とよんでいるものであり、三十センチ程もある大バナナは、普通では食べられないので、切って油であげて売りにくるが、ほんの腹ふさぎで、味は貧しい。シンガポールで私がみたいちばん凄まじいものは、印度人の火葬で、薪の山のうえにおいた死体が硬直して一瞬立ちあがる状景、また、可笑しかったことは道ばたからみえる印度人の床屋で、床板のうえに寝たり坐ったり、あらゆる姿勢をして、全身の毛をくまなく剃ってもらっている図である。生毛一本のこさないヒンズー（タミール族）が、全身くまなく油を塗り、薪のような細長いからだのすみからすみまでのこまかい筋肉を浮き出させ、それから顔に牛糞の灰を塗り、赤い腰巻《サロン》をはいて、お化粧が終り、一人の伊達男が出現するのである。おどろいたことは、神聖犯すべからず、ヒンズー寺院を見物しようと彼女と二人でのんきに入っていって、全身がすきとおるような白っ子の牛（あるいは信者が洗いすぎて、透きとおってしまったのかもしれない）に近よったときのことである。一切、異教のものの侵入を許さないヒンズーの坊主共が、狂人のようにわめいて私たちを追払いにかかったときの見幕の荒さであった。

大観して、支那人も、マレイ人も、インド人も、日本人も、シンガポールの人間は、この地球にうんざりした顔をしていたが、もうすこし見直すと、いずれも、わが宗の信仰に凝り固まっているようにみえた。人間よりは大きなイミでの宗教が幅をきかしていたし、炎熱の苦が、屈従の苦を痲痺させて、見かたによれば、誰も、彼も、胸に空洞をもち、救いをその空洞にもとめているようであった。支配者の白人にしても、その日常は呆けて、わずかに利慾の厭くことなさと、掠めとる残忍さとで生甲斐を取戻しているようにおもわれた。日本人にしても、階級によって、そのどちらかに属した。私達のような風来の旅人はまた、そのどちらに属していいやらに心を惑わせるのであった。この暑熱と、マラリアをもった蚊の襲来に対する恐怖症のために、私達は、早くこの暑さの世界からぬけ出したいものだと考えた。少くとも私は、彼女一人でも抜け出させなければ、別の困った結果が来るような予感がして、仕事を急ぎ、古藤氏はじめ、新聞社の人たちも協力してくれて、日本人クラブの展覧会まで漕ぎつけたが、成績はてんで問題にならなかった。そこでも旅費の調達ができないので、いよいよ爪哇《ジャワ》（インドネシア）にわたることに決心した。爪哇の首都はバタヴィア（いまのジャカルタ）まで、和蘭会社ＫＰＭの濠洲行の船にのって四日位の旅であったが、二等の運賃が一人四十五ギルタもして、殆んど、手持の金全部をはたかなければならなかった。しかし、他の方法がみつからないので、舟から飛込んで岸に游ぎつくようなつもりで、親切な人たちがその無謀を止めるのをふり切って、出発した。舟の送りに、大黒屋の主人も来てくれた。そのとき、はじめて新聞社の大木氏から「あのおやじはすずしい顔をしていますが、あれはこのへん一円の女衒の親分で矢ヶ部と言う名で、たくさんの同胞の女たちを泣かせたので大鬼という名がついています」と知らせてくれた。ふるい傷でも糾弾する側の新聞社の人を大黒屋はびくびくしてものもはきはきと言えなかった。

「たくさんな絵かきさんがここへ来たが、金子さん。あんたぐらいへたな人もめずらしい」

と言って会のあとで乾杯してくれた小久保という商人も送りにきてくれた。へた絵かきと言われても、それは本当で、他の人たちは気の毒におもって口に出さないだけで、心でおもっていたことはおなじにちがいない。絵かきなどでなしに、浪花節語りで南洋を廻っていた東家虎丸（これもほんとうの虎丸はべっこう斎という名である）のような芸人であった方が、絵かきなどと斜にかまえる必要がなく、まだ気安いのにとおもったものだ。詩人であったなどということは、口にするのも無駄な話だった。詩人の私のところへ好んで訪ねてきた彼女はそれについてどうおもっているのだろうときいてみたかったが、それも笞《むち》の追打ちにすぎない気がして黙った。女を責めるのは、責めるものの罪のほうが大きい。とりわけ、女の慾望を責めるのは、じぶんのことを棚にあげての片手落で、それは、片手落が正義で通るくにや、時代でしか通用しないことだ。

そんなことが本ではなく、苦しい暮しのなかからわかってきたことくらいに、わずかにこの旅の意味があったかもしれないが、それは、あくまで、こちら一方のことである。

ＫＰＭの二等の食事はヨーロッパ風で、この四日間が食事らしいはじめての食事であった。

むかし一度知りあっただけの知人、『爪哇日報』のＳという人に手紙を書いておいたので、港までその人が車を廻してくれた。二人は、新聞社のなかの、植字場の横の、うなぎのねどこのような部屋に、食客として迎えられた。シンガポールの陽性に対して、爪哇は、翳をもった陰性な土地であった。新聞社は、新市街のウエルトフレデンではなく、旧バタヴィアと称する陰湿の土地にあって、遥かにジャワらしかった。むかし、学生の林鏁が、

「北はシベリア、南はジャワよ。いずこの土地を墓所と定め、いずくのはての土となるらん」

と、感傷的になって唄っていたふしが耳に蘇って、とうとうそのジャワへ来てしまったとおもった。ここまでは、彼女の恋人の手紙ももう届かなかった。彼女は、恋人のことよりも、長崎にのこした子供のことばかりおもって、枕をぬらした。ベッドのうえで、ひとりもののオランダ人が抱きしめて寝たというながい竹かごを木綿のカバーでつつんだダッチ・ワイフにはじめて足をからんで寝た。自然と風がふき通るので、涼しさをとるために抱いたものである。爪哇の夜はシンガポールの夜にくらべて、ひどくしずかで、闇が濃く、深く、そういう夜を日本では、明治のむかしに味ったものである。そして、夜ねていると、鈴をたくさん馬の首につけたデルマン（二人乗）、サド（一人乗）の古風な馬車がいつでも遠くからきこえてきて、近づいたかとおもうとまた、遠のいてゆく。巨きな三角頭の蜥蜴のトッケーが、家々の屋根うらに住みついていて、突然けたたまし

い声でなき出すと、それが十町四方ぐらいひびいた。街には、鎧扉を閉めたオランダ風な建物が、濠割に映り、濠には、やはり、オランダ風な跳橋が架っていた。ジャワは古い王国であった。オランダ人に横領されてからは、もっともひどい強制にあって、ジャワ人は骨をぬかれた。中部の山地に世界中で四季とももっとも気温のいいバンドンがあり、その近くに、世界一に広大な植物園のあるボイテンゾルクがあった。子供の乗ってあそべる盥のような大鬼蓮や、三メートルもある大くわい叢群もそこでみた。爪哇は全土を通じて、崩れゆく大国のあわれが、哀しく漾っているところであった。

オランダの大官豪商のみなごろしを謀って事が露顕し、古い塀に植えた鎗に突刺したままミイラになって残っていたピーター・ウェルヴェルフェルトの首も、旧バタヴィアの新聞社の近くにあった。そのへんは、ペストの流行で無人になって以来、人が住まず、椰子と芭蕉の繁茂する荒土となっていた。魚市場も近かった。魚市場へゆく路の水閘《せき》の近くに、海からひきあげた、拇指を人さし指と中指のあいだからさし出した、女陰のかたちの蓋のついた古い大砲があり、申し子を祈る女が参っては、花をのせていった。夕方になると何万の蝙蝠が蚊をたべようとして空もくらくなるほどあつまってきて翔ぶのが壮観である。

おそらくつきないほどの画材がある土地であったが、四十度近い炎天を、ときには帽子をかぶるのも忘れてほうついたあげく、視力がへこたれて、おもったよりも仕事がはかどらなかった。傍若無人にねたり起きたりのくらしぶりが禍《わざわい》して、とうとう新聞社にも居られず、松本という、大黒屋よりも腹のふとい、やはりむかしは女衒の親分のやっている宿屋の小室に移ったが、そこでは、展覧会をひらく見込みがつかず、チェリボン、スマランと汽車の旅をつづけ、スマランからオート・バスでソロー王国に着いた。中部に、オランダ政府がなかば観光的にのこしてあった、ソロー、ジョクジャの二侯は、ふるい劇舞踊をのこすことで安住をえていた。ジョクジャの近くでボルブドールの仏蹟や、タマンサリ（水城）の石でつくった城やぬけ穴などをみてあるき、ジョクジャでの宿は、雑貨商の沢辺氏の邸に泊めてもらった。スラバヤに着いてはじめて、この土地の『爪哇日報』の松原晩香氏に助けられ、日本人クラブでそれまでの絵を全部展覧し、はじめて、まとまった金額を掌のうえにのせて眺めることができた。この土地での私の役は、ピエロでもなく、ランスロットでもなく、まさにフラテルニそのものであった。クラブの記念会に、赤いひげをつけて「熊」という翻訳劇の士官になり、彼女がその恋人、松原氏が父親になった。

帰途は、汽車で島の南側を通って、元のバタヴィアに出て、ＫＰＭの船にのって持金を再度手ばたきにしてしまうことを怖れ、料金の安いデッキパッセンジャーの客になった。大体デッキは、移民の団体のインド人や、ジャワの兵隊などが乗るので、日本人がデッキの客となることははじめてのことといってもいいので、鞄をもって船客の方へゆこうとするボーイを呼びとめ、デッキだというと、マレイ人のボーイは、鞄をそこに放り出して腹をかかえて笑い出した。ボーイにいくら笑われても、そうするよりほかない現実は、なんともならなかった。しかし、困ったことは、食事であった。そういうこともあろうかと、バナナの大きな房を二つだけ用意したが、ほかのものはなにも船賃のなかに入っていないので、バナナがなかったら四日間、二人はのまず、食わずでいなければならなかったわけだ。臥《ね》るのにもちろん寝具などない。大勢のマレイ人、支那人、インド人、ジャワ、スマトラの人間たちのあいだで寝起しなければならない。一つだけズックの折畳み寝具をかついであがったので、それは、女のためにゆずって、すぐそのそばのデッキに新聞紙を敷いて私はねむらなければならない。幸い、コーヒーをうりに来たので、渇は、それでいやすことができた。海は晴れて、照りつけてはいるが、瞬間に変化して、一方に、水の竜巻が四つも、五つも立つ。おもいもかけないときに驟雨がくる。おどろいて、すぎてゆくまでなにかの蔭にかくれてやりすごさねばならない。デッキの半分だけを濡らして通りすぎるシャワーもあった。デッキの旅だけでも、人生はなかなか有為転変のあるものだ。それでも四日の辛抱をしてシンガポールにあがった。長尾氏のもとにかえって郵船の舟を待つことにしたが、デッキの話をすると、居合せた人のあいだで、笑うものもあるが、「日本人の体面がありますよ。一等国の国民がヒンズーといっしょにデッキで旅をするなんて非常識よりも、国辱です」ときめつける人もあった。

東京を出てから何年目かにつかんだまとまった金ではあったが、三等でも二人の旅費にはまだ足りなかった。そこでまず、不安ではあるが、一足先に、彼女をパリにやり、そのあとから、マレイ、スマトラ、事によったら、ビルマ、インドと立寄って私があとを追う。そのあいだを二ヶ月と決めて、彼女に切符を買ったあとの有金をもたせ、パリで待つようにくれぐれも手筈を話した。もたせた残金で、私なら、三ヶ月でも四ヶ月でもくらしてみせるが、ヨーロッパがはじめての彼女にとっては、すこし無理かもしれないと思った。彼女をつかんでいる手を離して、なにか運命の手にゆだねるということは、永遠の別離を意味することである。

船底のまるい窓から覗いている彼女が船がはなれてゆくにつれ小さくなってゆくのをながめていると、ついぞ出たことのない涙が、悲しみというような感情とは別に流れつたった。「馬鹿野郎の鼻曲り」と彼女が叫びかけてきた。「なにをこん畜生。二度と会わねえぞ」

罵詈雑言のやりとりが、互いの声がきこえなくなるまでつづいた。彼女の出発についてて移った桜旅館にかえると、空中にいるような身がるさと湿地にねているような悪寒とを同時に味った。そして、その翌日、バスに乗ってジョホール水道を越え、マレイ半島を、バトパハ、マラッカ、タイピン、スレンバン、クワラルンプール、と縦断旅行をつづけ、ピナン島からスマトラにわたり、きりつめた旅をしながら、人間がだめになりそうな恥もしのんで、やっとフランス行の船賃を作り、ピナンから支那船でまた、シンガポールに戻ってきた。その強情さにわれながら呆れるが、よくよくの愚劣な男でなければやらない道をよくもあるいてきたものだと、じぶんがわからなくなりもするのであった、少年の頃、友人と三人で家出をしたことがあるが、そのときもあとの二人が里心ついても私一人は、目的のアメリカの土をふむまでは帰らないと言い争ったものであった。七十六歳まで詩を書いているのも、おなじこころかもしれない。こんな人間には、誰もかかりあわないことだ。避けることだ。

あとがき

かつて、『中央公論』と『マイウェイ』に連載した私の二度目の欧州船旅のゆきさつを、同行をシンガポールで先に旅立たせ、私一人があとにのこり、なおもマレイを縦断し、ピナン島から、さらに野性のにおい劇しいスマトラ島にわけ入るところまで記し一まず筆をおいて一冊にまとめたものが、この本である。さまで奇もない話であるが、それからもう四十年にちかい年月が経っていまふり返ると、むかしの人間は、眼にみる限界が狭く、処理に自由さがなく、さほどでもないことに拘泥してみずからの足搔きがとれず、好んで壊滅を志すのかと疑われるような人生を歩く者が多かった。今日の人の参酌のたすけにもなろうかと、前車のくつがえるいちらつに筆を染めはじめはしたものの、年月に霞がかって、適不適の判断はともかく、細部の記憶のはっきりしないことばかりで、立止り、立止り、心を集注してみてもすじみちがはっきりせず、できうる限りの旧知の現存する人をたずね、その次第をたずねてみても、おおかたは、私とおなじく忘却していて、かえって私の記憶力をおどろくありさま、幸い近年になって何十年ぶりかで姿を現した画家宇留河泰呂や、佐藤英麿によって、直接デテールよりも、当時の持越の肌の匂いをうけて、そこからこまごましたことをひきだすことができて随分助かった。謹んで両氏に感謝する。船舶航路は、およそポートサイドまで、多少の日本人の息がかかっていて、窮状を助けてくれる人、さらに志を励ましてくれる人さえいたが、所謂西洋に入ると人情は変り、例え在留の日本人がいても、みなおのれの生きてゆく方途に心命を疲らせている連中ばかりで、おなじ魔の沼にひきこまれて這い出ようとあがくばかりの荒涼の場である。そこでどうして二年の年月を生きていたかが、誰も知りたい興あることにはちがいないが、四十年近い時間を置いて、頭の冷えきった筈の今日でもなお、そのことを語るとなると、こころが寒々としてくる。この巻は、西洋篇の前巻であるが、いつかまた、苦渋にぎらぎらした後巻を書かなければなるまい。

一九七一年五月

金子光晴

解　説

中野孝次

一九六九年、「マイウェイ」という無名誌に「万国放浪記」という題でこの回想記を書き始めたとき、それが現在見るような大三部作『どくろ杯』『ねむれ巴里』『西ひがし』になることを、金子光晴がきちんと計画していたものかどうか、わたしは知らない。おそらく初めは、例によって需めに応じてごく気軽に書きだしたのではないかと思う。そして結果からいえば、下駄ばきでそこらに散歩に出るようなこの肩肘はらない気軽な書き方が、深刻な対象を語るにふさわしい文体となって、成功したのである。金子には前に「自伝」(一九五七)があるが、あれは硬質のしゃちょこばった文体で、辻褄をあわせすぎているところがあって、この詩人にふさわしい語り口ではなかった。それに反しこの晩年の自伝三部作は、この気さくな文体の「照れかくしなくさらりと語れるという利得」のおかげで、生き生きした臨場感《プレザンス》にあふれた無類に面白い読物になっているのだ。

とは言えむろん、この自伝の面白さが、語られる内容の面白さに負うことは言うまでもない。著者は『どくろ杯』のあとがきに、「四十年近い時間を置いて、頭の冷えきった筈の今日でもなお、そのことを語るとなると、こころが寒々としてくる」と書いている。それくらいこの足掛け五年の「万国放浪」は、常識の枠をぶち破った、桁はずれな人生体験だったのである。四十年の歳月を置いて、七十歳を過ぎて、金子光晴は初めてそれを過不足なく見うる地点に立ちえたのだった。下駄ばきで、ついそこらに散歩に出るつもりで始められた回想は、思いもかけぬ遠くにのび、七四年まで延々六年にわたって書きつがれ、詩人の晩年のずっしりと充実した仕事となった。金子光晴は、思い出を語るというより、ふたたびその過去の時間を生き直すように、のめりこんで書いている。そしてこれはほとんど創作的自伝といっていいほど、経験の生々しい再現に成功しているのである。

金子光晴と森三千代は、一九二八年(金子三十三歳)暮に上海に渡り、以後足かけ五年、言語に絶する窮乏のなかをしぶとく生きのびて、満州と支那大陸に戦火の始っている三二年に帰国した。著者がそれを、二年前の上海行をふくめて「七年にわたる長旅」と思い出しているのは、なかなか興味のあるところで、つまり意識の上では「万国放浪」はすでに当時から始まっていたということであろうが、この『どくろ杯』は、いわばその出発篇に当る。彼が記述を、出発の五年前、関東大震災の時点から始めたのは、その意味で納得できる選択である。

金子光晴はそのころ、生活的には窮乏のどん底、妻三千代との関係も深刻な危機にあったうえに、詩人としても行詰っていた。つまり全人間的ににっちもさっちもゆかぬどん詰り状態にあって、そこからの窮余の一策、死地に生を求めるような賭がこの逃避行だったのだから、その極限的窮乏の叙述から始めざるをえないわけである。

金子光晴という詩人は、ある意味では、若年期の完成から逆に下降的に歩みださねばならぬ、不幸な宿命を負った詩人である。彼は初めに『こがね蟲』のパルナシアン的完成を持ってしまった。その耽美的完璧から実人生のなかに崩れ、砕け散り、なにひとつない虚無のどん底まで堕ちつくして、そのなかからぬっと、どんな逆運にもたじろがぬしたたかな『鮫』の相貌を獲得するまでの過程が、彼の死と再生の宿命であった。時期的に言えば、プロレタリア文芸興隆期の孤独な流浪漂泊の思い『水の流浪』（一九二六）から、きなくさい戦火のにおいのなかでの不逞な詩集『鮫』（一九三七）までのあいだ、彼が詩作から離れて、ひたすら生のけわしさに直面していたときが、三部作の取上げる五年なのである。それは彼が『こがね蟲』の耽美的完璧を壊し、自己をたてなおす過程にほかならなかった。

《このときの上海ゆきは、また、私にとって、ふさがれていた前面の壁が崩れて、ぽっかりと穴があき、外の風がどっとふきこんできたような、すばらしい解放感であった。狭いところへ迷いこんで身うごきがならなくなっていた日本での生活を、一夜の行程でも離れた場所から眺めて反省する余裕《ゆとり》をもつことができたことは、それからの私の人生の、表情を変えるほど大きな出来事である。青かった海のいろが、朝日をさまして、洪水の濁流のような、黄濁いろに変って水平線まで盛りあがっているのを見たとき、咄嗟《とっさ》に私は、「遁れる路がない」とおもった。》

支那大陸との運命的な出会いの瞬間を、『どくろ杯』はこう感動的に記している。しかし彼にとってのほんとうの「人生の表情を変えるほど大きな出来事」は、二年前の上海行で体験したこの解放感ではなくて、それ以上に今回無一文で経験する上海での生の実際の経験であった。だれしもが「遁れる路がない」窮極の場所でぎりぎりの生と死とに直面しているどろどろした生の実相の経験であった。

《その臭気は、性《セックス》と、生死の不安を底につきまぜた、蕩尽にまかせた欲望の、たえず亡びながら滲んでくる悩乱するような、酸っぱい人間臭であった。いつのまにか、私のからだから白い根が生えて、この土地の精神の不毛に、石畳のあいだから分け入って、

だんだん身うごきが出来なくなっていくのを私はひそかに感じとっていた。》

『どくろ杯』に始まる地獄行の回想の特徴は、自己をふくめて人間の生の実体が、このように触覚や嗅覚や接触感や体温を通じて、いわば裸の生存感そのものとしてとらえられているところにある。人間の生がつねに一番どん底の、それ以上おちようがない地点から体験されているのである。すなわち金子光晴はこのとき、一番けわしく苦しい、と同時に一番たしかな地面に両足で立っている。

《必死に浮びあがろうとするものの努力に手を貸す行為は花々しいが、泥沼の底に眼を閉じて沈んでゆくものに同感するのは、おなじ素姓のものか、おなじ経験を味ったもの以外にはありえない。地獄とはそんなに怖ろしいものではない。賽の目の逆にばかり出た人間や他人の批難の矢面にばかり立つ羽目になったいじけ者、裏側ばかり歩いてきたもの、こころがふれあうごとに傷しかのこらない人間にとっては、地獄とはそのまま、天国のことなのだ。》

これが、無気味などくろ杯に眺めいる上海経験の中心にあるものだ。「互いの片ももや胆《きも》を食いあらすことでしか真情をあらわしようのない血肉の無残さ」の経験は、金子光晴と森三千代とのそれであったろうし、また上海の無数の無名人のそれであって、金子光晴はこのような「地獄」を通して、ゆるがぬ彼の人間把握ににじり寄っていくのである。ここに体験された世界とそれへの詩人の共感の働きが、すでに後年の「どぶ」や「泡」のそれとまったく同質であることは、あらためて言うに及ばないであろう。上海でもマレーでもパリでも、彼が持つ人間とはつねにそういうものたちの世界のことであったのだ。『どくろ杯』の終りのほうに、シンガポールでの食い物の記述があるが、かれらふたりはたちまち行く先々の食い物になじみ、「なにか、熱地の人に体質的に変ってゆきそうな調子であった」と、さりげなく記している。この自伝三部作には、裕福なツーリストにはとうてい味わえぬ、そういうしぶとい経験に裏打ちされた、なまなましいエキゾチスム、国境をこえた「地球上すべてこれ同じ人間」といった異境放浪記の興味もふくんでいるのだ。

ともかくそのようにして『どくろ杯』は、金子光晴と森三千代という一組のしぶとい生活者を乗せて、上海からマレーへ、マレーからヨーロッパへ旅立とうとするところで途切れている。香港やシンガポールの生き生きした自然描写ひとつとってみても、金子光晴の筆は次第に脂が乗って、ときおり金子ぶしの名調子をはさみながら、ある独特のリズムをとりだしていることがわかる。彼はいま四十年の距離を一気にちぢめて、昔日をなまなましく生き直しはじめたところなのである。

『どくろ杯』
昭和四十六年五月　中央公論社刊
昭和五十年十一月　全集第七巻

本文中には、現在の人権意識に照らして不適切な表現や、人種差別と取られかねない表現がありますが、作品中に描かれた時代（大正～昭和初頭）の社会・文化的背景、および著者（故人）の意図が差別を助長するものではないことなどを考慮し、原文のままとしました。

（編集部）

中公文庫

どくろ杯《はい》

1976年5月10日　初版発行
2004年8月25日　改版発行
2023年3月25日　改版6刷発行

著　者　金《かね》子《こ》 光《みつ》晴《はる》

発行者　安部 順一

発行所　中央公論新社
〒100-8152　東京都千代田区大手町1-7-1
電話　販売 03-5299-1730　編集 03-5299-1890
URL https://www.chuko.co.jp/

DTP　高木真木
印　刷　三晃印刷
製　本　小泉製本

Published by CHUOKORON-SHINSHA, INC.
Printed in Japan　ISBN978-4-12-204406-7 C1193

い-126-1
俳人風狂列伝
石川桂郎
種田山頭火、尾崎放哉、高橋鏡太郎、西東三鬼……。破滅型、漂泊型の十一名の俳人たちの強烈な個性と凄まじい生きざまと文学を描く。読売文学賞受賞作。
206478-2

う-1-4
味な旅 舌の旅 新版
宇能鴻一郎
芥川賞作家にして官能小説の巨匠。唯一無二の作家が、日本各地の美味佳肴を求めて列島を縦断。貪婪な食欲と精緻な舌で綴る味覚風土記。〈巻末対談〉近藤サト
207175-9

う-9-4
御馳走帖
内田百閒《ひゃっけん》
朝はミルク、昼はもり蕎麦、夜は山海の珍味に舌鼓をうつ百閒先生の、窮乏時代から知友との会食まで食味の楽しみを綴った名随筆。〈解説〉平山三郎
202693-3

う-9-5
ノラや
内田百閒
ある日行方知れずになった野良猫の子ノラと居つきながらも病死したクルツ。二匹の愛猫にまつわる愛情と機知とに満ちた連作14篇。〈解説〉平山三郎
202784-8

う-9-6
一病息災
内田百閒
持病の発作に恐々としつつも医者の目を盗み麦酒をがぶがぶ……。ご存知百閒先生が、己の病、身体、健康について飄々と綴った随筆を集成したアンソロジー。
204220-9

う-37-1
怠惰の美徳
梅崎春生
荻原魚雷 編
戦後派を代表する作家が、怠け者のまま如何に生きてきたかを綴った随筆と短篇小説を収録。真面目で変でおもしろい、ユーモア溢れる文庫オリジナル作品集。
206540-6

う-37-3
カロや 愛猫作品集
梅崎春生
吾輩はカロである――。「猫の話」「カロ三代」ほか飼い猫と家族とのドタバタを描いた小説・随筆を中心に編集した文庫オリジナル作品集。〈解説〉荻原魚雷
207196-4

え-22-1
阿呆旅行
江國滋
「百閒文学の熱狂的信者」を自認する著者が、伊勢から長崎、岡山など全国二十四ヵ所をめぐった昭和の旅行記。胸に迫る百閒追悼文を増補。〈解説〉宮脇俊三
207057-8

各書目の下段の数字はISBNコードです。978－4－12が省略してあります。

お-2-10
ゴルフ酒旅
大岡昇平
獅子文六、石原慎太郎ら文士とのゴルフ、一年におよぶ米欧旅行の見聞……。多忙な作家の執筆の合間には、いつも「ゴルフ、酒、旅」があった。〈解説〉宮田毬栄
206224-5

お-33-3
新編 閑な老人
尾崎一雄
荻原魚雷 編
生死の境を彷徨い「生存五ケ年計画」を経てたどり着いた境地。「暢気眼鏡」の作家が、脱力しつつ前向きな日常を味わい深く綴る。文庫オリジナル。
207177-3

き-15-17
香港・濁水渓 増補版
邱永漢
戦後まもない香港で、台湾人青年がたくましく生き抜くさまを描いた直木賞受賞作「香港」と、同候補作「濁水渓」を併録。随筆一篇を増補。〈解説〉東山彰良
207058-5

き-15-18
わが青春の台湾 わが青春の香港
邱永漢
台湾、日本、香港――戦中戦後の波瀾に満ちた半生を綴った回想記にして、現代東アジア史の貴重な証言。短篇「密入国者の手記」を特別収録。〈解説〉黒川創
207066-0

く-2-2
浅草風土記
久保田万太郎
横町から横町へ、露地から露地へ。「雷門以北」「浅草の喰べもの」ほか、生粋の江戸っ子文人による詩趣豊かな浅草案内。〈巻末エッセイ〉戌井昭人
206433-1

く-25-1
酒味酒菜
草野心平
海と山の酒菜に、野バラのサンドウィッチ……。詩作のかたわら居酒屋を開き、酒の肴を調理してきた著者による、野性味あふれる食随筆。〈解説〉高山なおみ
206480-5

く-28-1
随筆 本が崩れる
草森紳一
数万冊の蔵書が雪崩となってくずれてきた。風呂場に閉じこめられ、本との格闘が始まる。共感必至の随筆集。単行本未収録原稿を増補。〈解説〉平山周吉
206657-1

く-29-1
漂流物・武蔵丸
車谷長吉
平林たい子賞、川端康成賞受賞の表題作二篇ほか短篇小説と講演「私の小説論」、随筆を併録した直木賞作家の文庫オリジナル選集。〈巻末エッセイ〉高橋順子
207094-3

さ-80-1
佐藤春夫台湾小説集 女誡扇綺譚
佐藤春夫
廃墟に響く幽霊の声「なぜもっと早くいらっしゃらない?」。台湾でブームを呼ぶ表題作等百年前の台湾旅行に想を得た今こそ新しい九篇。文庫オリジナル。
206917-6

さ-80-2
佐藤春夫中国見聞録 星/南方紀行
佐藤春夫
「日本語で話をしない方がいい。皆、日本人を嫌っているから」――中華民国初期の内戦最前線を行く「南方紀行」、名作「星」など運命のすれ違いを描く九篇。
207078-3

た-13-9
目まいのする散歩
武田泰淳
歩を進めれば、現在と過去の記憶が響きあい、新たな記憶が甦る……。野間文芸賞受賞作。巻末エッセイ「丈夫な女房はありがたい」などを収めた増補新版。
206637-3

た-13-10
新・東海道五十三次
武田泰淳
妻の運転でたどった五十三次の風景は――。自作解説「東海道五十三次クルマ哲学」、武田花の随筆「うちの車と私」を収録した増補新版。〈解説〉高瀬善夫
206659-5

た-15-5
日日雑記
武田百合子
天性の無垢な芸術者が、身辺の出来事や日日の想いを、時には繊細な感性で、時には大胆な発想で、心の赴くままに綴ったエッセイ集。〈解説〉巖谷國士
202796-1

た-15-9
新版 犬が星見た ロシア旅行
武田百合子
夫・武田泰淳とその友人、竹内好との旅を、天真爛漫な目で綴った旅行記。読売文学賞受賞作。竹内好の随筆「交友四十年」を収録した新版。〈解説〉阿部公彦
206651-9

た-24-3
ほのぼの路線バスの旅
田中小実昌
バスが大好き――。路線バスで東京を出発して東海道を西へ、山陽道をぬけて鹿児島まで。コミさんのノスタルジック・ジャーニー。〈巻末エッセイ〉戌井昭人
206870-4

た-24-4
ほろよい味の旅
田中小実昌
好きなもの――お粥、酎ハイ、バスの旅。「味な話」「酔虎伝」「ほろよい旅日記」からなる、どこまでも自由で楽しい食・酒・旅エッセイ。〈解説〉角田光代
207030-1

各書目の下段の数字はISBNコードです。978－4－12が省略してあります。

た-24-5
ふらふら日記　田中小実昌
自身のルーツである教会を探すも中々たどり着けなくて――。目の前に来た列車に飛び乗り、海外でもバスでふらふら。気ままな旅はつづく。〈解説〉末井　昭
207190-2

た-34-4
漂蕩の自由　檀　一雄
韓国から台湾へ。リスボンからパリへ。マラケシュで迷路をさまよい、ニューヨークの木賃宿で安酒を流し込む。「老ヒッピー」こと檀一雄による檀流放浪記。
204249-0

た-34-7
わが百味真髄　檀　一雄
四季三六五日、美味を求めて旅し、実践的料理学に生きた著者が、東西の味くらべはもちろん、その作法と奥義も公開する味覚百態。〈解説〉檀　太郎
204644-3

た-43-2
詩人の旅　増補新版　田村隆一
荒地の詩人はウイスキーを道連れに各地に旅立った。北海道から沖縄まで十二の紀行と「ぼくのひとり旅論」を収める〈ニホン酔夢行〉。〈解説〉長谷川郁夫
206790-5

ふ-2-8
言わなければよかったのに日記　深沢七郎
小説「楢山節考」でデビューした著者が、武田泰淳、正宗白鳥ら畏敬する作家との交流を綴る文壇日記。巻末に武田百合子との対談を付す。〈解説〉尾辻克彦
206443-0

ふ-2-9
書かなければよかったのに日記　深沢七郎
ロングセラー『言わなければよかったのに日記』の姉妹編（『流浪の手記』改題）。飄々とした独特の味わいとユーモアがにじむエッセイ集。〈解説〉戌井昭人
206674-8

よ-5-8
汽車旅の酒　吉田健一
旅をこよなく愛する文士が美酒と美食を求めて、金沢へ、そして各地へ。ユーモアに満ち、ダンディズムが光る汽車旅エッセイを初集成。〈解説〉長谷川郁夫
206080-7

よ-5-10
舌鼓ところどころ／私の食物誌　吉田健一
グルマン吉田健一の名を広く知らしめた「舌鼓ところどころ」、全国各地の旨いものを紹介する「私の食物誌」。著者の二大食味随筆を一冊にした待望の決定版。
206409-6